千秋遗恨

黄大铣 著

海峡出版发行集团
THE STRAITS PUBLISHING & DISTRIBUTING GROUP
海峡文艺出版社

图书在版编目(CIP)数据

千秋遗恨/黄大铣著. －福州:海峡文艺出版社,2013.11
ISBN 978-7-5550-0082-2

Ⅰ.①千…　Ⅱ.①黄…　Ⅲ.①长篇历史小说－中国－当代　Ⅳ.①I247.5

中国版本图书馆 CIP 数据核字(2013)第 268492 号

千秋遗恨

黄大铣　著

责任编辑　李锦良
出版发行　海峡出版发行集团
　　　　　　海峡文艺出版社
经　　销　福建新华发行(集团)有限责任公司
社　　址　福州市东水路 76 号 14 层　　**邮编**　350001
发 行 部　0591－87536797
印　　刷　福州凯达印务有限公司　　**邮编**　350008
厂　　址　福州市金山橘园洲工业区台江园 6 号楼
开　　本　787 毫米×1092 毫米　1/16
字　　数　210 千字
印　　张　15.5
版　　次　2013 年 11 月第 1 版
印　　次　2013 年 11 月第 1 次印刷
书　　号　ISBN 978-7-5550-0082-2
定　　价　36.00 元

编者的话

“先天下之忧而忧，后天下之乐而乐”，在中国，稍有文化的人都知道这句名言，也因而知道宋朝杰出的政治家和文学家范仲淹。

“先忧后乐”，正是范仲淹一生的写照。他抛下家室镇守陕西，率兵屡次击退了西夏、契丹的侵扰，保卫了国家的安全；在那“长烟落日孤城闭”的荒山野岭上，他也曾想家，沉吟过“浊酒一杯家万里”的诗句，然而他想到“燕然未勒归无计”，就在那里餐风饮露度过了半辈子。是啊，“愿得此身长报国，何须生入玉门关”呢？

本书正是关于一代名臣范仲淹的历史传奇，为我们展示了忧国忧民者的深广忧愤，以及在历史与人生的顿挫面前的奋力抗争，作品将带领我们穿越时光隧道，看宋朝那些事、那些人，聆听历史的脉动。

一

在中国历史上，宋朝是一个比较特殊的朝代。与以前的朝代不同，宋王朝是通过军事政变（陈桥兵变）而非武力攻夺建立的。赵匡胤曾为五代后周归德节度使，驻节宋州。春秋时期宋州为宋国故地（今河南商丘一带），故定国号为“宋”，定都开封，改元建隆。建隆元年（960），赵匡胤平定南北李筠、李重进两叛军。可能是因为担心他的老部下重演“黄袍加身”的故事，听从赵普的意见，于建隆二年（961）七月、开宝二年

(969) 十月，先后两次“杯酒释兵权”，将手握重兵的将军石守信、王审琦、高怀德等人和地方武将的军事指挥权予以剥夺，委以虚职，改以文官治军，并将军权与财政大权全部集中到中央，宋朝因此得以避免唐时藩镇割据的局面。这项国策影响深远：一方面宋朝少有权臣豪强乱政，且工商业、科技发达，文化异常繁荣；另一方面，也导致宋朝建立之后武备积弱，频频不敌北方外患，对西夏、契丹用兵屡遭挫败。统一各藩镇后，宋太祖赵匡胤、宋太宗赵光义发动仅有的几轮北伐负多胜少，此后，宋朝一直采取重内轻外的消极防守策略，很少对北方再兴干戈。

宋朝又是中国历史上经济相对发达的时代之一，北宋的年财政收入（岁入）最高曾达一亿六千万两白银（即使是半壁江山的南宋，最高也曾达一亿两白银)，这一数字远超过汉唐盛世及宋后各朝，直到清末才达到。宋时成功发展了工商业，工商业极其繁荣，土地“不抑兼并”，农业社会出现了许多前工业社会的因素。作为一个传统的农业大国，对大量小自耕农直接征收徭赋一向是诸朝统治的基础，类似宋朝的情况实在绝无仅有。

宋朝的文化也得到了长足发展，唐宋八大家六位出自宋朝，儒学复兴，社会上弥漫尊师重道之风；科技亦突飞猛进，大到活字印刷术，小到诸种农具，都是在宋朝发明的，四大发明无论在使用方法上，还是在制作技术上，都有了极大的发展；人口从太平兴国五年（980）的三千两百五十万增至大观四年（1110）的一亿一千两百七十多万。著名史学家陈寅恪言：“华夏民族之文化，历数千载之演进，造极于赵宋之世。”

总之，宋朝似乎“极富”，然而，是不是“极弱”呢？历史学家见仁见智，这不是我们要深究的问题。然而，边患连年是确定无疑的，也因此有了像王安石、岳飞、陆游、辛弃疾、文天祥这样的“忧患意识”的人，范仲淹自然是他们当中的突出一员。也正是在这样的历史舞台上，本书作者为我们上演了范仲淹的“千秋遗恨”。

二

范仲淹（字希文），宋端拱二年（989）生于苏州，隔年（990）父亲范墉不幸逝世，母亲谢氏带着范仲淹将范墉灵柩安葬于苏州老家天平山范氏祖茔后，暂住附近的咒钵庵内，想要守灵三年。但因苏州范氏家族不接纳范仲淹母子，弃之不管，孤儿寡母，贫而无依。无奈之下，谢氏改嫁在平江府（今苏州吴县）任职的朱文翰。四岁时，范仲淹随继父和母亲回到了山东长山县河南村，此后范仲淹在长山县读书。范仲淹成年后得知自己身世，遂辞别母亲，至睢阳应天府书院（今河南商丘睢阳区）读书。仲淹读书“昼夜不息。冬日惫甚，以水沃面，食不给，至以糜粥继之。人不能堪，仲淹不苦也”，每天只煮一锅粥，凉了以后分成四块，早晚取食两块，再切一些腌菜佐食。

大中祥符八年（1015），范仲淹登进士第，被任命为广德军的司理参军，掌管讼狱，此时，他迎回母亲赡养，并回到苏州要求重归范氏家族，但遭到一些族人刁难，他坚持己见，声称只是恢复范姓，没有其他企图，方被允许。

此后，范仲淹相继出任集庆军节度推官、泰州海陵西溪盐仓监官。泰州任内，他与已故参知政事李昌龄侄女李氏结成良缘，生三子。他倡议修海堤，被调任兴化知县，与好友滕宗谅协力修筑通州、泰州、楚州、海州四周海堤，百姓感其功绩，把海堰称作“范公堤”。海堤修成后不久，天圣四年（1026），母亲谢氏病故，范仲淹因母丧回应天府宁陵县守丧三年。守孝期间，南京留守晏殊邀请他担任应天府学的教授。

天圣六年（1028），范仲淹守丧期满。经过晏殊的推荐，他被授予秘阁校理一职，成为皇帝的文学助理。天圣七年（1029），宋仁宗行郊祀大礼，下令将亲率文武百官先至会庆殿为太后刘娥贺寿，再至天安殿受百官朝贺。范仲淹上书反对，以为有违君主之体，不合朝廷体制，并接连上书要求太后撤销垂帘听政，还政给天子。他两度上书皆被宰执压下，范仲淹乃自请出任地方，贬为河中府通判。

宋仁宗亲政后，范仲淹被召回京师担任言官右司谏一职。一次，郭皇后与宋仁宗争吵时，误伤宋仁宗之颈，仁宗大怒，决定下诏废后。以范仲淹为首的朝臣们出于道义，不同意废后，被贬出京为睦州知州（今浙江建德市梅城镇）。一年多后，1034 年 8 月，改任苏州知州，在苏州他因为治水有功，深得百姓拥戴，又被调回京师，并获得天章阁待制的荣衔并做了开封知府。

景祐三年（1036），范仲淹不满于吕夷简任用私人，给宋仁宗上一幅“百官图”，指其次第曰：“如此为序迁，如此为不次，如此则公，如此则私。况进退近臣，不宜全委之宰相。”加之，论“建都洛阳”之事，范仲淹又与吕夷简发生激烈争执，吕夷简指范仲淹及其支持者为“朋党”，北宋时期的“朋党之争”即由此始。最终吕夷简遭罢职，范仲淹也再次被贬知饶州、再贬润州，又贬知越州。

景祐五年（1038），西夏元昊叛乱，范仲淹被宋仁宗和官复原职的吕夷简调到延州（今陕西延安附近）与韩琦共同担任陕西经略安抚招讨副使，协助主帅夏竦平定叛乱。范仲淹主张采取“屯田久守”方针，而韩琦则主张集中各路兵力，大举实行反击。夏竦采纳了韩琦的主张。康定二年（1041）好水川之战宋军遇伏大败，大将任福等十六名将领英勇阵亡，士卒惨死一万余人。韩琦、范仲淹受罚被贬。此后，宋军采取范仲淹的防御战略，先在延北筑城；后来又在宋夏交战地带，构筑堡寨。淘汰老弱，对士兵进行严格的军事训练，提拔狄青、种世衡等有才干的将领；对沿边少数民族居民采取怀柔策略，严立赏罚公约。西夏防线逐渐立起了一道坚固的屏障，最终迫使西夏与宋达成和议。

庆历三年（1043）七月，宋仁宗将西线的三名统帅——夏竦、韩琦和范仲淹一同调回京师，分别任命为最高军事机关的正副长官——枢密使和枢密副使，范仲淹以枢密副使取代王举正任参知政事（副宰相），同年九月，范仲淹与富弼、韩琦等人参与改革。提出了“明黜陟、抑侥幸、精贡举、择官长、均公田、厚农桑、修武备、减徭役、推恩信、重命令”等十项改革建议，就是史上著名的《答手诏条陈十事》，是当时所谓“庆历新政”的推动者之一。庆历四年（1044），因为遭到嫉恨朋党的夏竦等人的反对，宋仁宗对于改革的兴致逐渐失去兴趣，范仲淹、富弼、石介只好请求外出巡察地方，庆历五年（1045），宋仁宗下诏废弃庆历新政，范仲淹和富弼被撤去军政要职，范仲淹被外贬为地方官，辗转于邠州、邓州、杭州、青州等地，皇祐四年（1052），范仲淹奉命从青州调任颍州途中，病逝于徐州，终年64岁。

范仲淹死后，朝廷追赠其为兵部尚书，谥号“文正”。宋仁宗亲书篆额“褒贤之碑”四字，神道碑碑文由曾支持他变法的文学泰斗欧阳修撰写，同年12月，范仲淹的灵柩安葬于洛阳伊川万安山南麓。

三

范仲淹是中国历史上一位杰出的政治家、军事家和文学家。宋朝历史上轰动一时的“庆历新政”，曾使得北宋的政治局面焕然一新。受到改革冲击的大批守旧派的官僚并不甘心失败，他们罗织罪名，构陷范仲淹等人。曾慷慨激昂，想励精图治的宋仁宗也在守旧派夹击下做了缩头乌龟，他下诏废弃一切改革措施，范仲淹等人或被撤去军政要职，或遭贬谪。京师内外的达官显贵及其子弟，依旧歌舞喧天。范仲淹革除弊政的苦心孤诣，转瞬间付之流水。

读范仲淹，让人有隐隐的痛感。他“先忧后乐”，不屈不挠，执着于革故鼎新，然政治主张，无法实现；军事才华，难以施展……他的抱负耗尽他一生英气。斯人逝矣，痼疾依旧，朝政的弊端依旧。范仲淹沉吟于文字，人在无形的外力面前是多么的弱小！多么的无奈！

人不怕失败，不怕困难，不怕旅途的荆棘，甚至不怕上刀山下火海。人最怕的无非有二，一是在安逸的环境中磨灭了自己的斗志，变得形容枯槁，虽生犹死，比如安于享乐、腐败堕落的大人物，比如没有梦想没有目标人云亦云的小人物；二是满腔热血，壮怀激烈，然而报国无门，却要受到权奸构陷，只能仰天长啸，徒留千秋遗恨，比如范希文。

范仲淹出将入相、文武兼备，“居庙堂之高则忧其民，处江湖之远则忧其君”，为官数十载，屡谏屡犯，屡犯屡谏。虽说天行有常，不为尧存，不为桀亡，面对官场上贪官污吏大行其道、良将遭陷、忠臣被贬的历史宿命，人们心中还是有诸多假想的，倘若范仲淹一直被委以重任，倘若给他一个完完全全的用武之地来充分施展他的才华，是否能够改变大宋王朝的命运？是否能挽狂澜于既倒？这大约也只有天知道了。

流水载过的时光太过匆匆，惹上庸庸碌碌的尘埃，在国家政权皇权化，皇权私有化的专制帝国，哪里有施展抱负的天地？谁能真切主宰自己的人生？大人物如范仲淹，不过是专制帝国可以使用的一个工具，需要时，似可治国安邦，不顺眼时，弃之如同敝屣。范仲淹如此，更遑论芸芸众生？

达则兼济，穷则独善。人生失意文始成。范仲淹工于诗词散文，文辞秀美，气度豁达，多蕴含其政治抱负与人生情怀。镇守西北时，从前线巡视回营，此刻正是暮春季节，山间的野花刚刚开放。如果是在江南，早已百花烂漫了，他随口吟起道：“三月二十七，羌山始见花；将军了边事，春老未还家。”转眼间，夏去秋来朔风起，遥望天空中南飞的大雁，他心中有无尽的感慨。深夜失眠，他便挑灯填词。“塞下秋来风景异，衡阳雁去无留意。四面边声连角起。千嶂里，长烟落日孤城闭。　浊酒一杯家万里，燕然未勒归无计。羌管悠悠霜满地。人不寐，将军白发征夫泪。”孤城落日的边塞景象，白发将军和远征战士一面坚持抗敌、一面想念家乡的矛盾心情，也透露了当时长期防御战争的艰苦性，意境开阔，风格豪放。

上引诗词，舍弃小家，献身国家，还是“先忧后乐”的情怀。这种伟大情怀，可谓上承百代，下延千秋。两千多年前，齐宣王在行宫接见孟子。齐宣王问道：“贤人也有这种快乐吗？”孟子答道：“有。人们得不到这种快乐，就会埋怨他们的君主。得不到快乐就抱怨他们的君主，是不对的；可是，作为百姓的君主却不与百姓同乐，也是不对的。君主把百姓的快乐当做自己的快乐，百姓也就会把君主的快乐当做自己的快乐；君主把百姓的忧愁当做自己的忧愁，百姓也就会把君主的忧愁当做自己的忧愁。乐，同天下人一起乐；忧，同天下人一起忧，这样还不能称王天下的，是从来没有过的。”“先天下之忧而忧，后天下之乐而乐”激励了无数的志士仁人为国捐躯。文天祥在元军兵临城下时，明知前去谈判凶多吉少，考虑到“国事至此”，就“不得爱身”了。他置个人生死于度外，几度挣脱元军魔掌，以期重整旗鼓，为国雪耻。临死时还一心要挽救国家于危难。他在《指南录后序》中发誓：“生不能救国难，死犹为厉鬼以击贼”，还在一首诗中发出了“人生自古谁无死，留取丹心照汗青”的慷慨悲歌。范仲淹的行动和思想，赢得国人永远的敬仰，“先忧后乐”的思想，也已经熔铸成为中华民族的传统美德，影响了千千万万的人，成为中华民族乃至世界人民宝贵的精神财富，成为一座不朽的精神丰碑，永远树立在海内外炎黄子孙的心目中。

四

长篇历史小说《千秋遗恨》主要讲述范仲淹在生命的最后十几年中，为北宋王朝、北宋各族人民所建立的历史功勋。作品围绕范仲淹镇守西北、推动“庆历新政”这两条线展开故事情节，塑造了众多栩栩如生的人物形象，史料翔实、引用适度，文笔古朴，语言顺畅，故事情节张弛有度，读来颇有快意。

本书作者是知名的历史小说作家，早在20世纪50年代，就出版了长篇历史小说《铲平王》，在读书界造成一定的反响。另有长篇历史小说《拔剑起蒿莱》《狼筅》《白衣卿相》《刘家“父子兵”》等行世。

此外，我们要告诉读者的是，这是一部“遗憾之作”。本书原有二十一回，在寄给某出版社时遗失了最后一回。那家出版社本已经将此书列入了出版计划，但因为征订方面的问题，终未能出版，退回时，却少了最后一回。不久，老先生病逝，这最后一回就成了最后的缺憾了。好在这似乎不影响读者的阅读，也许还能为读者留下一些想象的空间。我们现在出版此书，突然有了“奇想”，出版者诚邀热心读者来为原作续写最后一回。凡有意者，可在本书后面所附的方格纸上续写（所附方格纸不够用时可复印），然后，将所续文章沿虚线裁下订好，寄福州市东水路76号海峡文艺出版社总编办收。出版者将组织专家对所有续写作品进行评选，评出一、二、三等奖若干名。被评为一等奖的作品将在本书重版时予以采用，稿酬从优；二、三等奖发给奖金或获奖纪念品。

我们期待大家的参与！

2013.10.20 于福州

目　录

第一回　抗西夏韩琦荐良材　整军旅仲淹遣老卒 …………………… (1)

第二回　杜世昌狠驳宋公序　欧阳修小难范仲淹 ………………… (11)

第三回　王直院试探碰鼻子　范夫人婉劝动人心 ………………… (22)

第四回　一而再待制斥权宰　仆复继直士护诤臣 ………………… (34)

第五回　道不同连襟难共处　性各异姐妹可相亲 ………………… (45)

第六回　仰忠贤竞饯汴河岸　怀义愤争购蔡襄诗 ………………… (57)

第七回　两地情独填销魂词　一棚鹘共议拯国计 ………………… (67)

第八回　扳夏竦群僚挟天子　陷富弼一相制懦臣 ………………… (78)

第九回　使辽邦不避风沙苦　回故国难了儿女情 ………………… (88)

第十回　责丈人富弼耻求全　辱兄邦宗真妄自大 ………………… (101)

第十一回　荫病子仲淹心难定　引奸邪夷简意不明 ……………… (111)

第十二回　薛绮霞劝夫走正道　欧阳修说友挽颓局 ……………… (121)

第十三回　保荣华苦守为官诀　庆圣德喜解颂士诗 ……………… (131)

第十四回　众魑魅摩拳摒异己　诸志士擦掌振纲纪 ……………… (142)

第十五回　秉公心仲淹陈十事　耍诡计李淑访一人 ……………… (154)

第十六回　王拱辰哄妻要连襟　晏英兰怨父骂丈夫 ……………… (164)

第十七回　行猥亵李淑食苦果　闹朋党仁宗怀忌心 ……………… (177)

第十八回　文德殿激言计得失　金明池胡话惹是非 ……………… (188)

第十九回　造伪书鼠辈张陷网　献真赋刚士辩冤情 ……………………（199）
第二十回　假似真拱辰哄姻兄　真似假李淑诓朝廷 ……………………（211）
第二十一回　赵官家临朝心已定　范仲淹望月憾难消（读者续）
……………………………………………………………………（222）

第一回

抗西夏韩琦荐良材
整军旅仲淹遣老卒

北宋庆历三年(1043)春，奸诈而又衰病不堪的老相吕夷简致仕，仁宗皇帝起用忠直敢言的欧阳修、余靖、王素为谏官，继又诏召在抗夏前线效力的范仲淹回京共商治国大计。

当时任陕西四路都部署、经略安抚兼沿边招讨使的范仲淹，在开府之地泾州[1]接到官家[2]的诏书后，立即上表辞让，不愿回朝。第二道诏书又至，不允所请，促其早日就道，范仲淹再一次上表请辞。皇帝的使者风尘仆仆，又快马赍来了第三道诏书，范仲淹再一次上表请辞。随侍左右的儿子纯佑这时实在沉不住气了。

纯佑是范仲淹的长子，仁孝天成。由于种种原因，范仲淹曾四次被贬出京，近几年又多在边庭与西夏周旋。纯佑已过弱冠之年，却自愿捐弃功名，不应科举，长期随侍父亲左右，成为父亲最可靠的护卫，又是父亲的得力参谋。如今见父亲三次拒绝皇帝的恩召，殊感意外，他忍不住要进言了。

就在范仲淹的第三次辞表请颁诏使者赍走的当天晚上，纯佑来到父亲日常休歇的书房，尚未进门，他就听到了房中琤琤琮琮的琴声，父亲又在

---

① 治所在今甘肃泾州县。

② 宋代臣民习惯尊称皇帝为官家。

操琴了。公余之暇，范仲淹除偶尔作些诗词外，就喜欢操琴。今晚他操的还是他最喜欢的《霜弹》。纯佑一下子便可听出，今日的琴音远不如往日那样高山流水，抑扬顿挫，而是时而深沉，时而急躁，显然流露出焦虑不安的情绪。纯佑不由地脚下踌躇了，父亲显然也正为朝廷的召唤而举棋不定，心潮泛滥，自己又何必再去烦扰他。罢了，别去了。这么一想，他回头了。但他回头走了几步，总是心绪难宁，想了又想，终于又回过头来，走进父亲房中。

范仲淹坐在那特设的琴案前，一旁的兽形铜炉里燃着龙涎香，袅袅的轻烟随着灯影飘忽，这都和往常一样，所不同的是，父亲的脸色严肃，两道浓眉微微蹙紧，三绺须髯轻轻颤抖，儿子进来他视而不见，只凭手指在琴弦上跃动着，琴声又由沉郁趋于急骤了。

站立了一会儿，纯佑禁不住开言了道："爹，你向来公忠许国，只愁明君见弃，不能一展宏图，今幸而龙心思治，一再优诏，竟又推让不就，实在是出乎孩儿意外。"接着，他又说了许多父亲应该立即应诏进京，与欧阳修等一起整饬吏治，改革弊政，做下一番安邦定国大事业的话。

正同儿子进房时视而不见一般，如今儿子说了一大通话，范仲淹又像是听而不闻，他仍旧眉头微蹙，脸色阴沉，而且双目微闭，身子随着激越的琴声，轻轻摆动，似是完全沉湎到《霜弹》中去了。

眼见自己的一套道理没有打动父亲的心，纯佑有些激动了，他略微提高了声音，接着说道："爹，你向来以'不以物喜，不以己悲'自许的，如今难道竟为四次被贬而耿耿于怀吗?"

儿子说话是有分寸的，他不说父亲是被四次贬谪而吓破了胆，而婉转地说是"耿耿于怀"，但这婉转的措词却终于打动了父亲的心，"嘣!"琴声蓦地停住了！四次被贬！是呀，自己以身许国，却不能被容于朝廷，屡遭排挤打击，特别是最后一次，还差一点掉了脑袋，时间才过两年，真是记忆犹新那！

范仲淹因触忤权相吕夷简，第三次被贬出京。不久，西夏元昊[①]屡次侵扰边境，宋军连吃败仗，振武军节度使、知延州范雍怯懦无能，一战而失两员大将，陕西抚使韩琦便上表推荐范仲淹替代范雍。宋代建国之初，鉴于唐中叶五代以来藩镇割据、武人跋扈的局面，便采取了一些巩固中央集权的措施，解除了军人节度使的职务，任命文臣做地方军政长官，以后文人指挥作战便不是奇怪之事了。范仲淹虽则同样是个文臣，从未参与过战争，韩琦却知道他是了不起的将才。仁宗采纳了韩琦的主张，康定元年(1040)三月，诏命知越州范仲淹恢复天章阁待制之职，改知永兴军；尚未到任，四月又改为陕西都转运使，五月又升任为龙图阁直学士，与韩琦同为陕西经略安抚招讨副使。都转运使还是管财政的，这时便直接参与军事部署了。不久，接替范仲淹为陕西转运使的张存，改知延州[②]，延州是抗夏前线，范雍即在此吃了大败仗。张存是个胆小鬼，在延州寝食不安，便以亲老为由，屡次上表请求内调，范仲淹知道了，毅然请求自代。韩琦十分赏识他的勇气，也相信他能胜任御敌之责，便又极力推荐。这年八月，朝廷果然任命范仲淹兼知延州。

到任陕西五个月，范仲淹了解到许多军队中的积弊，如：同样为了巩固中央集权，限制武人的权力，实行所谓“更戍法”，规定禁军三年一轮换，调动频繁，使得“兵无常帅，帅无常师，兵不识将，将不识兵”；自真宗景德元年(1004)与契丹辽国订立“澶渊之盟”后，三十几年不见刀兵，兵骄将惰；再加上士兵多是乘灾荒之年，民不聊生时征募来的，有的早已年老体衰，还滥竽充数。凡此种种，范仲淹到了延州前线后，接触了下层的将士，更加证实了这些积弊之严重，难怪以成倍的边兵竟敌不过小小的西夏了。

---

① 西夏本是党项族(羌族的一支)所建，据有夏州(今陕西横山)一带地区，宋初表示臣服宋王朝，赠赐姓赵。宋仁宗明道元年(1032)赵元昊立，不久称帝，国号夏，建都兴庆(今宁夏回族自治区银川市)，成为宋王朝西北方的劲敌，对宋长期侵扰。

② 治所即今陕西省延安市。

面对这些军事上十分不利的情况，范仲淹忧心如焚。他颇为赞赏他的同僚，陕西经略安抚使夏竦前不久的一纸奏书。夏竦系江州德安[1]人，早在天圣年间就任过枢密副使与参知政事，参知政事是副宰相，枢密副使是中央政府执掌军事的副长官，也可谓位高爵显了。但他也与范仲淹一样被首相吕夷简所排挤，不过被排挤的原因和范仲淹恰巧相反，他因有名的阴诈莫测为吕夷简所害怕。因此范仲淹对此人并无好感，但他近日所上的御边奏书，却颇合范仲淹的心意。他在奏书中所陈的御边十策虽无多少可取之处，但他旗帜鲜明地反对朝中某些不明真相的大臣提出一举灭夏的主张，他分析了当时敌我双方的形势，以为宜守不宜战，这一主张与范仲淹是不谋而合。范仲淹也认为目前不宜深入与西夏作战，而应以整顿军旅为急务。

但整顿军旅又是谈何容易。当时兵权实际上都集中到官家一人身上，枢密院号称有调动兵马之权，最后也还须得到官家批准，其他军政大计更是不用说了。许多整顿军旅的急务得马上动手，但未获官家允许之前，又无一事可做，这怎不使范仲淹焦急万分呢。

这日傍晚，他便带着这样抑郁难解的心情，在儿子纯佑陪侍下，前往巡城。

延州城上的戒备是森严的，自从西夏侵扰以来，天未黑便已四城紧闭，城楼上巡逻的兵卒往来穿梭，从塞外吹来的飒飒凉风引动旌旗，猎猎作响。范仲淹身披鹤氅，突感到一丝冷意，使他意识到时序已经入秋了。范仲淹屡次被贬离朝，却都在江南的睦州、饶州、润州、越州，以及他的家乡苏州一带任职，如今第一次来到陕西，他深切感到塞下比江南更多了几分肃杀之气。再加上这是御敌的前哨，虎视眈眈的西夏兵马近在咫尺，随时都可卷土重来。巡城战士的叱咤声，战马的萧萧声，旌旗的猎猎声，以及伴随着黄昏而来的凄厉的号角声，汇成一片，使他突然忆起李陵《答

① 今江西省德安县。

苏武书》中的词句："胡笳互动，牧马悲鸣，吟啸成群，边声四起。"他顿觉有身临其境之感了。他再仰首四望，只见层峦叠嶂，燧烟[①]直上，落日余晖映照着自己这座紧闭的孤城，真有千愁万绪一起涌上心头。当然，此时心境与李陵当年的截然不同，但他身处御敌前哨，空怀满腔的报国壮志，却左掣右肘，一筹莫展，触景生情，能不使他万般感慨吗？

匆匆巡城已毕，回到州衙，范仲淹阴沉着脸喊道："拿酒来！"纯佑知道父亲满怀心绪，要以酒浇愁了。父亲愁的什么，自然瞒不了儿子，但他知道这时对父亲最好的解忧，既不是杜康，也不是一般的宽慰之言，而是马上拿出切实可行的御边良谋，可惜在这方面，他也无能为力，他只好交代亲兵们好生侍候，自己悄悄地避开了。

范仲淹一个人在房中一杯又一杯喝着闷酒，心境乱得近于麻木，什么时候天大黑了，亲兵已掌上灯来，他也毫无所觉。突然，一阵羌笛声从远处飘来，笛声轻轻悠悠，却触动了范仲淹那木然的心，他不由推杯而起，来到窗前，窗外一片黑暗，已不闻人喊马嘶之声，在阴沉静寂的夜色中，羌笛声显得那样苍凉、凄怨，这撩人的塞下之夜呵！

刁斗之声传来，已是二更天气了。范仲淹唤来儿子，又到城楼上去。

城楼上除飒飒风声与时断时续的刁斗声外，寂静如死，在暗黑的夜里只能隐约看到宋城步卒的身影，那羌笛声忽隐忽现，似远似近，越发显得凄清了。

范仲淹怀着抑郁的心情，来到两个执戟的步哨面前。从亲兵手里拿过薄纱灯笼，往两个步哨脸上照去，灯影里看到的竟是两张憔悴而又苍老的脸，他的心不由往下一沉。许久，他才用温和的语调问道："你二人是何方人氏？"

两个步卒被一照一问，显得十分惶恐，结结巴巴地回答，一是河南叶县，一是苏州吴县。原来，后者还是同乡。

---

① 古代边地报警或报平安，夜举火，叫烽；白天烧狼粪，叫燧。

范仲淹便先问他的同乡，“你是何年从军?”

在当时，像范仲淹这样的三军统帅是极少亲自巡城的，他又是才来不久，士卒们便只把他当作一般将官看待。因他始终语态温和，也就并不那么害怕了，那同乡守卒回道，是明道二年闹饥荒时投了军的。

明道二年?范仲淹一下记起了，那年七月，江淮一带大灾，民不聊生，有司上表奏请赈济，竟然迟迟得不到朝廷的回音，范仲淹当时为右司谏，气得直筒筒地质问官家：“宫中如半日不食，又将如何?今数路饿殍载道，安可不恤!”官家被说动了心，才派范仲淹前往安抚。范仲淹所到之处，开仓放赈，救活了许多百姓，但仍饿死了不少人。想到这些，范仲淹顿有抱愧之感。他不由又拿起灯笼看了看他的同乡，心中又想：明道二年至今不过七八年光景，怎的便如此苍老，想必他从军时便已老大年纪了，一问，果然是。

“没法子呵！将爷……”那老卒接着叹口气道，“来兵营还可混口饭吃，要还待在家里，怕早就骨头打鼓的了!”

听出了范仲淹的同乡口音，那老卒感到亲切，也就大胆直言了。

范仲淹黯然良久，才又问那叶县人：“你呢?为啥从军的呢?”

“那年，官家诏令三丁抽一，俺家三兄弟，俺最年长，只好来了。都二十年了。”

“二十年!”范仲淹心中想道，“难怪胡子都已白了。”他又不由问道：“你们两人都还能作战吗?”

两人低下了头，不敢做声。

范仲淹又暗自苦笑，这不是明知故问吗?接着他又怜悯地伸手摸一摸两人的衣衫，都还穿着薄薄的单衣。晚上，塞上风紧，自己除外披鹤氅，又加了一件薄棉半臂，还透着一股寒意哩。他又不由想起与西夏发生战争以来，大量禁军调来前线，粮秣辎重，供应不上，如今将士一天两餐粗粮，都吃不饱，饥寒交迫，如何作战?而另一方面，却又白养着许多老弱残兵。这错综复杂的矛盾，不来个快刀斩乱麻，如何是好?一旦西夏犯境……

范仲淹心事重重。他又问那叶县老卒："二十年了，回过家吗？"

"哪能呢？尽管三年一换防，换来换去，就没经过俺家呀！"

"唔，家里……有妻儿老小吗？"

"二十年音信不通，谁知是死是活？"那老卒说着，话音微微打战。

"常想家了吧？"

停了许久，才听到带哭的回声："将爷，都是人生父母养的呀！"

是呀！这又是明知故问了。范仲淹更加同情于他，默然良久，忽然问道："我要放你回乡与家人团聚呢？"

那军卒听了，"扑通"一声跪在地下："将爷，那您就是俺的再生父母了！"

这时，纯佑却在一旁悄悄地拉着范仲淹的衣袖，轻声地道："爹，该回衙了。"

范仲淹怀着悲悯之情扶起老卒，才缓缓地离去。

走了一段路，纯佑才悄声地道："爹，你真的放他回家吗？朝廷可没这一规例呵！"

范仲淹无比愤慨地道："朝廷，规例；规例，朝廷，可边庭养着十多万人马，却敌不过元昊数万甲兵，这是为何？"

父亲这话何尝没有道理，但有道理的事在实际中往往又行不通，儿子只好婉言规劝："爹说的虽是，依儿之见，还是先上个奏书再说吧！"

范仲淹默然无言。几人的脚步声杂沓在石砌城道上。

天上的浓云逐渐散开，闪出一弯下弦月来，朦胧的月色映在女墙上，犹如铺上一层薄霜。范仲淹忽又想起李太白的名句："床前明月光，疑是地上霜，举头望明月，低头思故乡。"由是，刚才由那同乡士卒牵起的一缕乡愁，倏地涌上心头。这次由越州调来前线，进京陛见时，因边情紧急，他在家只逗留一个晚上，妻子儿女，也不过是见了一面罢了。还有家乡父老，已经暌别几十年，景祐元年(1034)虽则当了几个月苏州知州，因忙着疏导五河经太湖入海之事，顾不得回乡看望，如今不知怎么样了，五河疏濬后是否有助于农桑？父老们过得日子如何？他入仕后曾在姑苏近郊买田数千亩为义庄，赡养村中贫户，由村中长老主持，不知是否得济于民？多想回去看看呵！但是敌军未溃，边境未宁，又怎能有回京返乡的打算呢？

这个抗夏前线的统帅，也是个血肉之躯呀！

回到州衙，范仲淹告诉儿子，他必须连夜草拟整顿军旅的奏书，赶着明日发出，儿子道了安置，退出去了。

范仲淹独坐挑灯，刚刚提起笔来，那凄楚幽怨的羌笛声，又悠悠而起，于是他又想起了那两个老卒的倾诉，也想起了在京的妻儿，与远隔万里的家乡父老：又想到当前刻不容缓的整顿军旅以对付西夏顽敌，真是千头万绪，一起涌上心头，接着再也禁不住又一起泻向笔端，奏书未着一字，却写下了《渔家傲》一词：

塞下秋来风景异，衡阳雁去无留意。四面边声连角起。千嶂里，长烟落日孤城闭。

浊酒一杯家万里，燕然未勒归无计。羌管悠悠霜满地。人不寐，将军白发征夫泪。

写着，又轻轻地吟咏着，范仲淹胸中汹涌的感情才逐渐平静下来，思路也逐渐清晰了，他便洋洋洒洒写起奏章来。

范仲淹从政二十多年，几经反复，深谙朝廷中的复杂情况，对这奏章迅速批复的期望是极微的。因此，第二天他派专使送出奏章后，不再等待，立即着手汰弱留强，整顿军伍，将那些实已不堪作战的老卒，资遣回乡。鄜延路兵马两万多人，汰留一万八千，再将这一万八千兵马分为六队，各派将官统率，逐日训练武艺。

转眼隆冬到了，北地已是风刀霜剑，滴水成冰，不想朝廷却在此时诏令鄜延、泾原两路兵马一同入讨西夏。原来是朝廷中一些大臣们在拥炉饮酒之余，想起边境既已派去韩琦、范仲淹等干练之才，便主张一鼓作气，消灭西夏，以绝后患。

庆历元年正月初旬，范仲淹在延州接到这一诏令，十分不以为然，且不说长期养成的兵骄将惰之习非一朝一夕得以改变，正值风雪严寒之时，驱兵作战，也非所宜。因此他立即上了紧急奉本，指出此时出师天时地利人和三者均不具备，要出师也须待春暖之后。另外，他又根据来延州后的多方了解，得知元昊穷兵黩武，在其叛军内部也不得人心，因此他认为对元昊也不妨采用招抚之策，以期化干戈为玉帛。因是他又提出鄜延乃旧日西夏进贡所经之路，请留此路勒兵不进，以示招纳之意。不久朝廷复诏下来，一面允许范仲淹存鄜延一路按兵不动，一面又命范仲淹与夏竦、韩琦等同谋，“应机乘便”“不拘早晚出师”。这复诏模棱两可，使人难以捉摸，历经官场坎坷的范仲淹，自不难理解这种文字游戏，他便毫不犹豫地执行诏令的一面：按兵不动了。谁想韩琦却又毫不犹豫地执行了进兵的命令，结果不出范仲淹所料，因气候来寒，军粮不继，又且将不知兵，各自为战，在六盘山下全军覆没。

在同一时间里，元昊果然派了使者高延德前来延州与范仲淹通款。这正合范仲淹的心意，自然友好接待。但他发现高延德既无带来议和表章，也缺少具体的议和条款，看来，元昊还没有太多诚意，但元昊既派来使者，表示言和之愿，他范仲淹自也不会放过这个机会，便亲自写了一封洋洋数千言的书信，列举八点宜和不宜战的道理，晓以大势，明以道义，促其罢兵，写了书信，派监押韩周同高延德一起回使西夏。

三月间，出使西夏的韩周陪着西夏使者野利旺荣一起回来。韩周告诉范仲淹，他进入夏境后，一路接待，颇为友善，谁知来到夏都，就传来宋军的败报，酋官立即变得傲慢无礼起来，元昊甚至不予接见，便遣野利旺荣捎书前来。范仲淹接着一看回书，元昊完全以胜利者自居，词意无比傲慢，且提出许多无理要求。范仲淹看后十分气愤，他对野利旺荣严词驳斥后，当着其面将元昊回书烧毁，然后将野利旺荣驱逐出境。

但是，范仲淹觉得此事不该对朝廷有所隐瞒，他已暗中录下来书副本，便将副本中许多横蛮词意删掉，重抄一份，另写下与元昊通款经过的奏书，一起送报朝廷。

谁知这奏书不送犹可，送到朝廷，便惹下杀身之祸来了。

第二回

杜世昌狠驳宋公序
欧阳修小难范仲淹

范仲淹的奏书送到中书省，首相吕夷简第一个看到了，他带着揶揄的口气对参知政事宋庠说道："人臣无外交，范仲淹却擅自与元昊通款，得其书又擅自焚毁，他人安敢如此！"宋庠知道吕夷简与范仲淹有隙，心想这下范仲淹活该倒霉了。为了讨好吕夷简，第二天他便上朝奏劾范仲淹之罪，说是非重办不可。官家也觉得此事非比寻常，立即诏令范仲淹与韩周回朝答对。范仲淹胸怀坦荡，据实奏道：

"陛下既准臣拒纳之议，臣见敌虏有悔过之意，乃以书诱谕之。谁知韩琦败北，助长了敌虏势焰，故来书词意悖慢。臣以为使朝廷见了此书而不能及时申讨，则辱在朝廷，今对番使烧了，一若朝廷不知此事者，则辱在为臣矣。区区微衷，伏乞圣裁。"

听范仲淹说他此举还是为朝廷着想，官家也没主意了，便召集两府大臣议处。

宋庠既要巴结吕夷简，便首先在会议上慷慨激昂地道："范仲淹私自与敌通款，罪不可赦，理当斩首！"

宋庠一语惊人，除了吕夷简，所有大臣一下都呆住了。连官家也感到有些意外，便看看别的大臣，大臣们竟然半晌作声不得。

这次两府大臣的御前会议对范仲淹是十分不利的，宋庠不必说了，与吕夷简同为宰相的章得象是个骑墙派，不管论官家宠信，还是论权谋机变，他自忖都不是吕夷简的对手，因此他向来谨慎自处，对吕夷简礼让三分。现既知吕夷简与范仲淹有怨，自以明哲保身为妙。另一参知政事晁宗悫与枢密副使王贻永、郑戬，虽都觉得宋庠的发言过分，有悖情理，但慑于吕夷简的权势，也不想过早表示自己的态度，宁肯看看会议的风势再作道理，看来，如今有可能站出来为范仲淹说话的只有晏殊与杜衍了。

枢密使晏殊向有爱才之名，当时名臣范仲淹、欧阳修等都出自他的门下，得到他的竭力推荐。但是他有一致命弱点，就是胆小怕事。他自十四岁以神童被荐于朝，一帆风顺，累官至参知政事、枢密使等两府要职，长年安享荣华富贵，使他耽于宴饮欢歌、舞乐相佐的生活，被人称为“太平宰相”。太平宰相很怕失去太平岁月，就难免谨小慎微了。天圣七年(1029)，任秘阁校理的范仲淹疏劝官家不可与百官一起朝拜刘太后，当时刘太后垂帘听政，炙手可热。身为枢密副使的晏殊吓得魂不附体，把范仲淹找来狠狠指责一顿，说范仲淹“狂率邀名”，弄不好要牵累于他，范仲淹气得当面顶撞：“仲淹谬辱公荐，每惧不能称职为知己羞。不意今日反以忠直获罪门下！”几句话义正词严，说得晏殊无言答对，自是两人多少有些疙瘩。如今他明知范仲淹罪不当诛，他身为枢密使，应该站出来说几句公道话，但他考虑到范仲淹出自自己的门下，又怕有护短之嫌，何况其对手是人人害怕的吕夷简，他不能不三思而行了。

如今只剩下枢密副使杜衍了，杜衍又是何许人也？

杜衍字世昌，越州山阴[1]人，以殿试第四名举进士。他身体虚弱，年过四十便须发皆白，好友欧阳修赠诗有“貌先年老因忧国”之句。但他为官刚直清正，属吏望而生畏。尤其他廉洁清介，分外之财，分文不取。当时最讲避讳，因仁宗皇帝名叫赵祯，“祯”与“蒸”谐音，东京人喜吃的蒸饼，只好改叫炊饼。有的孩童不晓事，误呼“蒸饼”，必遭父母一番痛打，因触犯官家名讳，便是一条大罪。下属对上司以至上司的父母，都要

① 今浙江省绍兴县。

避讳，误犯了就有被穿小鞋之危。那年杜衍开府并州，到任来三日，孔目吏便来请示他的家讳，他坦然答道：“下官无名讳，惟讳贪赃枉法。”两句话吓得孔目吏悚然而退。在他任内，无一吏敢于作奸犯科。因此他在朝野极有声望。这次决定攻守之策，执政大臣一片主战之声，他独持异议，认为“侥幸成功，非万全之计”。可惜官家不听他的。如今他见宋庠阿附吕夷简，口出狂言，诸大臣竟都默然相对，噤口无声，他心中气愤不平，终于挺身而出了。

“宋参政这话差了。范仲淹通款志在招纳叛羌，实是忠于朝廷之举，何可深罪！”

宋庠听了杜衍此话，不由转眼看看吕夷简，吕夷简却端坐不动，脸色漠然。他心中一沉，吕公这是怎么了，为何不动声色？继而一想，许是避嫌，一时不好开口。说出去的话已难收回，自己只有周旋到底了。他想了一想，便带笑答道：

“杜枢密之言宋某委实不敢苟同。范仲淹既是忠于朝廷，为何迟迟不肯出师？如当时能一如官家诏令，两路并进，何至有六盘山下之败？范仲淹是难辞其咎的！”

宋庠搬出了官家诏令来压杜衍，他忘了杜衍与范仲淹一样主守不主攻的。杜衍立即起而反驳，说了许多当前不宜深入征讨的道理，然后指出：一、范仲淹的按兵据守也是得到朝廷诏令许可的；二、韩琦正因不采纳范仲淹守而待时的主张，孤军深入，才招来六盘山下的惨败。

宋庠被驳得哑口无言，他又看看吕夷简，吕夷简正眼都不去看他，他心中发毛，再也笑不起来了。但如今他也只好一不作，二不休了。

他嗫嚅片刻，忽然想起了范仲淹那阕新词《渔家傲》，已经传遍京师，他像捞到了根救命稻草，“范仲淹早就不想与西夏作战了，他那首《渔家傲》词便是铁证，甚的‘浊酒一杯家万里’，甚的‘将军白发征夫泪’，这不明摆着在瓦解军心吗？”

听宋庠提起这阕词，杜衍心中好笑了。他自己是很欣赏这阕词的，而且与宋庠有着完全不同的看法。

“是的，范仲淹这首词写了边塞将士思乡之情，有些凄苍。但是，宋参政忘了‘浊酒一杯家万里’底下那句‘燕然未勒归无计’，这可是至关重要的一句。正如俗话所说：‘秤砣虽小压千斤。’为何家乡万里归不得？就因还没能如东汉窦宪那般，打退匈奴的侵扰，在燕然山勒石纪功，班师回朝，这正道出边庭将士时刻不忘杀敌救国的重任，正是‘发乎情，止乎礼义’。宋参政枉为殿试魁首，如何连这点深意都难参透？”

杜衍对范仲淹的《渔家傲》做了简要而又精辟的分析后，还隐隐刺了宋庠一句。原来宋庠与其弟宋祁齐名，时号“大小宋”。天圣二年，两兄弟同举进士，宋祁奏名第一，宋庠名列第十。那时刘太后听政，说是“弟不可先兄”，硬要两兄弟对调，宋庠就这样白得了一个状元。如今杜衍说他枉为殿试魁首，宋庠不由羞愧地低下头来。

经过这一番唇枪舌剑，宋庠已显然败下阵来。晏殊这时也感到不说几句话不行了，他这才轻描淡写地说了几句范仲淹虽则有罪，但罪不当诛的话。见杜衍与晏殊说话了，其他几个执政大臣也都说了些大同小异之言，说时还频频目注吕夷简，语气尽量和婉。尽管如此，会议的风势显然转了，转得对范仲淹越来越有利了。

最后只剩下吕夷简未曾发言，官家当然是非征求吕夷简的意见不可的。宋庠这时双目定定地看着吕夷简，自己已经冲锋陷阵一番了，现在就看你一言定鼎了。

吕夷简却不慌不忙，停了许久，才慢条斯理地道：“宋参政的话不无道理，范仲淹擅与敌虏通款，不得无罪……”

杜洐和晏殊都不由心中一沉，宋庠的脸上露出了笑容。

“但是，”略为一停，吕夷简仍旧慢条斯理地道，“杜枢密说得也对，若说范仲淹别有他心，那也未必的了。”

杜衍和晏殊又不由在心中吐出一口气。宋庠脸上的笑容消失得无影无踪。他茫然地看着吕夷简，犹如哑巴吃黄连，有口难言。

最后议定，范仲淹降为户部员外郎，出知耀州，当时都认为，这处理是极轻的。

范仲淹一家得知底细后，都额手称庆，幸免了一场大灾难。

吕夷简的突然宽容马上引起朝野种种议论。有的说，吕相公明知范仲淹罪不当诛，乐得送个顺水人情，博得个不计旧怨的美名。有的说，吕相公春秋已高，自知来日无多，不愿树敌过多。持此论者还举例说，前段提范公为安抚，吕相公就甚表赞同，官家还称许吕相公为长者。还有一种论调则认为，吕夷简城府极深，难于窥测，安知其没有别的机谋。众说纷纭，莫衷一是，但就事论事，对吕夷简这次出人意表的宽厚，多数表示赞赏。相反，对宋庠的不近人情，危言耸听，众人都在背地里纷纷指责。甚至如喜欢搬弄是非的翰林学士李淑之辈，更是无中生有，添油加醋，说得宋庠一无是处。俗话说："一人一口水，能把人淹没。"舆论的能量从来就是不可低估的，宋庠越来越如芒刺在背，寝食不安，官家也逐渐感到他不宜再留在两府之内，不到一个月，便贬往扬州去了。于是有些人恍然大悟，宋庠其实是被吕夷简所卖，也就是说，吕夷简借题做文章，把宋庠排挤出朝了。

人们难免奇怪，宋庠既是对吕夷简百依百顺，为什么也受排挤？这还得从宋庠改名说起。

宋庠原名郊，字公序，他不仅在才气上略逊其弟宋祁，也少了几分骨气。他名利心重，自白得了一个状元，便以为官运亨通，一心一意要直上青云。因此对权势者，对官家，都只是俯首听命，从不作逆耳之言。或许也正为此，他得到官家的青睐，得以步步高升，宝元元年(1038)，宋郊任知制诰，官家便欲提他为同知枢密院事，吕夷简知道了，心中猛的一跳，他不能不重视这件事了。

吕夷简任冢宰十余年，一人之下，万人之上，权势登峰造极，权欲也跟着登峰造极，只要还能吃饭穿衣，只要还没完全躺倒，绝不容任何人觊觎他的宝座。因此，像范仲淹那样刚直不阿，敢于与他面对面的斗争，固是他的眼中钉；像夏竦那样权谋机诈不输于他者，也不免存有戒心；而像宋郊这种人呢，虽是对他百依百顺，看他的眼色行事，叵耐圣眷过隆，也便是他的隐患。因此，他再不能让宋郊顺利地往上爬了。当然，没有充分的理由，他也不能露骨地表示反对。他只好委婉地对官家说："按祖制故例，还没有自知制诰除为执政者。"官家说那好，就先提宋郊为翰林学士。宋郊当了翰林学士，官家又交代中书省，两府一有出缺，便可除用宋郊。

官家愈是急着重用宋郊，吕夷简愈是心中难安，他又在暗中打主意了，一日，他听到翰林学士李淑对宋郊有不满之意，马上计上心来。翰林学士李淑对宋郊有何怨隙？没有，他只是出于妒忌。妒忌这确是一种奇特的人性，像吕夷简出于争权而嫉贤妒能，尚可理解，如李淑，却是莫名其妙的"红眼病"。宋郊进了两府，与李淑毫不相干，甚至还有某些好处，既是曾为同僚，有事时也好请托。但是，同为翰林学士，为什么你要跑在前头，李淑心里不甘。这时，吕夷简又派人暗中推波助澜，李淑越发不能自已，他挖空心思，想出了一条歪理，在官家面前进谗道："宋，我朝受命之号也。郊，交也。宋郊也就是宋交，以此为名，即使非别有居心，也总是不祥之兆啊！"

文字狱自古以来多是无中生有，却又往往会起到意想不到的效果。官家听了李淑之言，口说不信，心实信之。不久，同知枢密院事出缺，官家一反本意，另委他人。宋郊得知底细后，懊丧之极，连忙改名为庠。

不知怎的，官家对宋庠印象特好，总是念念难忘，过了一年，又擢宋庠为参知政事，于是，又给吕夷简留下一块心病。

这回吕夷简在中书省初见范仲淹的奏折时，说了那么几句话，当时也只是幸灾乐祸而已，及至宋庠在御前会议上公然提出处斩主张，他先是一阵快意，接着他马上感到这种主张不得人心，范仲淹并无死罪。尽管那时代权法难分，权即是法，以他吕夷简的势焰，要人生，要人死，也只需一句话而已，但对范仲淹他不能。范仲淹毕竟是个封疆大臣，而且还是朝野声望极高的大臣。尽管他不情愿，他又不得不承认，范仲淹被贬一次，声望反而高了一次。他清楚地知道，这时自己如贸然附和宋庠，他将在朝野失尽人心，因此他也不得不三思而行了。及至听了杜衍与宋庠一番唇枪舌剑，继而晏殊等的温和表态，充分显示了大部分执政大臣的倾向性，他更不敢造次了。

当然，小小的疑虑是难不倒这个老谋深算的首相的。他不动声色地观察着、思谋着，霍地灵机一动，自己何不反其道而行之，来他个出奇制胜，既可以再一次得到官家的称许(官家对范仲淹还是颇为倚重的)，又可以在朝野赢得人心。而如此一来，宋庠便成了众矢之的，是很难安之于位的，当然，范仲淹不能无罪，被贬是难免的，这不是一箭双雕吗？

一切都如吕夷简所预料的那样实现了。一场围绕着范仲淹获罪的斗争，看似以杜衍的胜利而告终，其实又是吕夷简的胜利。

据说，以后范仲淹出任参知政事，宋庠曾从扬州任所写了一封谢罪长信给他，痛恨自己为吕夷简所卖，做了一件蠢不可及之事。这真是：

衮衮诸公多心肠，强中还有手更强。
何用计较谁胜负，官场其实如戏场。

夜深了，琴声不知什么时候也止住了。在幢幢灯影里，范仲淹回忆起那一场惊心动魄的斗争，不禁感慨万分。他抬头望着壁上，壁上正贴着自己书写的那两句座右铭：“不以物喜，不以己悲。”他不由扪心自问，自己果如儿子所说，因四次被贬而畏缩不前了吗？不！他不能承认。当他指责官家不关心民瘼，当面质问官家“宫中如半日无食，又将如何”的时候；当他不顾刘太后的无上权威，当面劝阻官家率百官为刘太后拜寿的时候；当他因谏阻官家废后，与御史中丞孔道辅等伏阁力争的时候；当他屡次与吕夷简面对面抗争，甚至把吕夷简比作汉代奸臣张禹的时候，他可曾计较过个人安危？没有，丝毫没有。如今竟然患得患失起来了吗？他不承认。但他又为何不愿应召回朝呢？他只觉心乱如麻，一时竟也理不出个头绪来。总之，连他自己也说不清是什么道理，就是不愿回朝。

不想，儿子纯佑还没有走，他见父亲既不弹琴，也不说话，只是呆呆地望着墙上那帧横幅出神，以为自己已经说动了父亲，便又加上几句："听说欧阳叔叔已在朝中当了谏官，爹再犹疑不决，岂不大失欧阳叔叔所望!"

欧阳修！儿子提到了欧阳修，范仲淹又不禁心潮翻滚了。他与欧阳修同出晏殊门下，志趣相投，同怀有忠君报国、匡世济民之志，是莫逆之交，又是难得的诤友。早在明道二年(1033)范仲淹由陈州通判召回京都任右门谏，欧阳修便书勉范仲淹要"立殿陛之前与天子争是非"，做个好谏官。以后两人虽很少一同在朝为官，但欧阳修与他的好友尹洙等，都是范仲淹正确主张的支持者。当然，他们有时也会有不同的见解，因而争论不休。争论归争论，深厚的友情始终不变。就是那次因通款之事被贬后，他们就有过一场有趣而又激烈的争论。

那时欧阳修在朝任馆阁校勘，范仲淹幸免一场灾难，难免有至亲好友登门慰问。欧阳修却不慌不忙，待热闹过两天，范府门前车马渐稀之时，他才施施然而来了。

一见面，欧阳修便开门见山地道："希文兄，这次吕公难得宽厚，可笑公序那小子利欲熏心，满口胡言，马屁拍到驴屁股。但我兄这回被贬，却是罪有应得的啊!"

欧阳修这一番话，范仲淹并不感到意外，早在几个月前，欧阳修看到范仲淹《渔家傲》那首词，便立即致书表示反对，指责那是"穷塞主之词"，主张好男儿应该"战胜归来飞捷奏"，而不是悲叹"将军白发征夫泪"。范仲淹只是一笑置之。如今见欧阳修迟迟而来，便猜到他有不同看法，但他又想一笑置之，便不置可否地道："你我多时未见，愚兄又要离京，今日当与你痛饮三杯。"说着，便吩咐婢仆备酒。

欧阳修却连连摇手道："慢来，慢来。你不回答小弟问话，小弟是食不甘味的。"欧阳修比范仲淹年轻一十八岁，这时才过而立之年，显得血气方刚。

“不知贤弟问的什么?”

“你只说说，你这回是否罪有应得?”

“这事三言两语也难说清，你我待会边饮边谈吧!”

“不然，先说个明白再饮酒也是不迟。”

范仲淹不由笑了起来:“好吧，那就请贤弟先说个明白。”

“我且问你，你为何不按圣命，拒不出兵?”

范仲淹料定欧阳修必有此问，他只平静地道:“贤弟试往边庭看看，便可不问自知。”

“又是那一套‘士不能战，民不堪战’。可惜你向来以‘先天下之忧而忧，后天下之乐而乐’自许，如今天下之忧为何?谁不知首推西夏入侵，我兄竟能泰然处之，不以为忧?”

“愚兄何曾不以为忧?”

“那为何拒不出兵?”

欧阳修又回到原来的问题上来，看来非正面回答不可了。范仲淹不假思索，仍旧心平气和地道:“贤弟，自古‘民为贵，君为轻’，所谓‘仁者爱人’。这天下既是君的天下，也是民的天下，归根到底还是民的天下，可不能一味求战，置黎民百姓于不顾呀!”

“不然，仁有妇人之仁，有志士之仁，”欧阳修激动起来了，“大敌当前，只有举国上下，同仇敌忾，勉力而为，这才是志士之仁!”

听欧阳修将他比作妇人之仁，范仲淹也不由激动了。他继而又想，好友中如韩琦等人当时也是不同意他的主张的，他又强自按下激动的心情，暂不正面回答这个问题，而是讲起故事来了。

“贤弟，愚兄究是妇人之仁，还是志士之仁，这且不谈，因为我之主守不主攻，理由多端，这不过其中一端。我且与你说件近日之事。六盘山下全军覆没之后，稚圭[①]带着少数残兵，回至境内，但见道途之中有万千

① 韩琦表字稚圭。

男女老少，身着素衣，手持纸钱，哭声盈野，原来，那都是亡卒的妻儿老小，在此召唤亡魂。他们一见稚圭前来，竟然拥塞道途，围着稚圭马头，悲唤阵亡亲人之名道：‘你昔日随招讨出征，今日招讨回师你却死了，你的亡魂也能跟随招讨回来吗？你不能长作异域之鬼呵！’哭声震天动地，稚圭也不由得驻马不前，掩面而泣。稚圭曾主张‘用兵当置胜负于度外’，试问方此之时，能置胜负于度外吗？”

范仲淹用悲愤的语调，结束了这个故事。

欧阳修听着听着也不由动容，难过地低下头来。欧阳修的幼年与范仲淹有很多相似之处。他四岁失怙，靠母亲教他读书。家中贫苦，买不起纸笔，只好以芦荻画地识字。他当然也忘不了民间疾苦，只是与范仲淹对战与和的看法不同而已。这时，他默然良久，才抬起头来，抑郁地埋怨道：“尽管如此，你也不能屈膝求和呀！”

“贤弟此辞何等不当！我是求和，但未屈膝，我求的是体面的和平，遗憾的是一时未能做到。”

“至少你是估计失误，元昊方自骄横不可一世之时，怎能言和。再则，你也不能有违‘人臣无外交’的祖制嘛！”

“我一心欲化干戈为玉帛，操之过急，未曾请旨，擅自与敌通款，确是一种失误。至于元昊，别看他骄横跋扈，不可一世，其实已色厉内荏了。三年来，他穷兵黩武，民力大困，国中斗米千钱，尺布数百，羌民哀叹‘十不如’，因此，他也并非毫无求和之意。可惜六盘山下一败，助长了他的骄意。只要我坚守待变，不出三年，必可言和。你不信，可拭目以待。”

范仲淹说得十分自信，欧阳修只是姑妄听之，但他很钦佩范仲淹临边不久，便能深谙敌情，范仲淹却淡然道：“知己知彼，身为统帅者本该做到的嘛！”

欧阳修淡淡地笑了。范仲淹这时又感慨地道：“守土之责愚兄是时刻不忘的，如果寸土有失，老弟尽可责我！”

范仲淹说得诚恳，欧阳修也就无话可说了。这时酒菜已经备就，两个好友把刚才的一番争论忘得干干净净，举杯痛饮一番。

想起了当时与欧阳修的那场争论，范仲淹又不禁思绪万千，那次被贬不久，朝廷便恢复了他和韩琦的职务，两人同为陕西四路都步署、经略安抚沿边招讨使。韩琦也一改急于求战的心情，两人合力同心，砥砺将士，抵御西夏，成为边塞长城。边民以歌谣颂之道："军中有一韩，西贼心胆寒；军中有一范，西贼惊破胆。"近日，元昊已遣使前来请和，三年内达成和议看来已非虚话。但如今欧阳修对自己不愿回朝又作何看法呢？或许又在大骂自己了。因欧阳修又想到尹洙、杜衍、富弼等其他好友，都能理解自己这时的心情吗？

数日后，范仲淹纷扰的心情还未平复，朝廷的第四道诏书又到了，诏命范仲淹为枢密副使，并促他即日就道，勿再拖延。范仲淹仍旧上表辞谢。正式任命反而引起了他的反感，他认为，如单纯为了高官厚禄，他早就可备位两府了。

但是，不多久第五道促其就道的诏旨又到了。与此同时，通判秦州的尹洙专人送来一封长书，指责范仲淹近日所作所为越来越令人难以理解。信中还提及那次范仲淹触忤吕夷简被贬后，他自认范的朋党一同被贬之事，说那时是以能与范仲淹同道为荣，如今他却对这个同道深感失望了。

范仲淹又该怎么办呢？

第三回

王直院试探碰鼻子
范夫人婉劝动人心

仁宗皇帝赵祯既不是英聪睿智的明君，也不是庸懦无道的昏君。他十二岁随刘太后坐朝，到二十四岁亲政时，已经十分成熟，但他却是个性格多变的人物。他有时表现了治理国家的雄心，很能听取臣下的忠言，办过一些为臣民所称道的好事；有时又优柔寡断，偏听偏信，不顾臣民死活。他有时也知道广开言路、博采众议的重要，专门下诏求言；有时又忠言逆耳，任意把刚直之士贬谪外放。他有时虚怀若谷，臣子的顶撞再难听都能忍受，最多是留中不报；有时则片言只语便会惹恼了他，进言臣子马上倒霉。总之，他是个忽暗忽明，忽冷忽热，喜怒无常，朝令夕改之君，使得为臣子的对他捉摸不定，无所适从。也正因此，他虽然当了四十二年皇帝，其中，除去当刘太后傀儡的十二年，也还有三十年，却是政绩平平，并没有在历史上留下可书的一笔。

尽管如此，他还是有可取的一面，那年江淮的严重灾情报到京中，他才亲政不久，竟然无动于衷，搁置不理。范仲淹十分气愤，当面责问他："宫中如果半日无食，又将如何？"他竟然不气不恼，反而悟到范仲淹的话是对的，便派范仲淹前往赈济安抚。范仲淹以谏阻废后被贬出京，将作监富弼上疏表示反对，表章中有这一段话：

仲淹以忠直不挠，庄献时论冬仗事，大正君臣之分。陛下以此擢用之，既居谏列，闻累曾宣谕，使小大之事，必谏无隐。是陛下欲闻过失，虽古先圣哲亦无以过。今仲淹闻过遂谏，上副宣谕之意而反及于祸，是陛下诱而陷之，不知自今何以使臣！

表章中所提庄献之事，就是那一年范仲淹谏阻官家率领群臣为刘太后拜寿，就因此，范仲淹第一次被贬出京。富弼的表章指出，刘太后死后，官家因此事认识范仲淹是个忠臣，召回来任谏官，而且一再晓谕范仲淹，事无关大小，必谏无隐。如今范仲淹听从你的圣意，上书谏你之过，你反而贬谪于他，这不是引蛇出洞，然后再给他一棒吗？这样直率的指责，不能说不重了。赵祯看后虽是不以为然，却只是留中不报，并没给予富弼任何责罚，作为一个操有生死予夺大权的封建皇帝，能表现得如此宽宏大度，的确是难能可贵的。

仁宗赵祯对待臣僚的另一可取之处是，他虽然缺乏全面地认识一个人的英明，但他也不轻易地把人一下看死。对于他认为有过失的臣僚，他不会把你一棍子打翻在地，使你永世不得翻身，他一时把你贬放了，过一段又会想到你的某些好处，又把你调回朝中任职。正因如此，像范仲淹、欧阳修、尹洙、包拯等一些耿直的能臣，尽管处境不佳，也并没有完全丧失施展才干的机会。

也正因如此，范仲淹因谏阻废后被贬出京，过了一年多，景祐二年（1035），又被召回京中任礼部员外郎、天章阁待制。

范仲淹回到京中，一家团聚，其乐陶陶。夫人李氏特备了一桌丰盛的家宴，为范仲淹洗尘。席中儿女们轮番敬酒，祝贺父亲荣调回京，范仲淹与李氏都笑逐颜开，共享天伦之乐。

家宴既罢，两夫妻回到内房，李氏亲自服侍范仲淹卸去衣冠。范仲淹见夫人额上皱纹缕缕，清晰可辨，一脸喜色中也难掩掉她几分憔悴之态，不由慨叹道：

“夫人，为夫长年在外，家务操持，全亏了你，把你累坏了吧？”

"没啥没啥。"夫人却不以为意地浅笑着，"你就是在家，又何曾一日顾家！"

"是呀，是呀！"范仲淹又不禁感慨，"国家，国家，一心难以二用，为了国就顾不得家啊！"

"这都没啥，只要你能长留京中为官，那就谢天谢地的了！"夫人说着，又不禁收了笑容，她总不免为丈夫的刚直性子担忧。

夫人这几句话也使范仲淹心中一阵黯然，自己自登第为官二十年，已经两次被贬，将来如何，又怎能由他做主？他只好转了话题说道：

"夫人，孩子面前不便多讲。今日难得团聚，吃餐好饭，也是人情之常，今后……"

"今后还得按你的家规，食不重肉，是不？"夫人抢着回答，脸现抱怨之色。

"是呀！想当年……"

"想当年你家境贫寒，住在长白山[①]和尚庙里，励志读书。数九寒冬，你读书倦了，就用冷水扑面，冷得牙齿打架，可人也清醒了……"

"食粮不继，每日煮上一锅粟米粥，隔了一夜，凝结成块……"范仲淹接上说，似又沉浸到往日那寒窗苦读的日子里去了。

"你把它切成四块，每餐两块，加上九根荠菜，和些盐、醋，就这么吃了……"

"每日两餐，半饱而已。"

"咳！这些话妾身都可背给你听了！"

"是得常讲嘛！"范仲淹一本正经地道，"不仅你我不可忘，还得常给孩子们讲。富贵不忘贫贱，乃是为人本分，时刻不能忘了黎民百姓哪！"

"为人本分？"夫人忍不住说上丈夫几句，"有几个当官的如你所想？

---

① 范仲淹两岁丧父，母亲家贫无以为生，从吴县改嫁到长山县朱家。长山县即今山东邹平县，县西南有长白山。

那年你安抚江淮，千里迢迢，将饥民食的鸟昧草巴巴地送呈宫中，说是请官家与六宫贵戚都尝一尝那种味道，想一想黎民百姓过的是啥个日子，你知道官家吃了没有？你知道六宫贵戚吃了没有？哼！"

"唉！"范仲淹无话可说了，半晌才嗫嚅道，"他人之事你我难管，可我自己……"

"自己，自己，你能多想想自己也就好了！"夫人说着，不禁鼻子有点发酸，"这些年在外头，也不知你如何过的日子，四十几的人，都有白胡子了！"

"没啥，没啥！"范仲淹连忙笑着安慰夫人，"为夫这不是好好的吗？"

夫妻一番话，表过不提。

过了两日，便有一些好友，如欧阳修、尹洙、杜衍与杜衍女婿苏舜钦等前来看望，也有一般僚友进行礼节性的拜访，其中便有直集贤院王拱辰。

王拱辰字君贶，开封咸平人，与欧阳修同科高中。欧阳修南宫第一，王拱辰却是殿试状元。[①] 户部侍郎薛奎赏识这两人的才学，把两个女儿许配给他们。欧阳修比王拱辰年长五岁，娶了薛奎长女绮云。他们虽属姻亲，却志趣不同。欧阳修讲忠信，讲道义，讲名节，他却笑欧阳修书生气十足。在事业上固然不能完全排斥功利，但在生活上如过分追求功利，便会成为彻头彻尾的利己主义者，王拱辰便是这样一个人物，凡事他都要先问一下是否与己有利。没有了共同语言，两人情谊单薄，不常往来，但王拱辰与吕夷简同党们却是沆瀣一气，过往热络。

王拱辰既是欧阳修的亲眷，范仲淹也就认识了他，如今他前来拜访，范仲淹自是以礼相待。递茶寒暄既过，两人闲聊了几句朝中政情，便无话可说了。

---

① 南宫系礼部。宋代规例，举子在礼部之试录取后，还需经官家殿试，才能决定是否得中进士。

无话可说是很自然的，两人本不是一路人，范仲淹只想虚与酬应几句，让他走路，谁知王拱辰却赖着不走，于是便陷入了可怕的沉寂。

过了许久，范仲淹又觉得过于怠慢了来客，正想找几句话说，王拱辰却嗫嚅着开口了："范公两番获咎，幸得……幸得官家仁厚，不咎既往，今后……今后当知如何自处了！"

范仲淹这时已四十七岁，而王拱辰不过二十四岁，对这个小后生居然在自己面前俨然长者的口吻，范仲淹本就感到很不舒服，何况说的又是那些混账话。但他既知道王拱辰的为人，便不愿与他多纠缠，只是淡然一笑道："只是范某鲁拙成性，只怕是一时难改的了。"

王拱辰却不识趣，他偏要多纠缠："'吃一堑，长一智'嘛，只要范公能留心时务，是不难知道如何自处的。"话既说开了，他口齿也流利了。

范仲淹却听得更加不舒服，但他也不想使对方难堪，只是装作糊涂地道："不知如何'吃一堑，长一智'，君贶是否有以教我？"

"范公过谦了，朝野谁不知范公才智过人！"

"不然，范某实是未曾计较。"

"比如那次废后，这本是宫廷内事，为臣子的可管，也可不管，最好不管。你管了，谏而不听也就罢了，不该伏阁苦谏，这不是过于认真了吗？"王拱辰以为范仲淹真的请教与他，不无卖弄地说一大篇。

"还有留心时务，不知又作何解？"范仲淹仍旧不动声色地问。

"这留心时务嘛……范公是明眼人，哪会不知。"

"范某委实未曾计较。"

范仲淹这话也真不假，他当然知道王拱辰的本意，但他平时实在很少在这方面多用心思。

王拱辰见范仲淹真心求教，又得意地说："晚生以为，如今官家英明，吕公主政，天下晏然，为臣子者各司本职，也就是了。"

"这大概就叫做'识时务者为俊杰'了！"范仲淹听到这儿，有些忍不住了，不由揶揄一句，"但不知又如何各司本职？"

"比如待制系侍臣，已非谏官，自无口舌之任，就大可不必越俎代庖了。"

"君贶这话差了！"范仲淹越听越不像话，他决定不和这小后生客气了，"论思说政，正是侍臣之职嘛，何谓越俎代庖！再如那次废后，人臣于帝后，犹如子事父母，父母不和，正该谏止，又岂能顺父出母！何况那事还有人从中播弄！"

范仲淹事后知道，那次官家废后，吕夷简实起了推波助澜的作用，就为的郭后曾在官家面前说了他几句坏话。范仲淹清楚记得，当废后的诏书出来后，他谏而无效，又和孔道辅等十人伏阁力争，吕夷简便以汉光武废后之事来搪塞。这话被驳倒后，又暗中在官家面前进谗，说什么"台谏伏阁请对，非太平美事"，结果就把为首的范仲淹与孔道辅贬放了。

王拱辰听范仲淹说的最后一句话，便怕他接着把那事详细抖了出来，自己更加下不了台，只好频频摇头道："范公哪！范公哪！'前事不忘，后事之师'，晚生这可是一片肺腑之言，望范公自处吧！"边说边抬起屁股走路了。

"前事不忘，后事之师"，不同之人会有完全不同的解释，这就叫"人上一百，形形色色"。

事后，范仲淹把这事告诉了欧阳修。

欧阳修气愤地道："这小子！八成是吕夷简差来摸摸兄台之底嘛！"

"不见得吧！"范仲淹摇着头道，"你能说那不是他的肺腑之言吗？那正是他的肺腑，只可惜我范某不是他的知音。"

"'道不同，不相与谋'嘛！"欧阳修苦笑着说。

欧阳修算是猜对了，王拱辰正是受吕夷简的差遣。吕夷简说起来也是很有才干的。他是已故宰相吕蒙正的侄子，寿州[①]人。吕蒙正弥留之际，真宗皇帝前往看望，将起用他儿子任要职。吕蒙正却道："臣子豚犬耳，

① 今安徽省寿县。

臣侄夷简，宰相才也！”

吕夷简究竟是不是宰相之才呢？真宗想试他一试，不久便任命他权知开封府。“权”是暂且、临时之意。开封府便是当时国都汴京，也叫东京。天子脚下父母官，是不好当的，皇亲国戚，达官显宦，总有许多事来找麻烦。五湖四海，三教九流，各方杂凑，作奸犯科特多。吕夷简到任后，施展出他的本领，对上则折冲周旋，不得罪一个人；对下则刑之以法，不放过一个人，可谓应付裕如。真宗大为赞赏，便把他的名字留在屏风上，相机重用。刘太后垂帘听政后，记起这个人，便任以为相。这时仁宗年幼，吕夷简襄助刘太后治理国家，很出了不少力。可惜他很快便犯上了权欲狂，把聪明才智多用在耍弄权术上，排斥异己，唯我独尊。这次他见官家召回范仲淹，心中是不快的，他既与范仲淹在废后中有过较量，知道这个人是个刺头，因此便使王拱辰前往试探，兼带说服。王拱辰从一己的功利出发，实际上已经投靠了吕夷简，自是乐于效劳。谁知他碰了一鼻子灰，铩羽而归，吕夷简大为丧气。

这年十二月，忽诏命范仲淹为吏部员外郎，权知开封府。这是提升，难免又有亲友造府祝贺。

这日，欧阳修与尹洙来访。两人当时同任馆阁校勘，一起对范仲淹表示了祝贺之意后，欧阳修说道：“听说这次仁兄的权授，竟是吕夷简推荐的，此公为何忽发善心？此中是否有鬼？”

“哦？”范仲淹摇头，“愚兄尚未计及于此。”

“范公心怀坦荡，哪测得宵小心肠！”尹洙虽则年龄比欧阳修大，但他一向尊敬范仲淹为老师，“谁人不知，开封府乃是个烫手的热馒头，好吃难抓，吕夷简尝过这个滋味，如今又推荐与你，明是重用，暗中却要你在开封府左支右绌，劳心伤神，也就顾不及与他找麻烦了。”

“再则，”欧阳修眯缝着一双近视眼补充道，“万一你应付不了，有个闪失，那就名正言顺，赶你出朝了！”

“是也罢，非也罢。”范仲淹并不以此为意，他向来不把心思用在权谋上，也许，这正是他时常吃亏之处，“事在人为嘛！我就不信，开封府就如此难治。这回倒要试试我范某有多少能耐，如果真的栽了跟头，二位可要拉我一把啰！”

范仲淹说得轻松而又诙谐，两位好友却听出他的话中充满了自信之心。

“栽跟头是不至于的。”欧阳修最了解范仲淹了，“才高而后胆大，你范希文要没有治国之才，也不敢屡在官家面前犯颜直谏了……”

“永叔[①]此话也对，也不完全对。”尹洙忍不住抢着说，“才高胆大，俺信！但才高不一定都胆大，晏公可算才高了，其胆又如何？”

对晏殊，他们不是门生，就是晚辈，他们敬佩他的才学，又不免为他的胆小怕事感到丧气。

“话又得说回来，”欧阳修正要说什么，又被急性的尹洙截住了，“那些豪门贵戚，也实在难以对付，稍有不顺，不是当面给你颜色，便是到官家面前吹冷风，希文兄也得小心一二呢！”

“心正自可压邪，”范仲淹还是信心十足，他相信可以办到的事，是很难动摇的，“自己无私，就不怕营私之人！”

“说得太好了！自己无私，就不怕营私之人。这话说得太好了！”尹洙连连感叹，情不自禁地举起了茶盅，一看才恍悟不是酒盅，便笑着道，“就让俺们以茶代酒，为范公的光明磊落干一杯！”

说到酒，才感到已是上饭之时了，接着便在客厅里摆上酒菜来。范仲淹自奉俭朴，如有宾客，不论亲远，又从不吝惜所费。夫人知道他的脾气，往往有意弄得丰盛一些，也让他自己改善改善生活。这时，尹洙见桌上许多苏州名菜：银芽鸡丝、水晶肴蹄、百花酒焖肉等等，不由馋涎欲滴，啧啧称赞道：“香极，妙极！好久未尝范夫人的苏州美味了！今日真是口福不浅啦！”

---

① 欧阳修字永叔。

"慢来，慢来！"欧阳修笑着拦住他，"你可知希文兄平日食不重肉，范夫人可不是专为你我而备的呢！"

"见笑，见笑！"范仲淹也不由呵呵大笑。

三个好友于是抛开一切不愉快之事，开怀畅饮一番。

接着，范仲淹毫不迟疑地往开封府上任去了。当然，麻烦是少不了的，折冲周旋也是少不了的，但是，同是折冲周旋，范仲淹与吕夷简恰巧相反，吕夷简是有求必应，不得罪一个人，范仲淹是出以公心，不阿附一个人。对那些无理的要求，无厌的需索，他说之以理，晓之以节，不听，就严词拒绝。显贵子弟作奸犯科，与庶民同样绳之以法。不多久便名震京师，那些贵族老爷们竟也无奈他何。

更使范仲淹感到头痛的，还是属下的一些小吏，竟有不少是吕夷简的亲信爪牙，他们也就成为吕夷简的眼线，使人防不胜防。吕夷简在朝任人唯亲，不管德才，这已是尽人皆知之事，如今他的手竟伸到开封府来了，这又使范仲淹大吃一惊，他更下定决心要和吕夷简斗一斗了。

世间事往往不以某些人的意志为转移，吕夷简要给范仲淹找麻烦，结果麻烦反而找到自己头上。

范仲淹通过好友与忠直的僚属，摸清了朝中官员升迁情况，便授意纯佑画了一张《百官图》。图中详细载明这些官员的来路，哪些属于正常序迁，哪些不是；哪些为公，哪些为私，一目了然，然后再草拟奏疏。

纯佑知道父亲的脾气，尽管担心，又不敢多言，只好把实情告诉母亲。

母亲李氏听了，急匆匆来到书房，问夫君是否真的要与吕夷简作对。范仲淹不以为意，他头也不抬，笑着说道："夫人向来不过问下官政事，今日是怎么了？"

稍停，没听到回答，这才抬起头来，只见夫人坐在一旁，两眼晶莹，含着泪珠，这才有些慌了，连忙婉言道："必是纯佑这小子多嘴，其实没啥事儿，夫人何必担忧。"

“妾身是不过问夫君政事，就为此，得罪了几多亲友请托，妾都不悔，可这……”说至此，李氏的两颗泪珠忍不住滚了下来，话声也有些颤了，“每次放逐，你自己心中难受，全家人又好过了？如今好容易圣上开恩，回京不过年余，你再要……”夫人哽咽着说不下去了。

这一番话才真正打动了范仲淹，他不禁黯然放下笔来。是呀，夫人说的全家人，其实最为他担惊受怕的还是这贤惠的夫人，他被放在外，夫人在家也是日坐愁城。她是深知夫君刚直秉性的。她无数次在枕边奉劝夫君：“像你这种倔脾气，怎能当官！不如丢了乌纱帽，回到老家，守着几亩薄田，吟诗作赋，过个清闲日子。”

对胸怀大志的范仲淹，这种话自是听不进去，可是，一想到自己自出仕以来，真正一家团聚、同享天伦之乐的日子，屈指可数；一想到夫人无休无止地为自己牵肠挂肚，也真想丢掉乌纱，吟风弄月去哩。人非草木，孰能无情！

范仲淹这时又想起回京第一天夫人说过的话，万一夫人不幸而言中……他直感到自己在家里对夫人是负了债了，同时他也为自己的宦途坎坷而感慨万分。他心潮起伏，轻抚三绺短须，蹙眉无言。

温柔体贴的妻子，以为夫君已回心转意，又怕愁坏了他，就又劝说道：“夫君只要不再为此事操心，也就是了，保重身体是最当紧的。”

“不再为此事操心？”范仲淹突然清醒了，“我这是怎么了？竟然动起了儿女之情！我向来主张‘不以物喜，不以己悲’的呀！”

范仲淹一下又想起了先圣的许多名言，又不由心潮澎湃了。别小看这些类似“克己求仁”之类的儒家道德，在历代正直刚毅的士大夫身上，还真起了不小的积极作用。

范仲淹的理智终于战胜了情感。他又用好言劝慰妻子：“夫人不必为我担心，其实没啥了不起的事儿。”

“谁说没啥了不起！”夫人以为夫君说的是他的身体，便又唠叨开了，“你自小贫苦，身子本不壮实，这些年又日夜为国辛劳，操碎了心。好容易盼你在了家，特为你弄些好菜补补身子，你总怨我靡费，不想想黎民百姓，你为啥就不想想自己！”

还是那句话，想想自己。范仲淹既已恢复了理智，夫人的埋怨已难动他的心，他只对夫人误解自己的话意感到好笑。便笑着道：“夫人说到哪里去了？下官指的是这回事！”他边说边持笔指着案上尚未完成的奏书，“其实没啥事儿，哪会轻易便放逐呢！”

“你别用好话相哄，”夫人反驳道，“妾身虽是女流，也知道吕相公此人是不好惹的，放逐不放逐，还不是他一句话！”

“不好惹也得惹！”范仲淹只好耐心说服，“这是有关国运兴衰的大事。夫人深明大义，岂不知食君之禄，忠君之事吗？”

君即国家，这是封建时代臣民的逻辑。

“可食君之禄的几多，为啥定要你来当出头鸟呢？”

“夫人这话更说得差了。要人人都存此想，谠议难达天听，国运何由昌隆？我不入地狱，谁入地狱！”

范仲淹以天下为己任，正气凛然，夫人也不由受到感染。她轻轻叹一口气，柔声说道：“妾身也知难以说动于你，可又忍不住要说上一番，就盼夫君也多为你自己和一家人想一想吧！”

范仲淹听了，又不由心中黯然，他感慨地道：“夫人心意，下官岂有不知。自结缡以来，夫人随我没过过几天安生日子，下官是深感内疚的。只是有国而后有家，总得先国而后家呀！”

话虽如此，夫人的出现，还是打乱了范仲淹的思绪，夫人走后，竟然久久难于下笔。最后他想，“横竖要面奏官家，有《百官图》即可，何用奏章？”干脆就不写了。

几日之后，范仲淹毅然袖着《百官图》，朝见官家，果然因此掀起了震惊朝野的轩然大波，不仅几个朝臣同时被贬，而且所谓党派之争，一直影响到以后若干朝。这正是：

良药苦口人人晓，忠言逆耳处处多；

即使华佗再来世，也得摇首唤奈何。

欲知如何掀起轩然大波，且看下回。

第四回

一而再待制斥权宰
仆复继直士护诤臣

这日，官家在垂拱殿接见范仲淹。

范仲淹行过跪拜大礼后，官家赐了座，便开口问道：“范卿今日进宫，不知所为何事?”

范仲淹便也开门见山回答：“微臣今日请对，不为开封府，专为朝廷政务而来。”

“不知朝廷又有何政务议论?”官家一个“又”字，说明范仲淹是常来进言的。

“陛下，”范仲淹从容说开了，“臣以为国家任人之法，人主当知其迟速进退之序。今进退近臣，全委诸宰相，微臣以为不妥。”

“嗯?”官家略感诧异，“范卿此话怎讲？宰相乃朕之股肱，委诸宰相，有何不宜?”

“陛下，宰相如能公忠为国，行简帝心，自无不可，岂叵耐今日吕夷简一手遮天，揽用亲信，门生故旧，充斥朝廷，专横跋扈，不可一世，陛下却是不可不明察呀!”

官家听了，不由大吃一惊，如此尖锐地劾指宰执大臣，尚不多见，范仲淹胆子还真不小！他不由立即放下脸来，怒形于色：“范仲淹！你可知毁谤大臣，该当何罪?”

范仲淹慌忙俯伏于地：“微臣不敢!”

“你可不能无中生有，播弄是非哪！”

官家的话意显然是向着吕夷简，范仲淹当然听得出来，但他此时已无心计较，只是连连顿首道：“臣不敢有半句虚言，陛下不信，请看此《百官图》。”说着，袖中取出《百官图》，进呈御览。

《百官图》？甚等《百官图》？官家怀着莫名其妙的心情，在御案上将那《百官图》展开。略为一看，官家便恍然明白了。朝臣中哪些属于正常序迁，哪些属于夤缘幸进，全都一一列在表上哩！而又使官家吃惊的却是夤缘幸进者多出自吕夷简之门。他心中不由猛地一震，这全是真的吗？沉吟良久，官家才阴沉着脸，厉声问道：“范仲淹，仕进内情，你又从何而来？”

“陛下不必问从何而来，其中若有一人不实，请治臣万死之罪！”

范仲淹的回答坚定决绝，官家不由半信半疑起来，他的心神有些乱了，他倏地想起不久前直史馆叶清臣也曾上表提及此事，说是：“今有一人进擢，则曰宰相某之亲旧也；一人罢黜，则曰宰相某之嫌隙也。由是天下嚣然，不曰自陛下出而曰由宰相得也！”当时自己是完全不信的，如今看来竟是事出有因了，这又如何是好呢？

官家迟疑片刻，才看到范仲淹还俯伏于地，于是改为和颜悦色地叫他“平身”。待范仲淹立起后，官家又道：“此事体大，待朕与执政大臣商议后，再作道理。”

官家如此说了，范仲淹只好退出。

官家与执政大臣商议了没有？没有，他只是找吕夷简一人来商议。执政大臣都找来，难免扫了吕夷简的面子，官家对吕夷简倚重正殷，向来言听计从，他是不会这样做的。

吕夷简看了《百官图》，不禁暗中咬牙切齿，范仲淹呀范仲淹，只道是井水不犯河水，各行其是也就罢了，谁知你硬要惹是生非，与我作对！当然，我要是这些风浪都抵挡不了，也不是吕夷简了。他略一迟疑，便已有了主意，只见他倏地俯伏于地，连连叩头道：“臣诚惶诚恐，陛下如以臣为有罪，臣甘受朝廷严处。”

“如以臣为有罪”，一句话点明了他的心意，他自己是不以为有罪的，但如官家听信范仲淹，办他的罪，他也心悦诚服，这又是多么忠顺呀！

官家一下便受感动了，他还年轻，才二十六岁，是很容易受感动的。他连忙含笑抚慰道：“爱卿何用惊慌，朕怎会随意治你之罪，你有何辩解之处，只便说来。”

官家显然有为吕夷简开脱之意，吕夷简岂会听不出来，但他却又来个以退为进，假惺惺地道：“臣以为其理不说自明，臣如多所饶舌，范仲淹又会说臣黜忠避谤，臣就更加有口难言了。”

“唉！”官家连连摇手道，“此事一经说清，朕自会为卿做主，卿又何用多虑！”

眼见官家已完全掌握在自己手中，吕夷简这才有板有眼地道：“陛下既不以臣为愚妄，臣以为，这实是范仲淹越职言事，播弄是非。荐贤举能，本为宰相分内之事，何怪之有？”

“这图中所列……”

“件件属实。但臣以为，荐举尚嫌其少哩！”

官家一愣：“这话怎讲？”

“如今天下升平，能人辈出，正该广为录用，为朝廷效力。如斤斤计较进退之序，以致野有遗贤，这才是为宰相者之过了！”

“卿以为你所荐举者尽属贤者了？”

“‘人有千虑，必有一失’。以臣愚钝，或有所见不到之处，但瑕不掩瑜，岂可因噎忘食？臣一片忠心，唯天可表，万望陛下圣明裁察。”

吕夷简说得滴水不漏，官家又深信不疑了。他这时反而抱怨起范仲淹来，“范仲淹危言耸听，实是可恼！”

“陛下勿恼。”吕夷简却又劝说道，“范仲淹虽言过其实，但也促臣警醒，今后当更加谨慎从事，以免有失。臣意留中即可，也不必苛责于他。”

吕夷简此举又大出官家意外，他不由连连称赞道：“贤卿真有长者之风，朕依你之意，留中便了。”

留中也者，“留中不报”也，也就是搁置不理了，这是官家常用的法宝。一般常用于以下几种情况：一是不以为意，漠然处之，如那年对江淮有司的报灾请赈；二是明知有理，又不想照办，其例子往下便会提到；三是不以为然，便一笑置之，如此次对待范仲淹的《百官图》；四是心中恼怒，又不想深究，如那次对待富弼“诱而陷之”的指责。上行下效，吕夷简专权后，竟也沿用了官家这一法宝，各地的奏章文书送到中书，有不合其意旨者，常擅自截留，来个石沉大海。留中连同扯皮、推诿以及模棱两可等等，统属于官场的文牍游戏，这些文牍游戏害国害人，官儿们却乐此不疲，此中奥秘，也只有官儿们自己领略得了。有诗为证：

世间怪事何其多，文牍游戏耐人磨，
磨得章札长胡子，黎民百姓奈若何。

且说，吕夷简这日出宫回到榆林巷宰相府，窝着一肚子火，拍桌子，摔茶碗，拿婢仆出气。依他当时的性子，恨不得立即把范仲淹贬到穷乡僻壤去受苦，但是他不能这样做。这样一来，那《百官图》必将传了出去，也必将朝议嚣然，于他吕夷简将是十分不利的。吕夷简尽管专横，舆论也是怕的。他不得不耐下性子，说了几句违心的话，替范仲淹开脱，博得官家的称许，他心中的气恼是可想而知的，他当然不肯善罢甘休，便暗中吩咐长子公绰，把心腹侍御史韩缜等找来密议。

范仲淹过了一段日子，不见下文，知道官家留中不报了，他也同样不肯善罢甘休，索性上了一本老长的奏章，列了帝王好尚、选贤任能、近名、推诿四论，尖锐地指出了时政之弊。其中“选贤任能”一论中，除再一次强调了吕夷简任人唯亲外，还加了吕夷简长子公绰借父权势，公然卖官鬻爵的事例。最后指出，“汉成帝信张禹，不疑舅家，故有王莽之乱，臣恐今日朝廷亦有张禹坏陛下家法，不可不早辨也。”

张禹，汉成帝时为相。当时外戚王氏专权，张禹为保富贵，只知唯诺逢迎，世以为他促使了王莽篡位。如今，范仲淹把吕夷简比作张禹，使吕夷简恼羞成怒，顿时剥下了温文尔雅的外皮，与范仲淹对质于官家之前。

“范仲淹类比不伦，肆意毁谤执政大臣，罪该万死!”

“吕夷简黜忠言，废直道，独揽仕进，朋比为奸，较之张禹有过之而无不及!”

“范仲淹越职言事，离间君臣，罪该万死!”

“侍臣论政，何来越职?指斥奸佞，何谓离间?”

“范仲淹妄谈帝王好尚，公然讥讽朝政，蓄意犯上，罪该万死!”

“吕夷简以姑息为安，以避谤为智，左右帝王好尚，以致鲠士咋舌，纲纪废弛，罪该万死者应属于他!”

两人你一言，我一语，各执己见，互不相让，言辞激烈，只听得年轻的官家目瞪口呆，他忙传谕：

“二卿应该平心静气，以理服人，妄自争吵，于事何益?”

范仲淹忙又奏道：“陛下明鉴，臣所进《百官图》已可完全看出吕夷简如何蔑视祖宗成例，妄自邀幸，滥用亲党，何况……”

“陛下!”吕夷简对《百官图》自有自己的解析，已不害怕，今日范仲淹的奏章中却牵连上他的儿子，倒不由他暗中吃惊，如今他怕范仲淹又提此事，因此忙抢过来道：“荐贤举能，不能囿于成例，如以荐举为有罪，范仲淹举于朝者，也不乏人，又作何解?”

官家心想对呀，范仲淹不管在朝中，在外任，也曾荐举多人嘛，再加上吕夷简此前的应答，越感到范仲淹是多此一举，因便说道：“吕卿话说有理，此事便不必多议了。”

“不然，”范仲淹没料到吕夷简反过来将他一军，他确也引荐多人，但他那些人都是值得引荐的，如尹洙、苏舜钦等。如今吕夷简蓄意混淆是非，来掩盖自己的不端，他越加气愤，忙又辩道：“臣所引荐者不过数人，而且尽是俊秀之士，陛下可以裁察，若吕夷简则……”

"陛下!"吕夷简就怕范仲淹抖出他儿子之事来，再一次把范仲淹的话截断，"臣所举荐者也不尽是无能之辈。此事已明，范仲淹还纠缠不休，实属不该!"

范仲淹还欲再言，官家此时却十分厌烦了，他断然开口道："罢了!二卿都不必多言了，你等且退，容朕再作理会。"

官家此举显然对吕夷简有利，但官家已经放下脸来，范仲淹也就不敢再说什么，只好怏怏而退。

次日，诏命下来：范仲淹讥讽大臣，着即落职外放，出知饶州。

吕夷简却安然不动。

为何有此诏命?谁也无从知晓。

范仲淹等懊恼万分，自不必说。朝野也啧有烦言。谁知侍御史韩缜像早已准备好的一般，立即上了一本奏章，说："范仲淹荐引朋党，殊属不该。自今百官凡有越职言事者，即应视为范仲淹之朋党，按例一并查处。"官家御批准了。韩缜按吕夷简之意，把这一奏本又化为官家诏旨，加上"仰各凛遵"等语，张贴于朝堂之上。这一来，有如一张巨网，网住在朝百官，谁也动弹不得了。

但是，究竟有不怕死的直臣，他便是秘书丞、集贤校理余靖，他痛恨朋党诏旨一出，满朝文武，钳口结舌，即以言事为职责的谏官，也缄默不言，正气何在?公理何存?我如再怕越职获罪，谁来为范仲淹辩冤?于是他毅然上书于官家，极言贬范之不当。书中指出："仲淹若以官政缺失，自取罪戾，国有常典，谁敢议之。今以讥讽大臣，指讦时政，重加谴谪，臣深为陛下不取也!"

书到中书省，吕夷简见了，心中高兴，他正欲杀鸡儆猴，这下可好。诏旨煌煌，他也不用再奏明官家，便贬余靖去监筠州酒税。因此，尽管余靖的奏本有理有节，情词恳切，官家压根儿没有看到。

这下可又气坏了一个人，他便是范仲淹好友尹洙。范仲淹明令贬黜的当天，尹洙便与欧阳修一起去范府看望。尹洙一进门便忍不住高声嚷道：

“范公与吕夷简廷争本就未见分晓，官家一宿之间，却不分青红皂白，断然下此责诏，这又是从何说起?”

范仲淹边为两人让座，边苦笑道：“官家肺腑，本就难测哪!”

“范公难道就此罢休?”尹洙从侍仆手中接过定窑描花茶碗，愤愤地道，“何不伏阁力争？有理走遍天下嘛!”

“可朝廷这事有时便无理可讲!”范仲淹这时却显得十分冷静了，“可记得上次废后之争？先是愚兄一人上书，官家不纳；继之以十人伏阁，结果又是如何?”

“你怕俺不怕!”尹洙气咻咻地把茶碗往桌上狠狠一顿，“俺可咽不下这口气!”

“贤弟意欲何为?”

“俺要奏上一本，吕夷简即使三头六臂，俺也要碰他一碰!”

“贤弟又鲁莽了!”范仲淹忙止住他，“愚兄岂是怕事之人？怕事也不至于直斥吕夷简之奸了！只是如今官家已明摆着不可理喻，你何用多此一举，于事无补，又自取罪戾呢?”

“怕的何来？无非与公同行也就是了!”

两人言来语去，欧阳修却不置一词，只是捧着那定窑茶碗出神。

尹洙心里有气。他只知道欧阳修对古碑刻甚感兴趣，多方搜寻，摹本珍藏，却不知何时又迷上窑器了？此时还有闲情鉴赏呀！他忍不住埋怨道：“永叔今日怎么了？缘何一言不发呢?”

欧阳修见问，才放下茶碗微微一笑，慢条斯理地道：“你上书吧！言词越是激烈越好，哪怕把吕夷简骂得狗血喷头，他还会称谢不迭哩!”

“这话怎讲?”

“他趁此拔掉几个眼中钉，还不拍手称快呀!”

“正是如此。”范仲淹点头道，“听说适才又有甚的切戒朋党的诏书揭于朝堂了，你等可曾知晓?”

“尚未有所闻。”

“吕夷简贼喊捉贼，正在张开罗网哩！师鲁，千万不敢造次呀！”

“可是这一口气难咽呀！”

“谁又不气！”欧阳修叹一口气，“希文兄他就不气吗？大丈夫能屈能伸，有时就得忍辱负重嘛！”

“永叔说得对。”范仲淹黯然地道，“为今之计，只有暂且偃旗息鼓，审时度势，待机而动为好。”

尹洙算是勉强接受了二人的意见，连日来他坐立不安，心中气愤难平，如今见到余靖被贬，他又按捺不住了。他对自己说道：“余靖与范公不过泛泛之交，尚能仗义执言，我枉为知交，反而缄口不言，有何面目在世为人！”他再也顾不得范仲淹与欧阳修的一番劝告，立即上了一纸奏书：“臣尝以范仲淹直谏不回，义兼师友。自其被罪，朝中多知臣亦仲淹所荐。仲淹既以朋党得罪，臣固当从坐……”要求一起降黜。尹洙自己找上门来，吕夷简自是欣喜万分，他一不作，二不休，当日便是一道矫旨：贬太子中允、馆阁校勘尹洙为崇信军节度掌书记，监郢州酒税。

又是一个！欧阳修终于也沉不住气了。

前一天，余靖被贬诏命既下，欧阳修忙到余府慰望，谁知却碰见高若讷在那里高谈阔论。高若讷时任左司谏。欧阳修十七岁时，在天圣二年进士榜上看到他的名字，为官后又听尹洙说此人正直有学问，便结识了他。平时交往谈吐，倒也能明辨是非，谁知这时高若讷在余靖座中却唾沫四溅，讥讽范仲淹为人迂阔，不识时务，又好邀虚名，乃有讥谤宰相之举，埋怨余靖不该替范仲淹说话，徒罹罪戾。欧阳修听了十分逆耳，当场便驳了几句，倒是余靖以双方都是僚友，不想多事，从中转圜，不让他们争执下去。欧阳修愤然辞出，回家后还气愤不已。他心想真是知人知面不知心，平日看这小子正人君子模样，如今却说出这等话来。继而又想，如说高若讷是吕夷简同党，又无其他迹象，不如自己姻弟王拱辰那样显而易见，那是为的什么？难道这竟是他的真实想法？但他平时褒贬是非，侃然正色，这又作何解释？继而又想，莫非他只为家有老母，怕丢了乌纱，衣食堪虞，不得不如是？果如是，纵使不是小人，也是庸人了。咳，人哪。人心竟是如此难测高低哪！

欧阳修每遇高兴时或烦闷时，不是赏玩碑刻，便是以诗词自遣。夫人薛绮云出身名门，知书识礼，常是他诗词的第一个鉴赏者。这时他愤懑之极，又写下几首小诗，夫人听得他愤懑的缘由，难免解劝一番。欧阳修系庐陵人，夫人却是绛州[①]人，语言上难免南腔北调，极不相同，但夫妻情爱甚笃。夫人的劝解往往对欧阳修起着很大的作用，使欧阳修心里好过了许多。

谁知才过一天，又听得尹洙被贬，欧阳修又心烦意乱地来看望尹洙。他与尹洙乃莫逆之交，向来不用门上通报，便往里闯。他穿堂入室，来到尹府客厅之前，忽听厅内正在高声吵嚷什么，他心中一怔，不由放慢了脚步，轻轻来到门前，就着落地门的镂花槅子往里张望。由于他的近视，只见厅内人影幢幢，也分不清都是些什么人在，但他听觉是灵敏的，一下便辨清争吵的双方一是尹洙，另一个又是那高若讷。原来这小子又来这里大放厥词了。尹洙是急性子，比不得余靖稳重，争吵自是免不了。欧阳修只听了几句，好容易按下的满腔怒火，一下又窜了上来，他恨不得立即推门进去，对高若讷狠狠驳斥一番，但他刚举起手去推门，转念一想，又徐徐把手放下了。两人已经吵得不可开交，自己又何必再去凑这个热闹。

正当这时，尹洙老仆从外走来，一见便道："欧阳老爷来了，还不快快请进！"

"不用了！"欧阳修的思想已完全转过弯来，"你过后告诉余老爷，我改日再来看望。"

说罢，匆匆往外走去。

欧阳修回到府里，夫人的贴身丫鬟服侍他改换衣靴，他铁青着脸，口里不断喃喃着："小人！无耻！""无耻！小人！"

---

① 庐陵即今江西省吉安市，绛州即今山西省新绛县。

夫人薛绮云在旁见了，忧心忡忡地问："夫君说谁无耻小人？"

"还不是那个高若讷！"

"高若讷又怎么了？"

"师鲁[①]也被贬了，他还到师鲁那里指是说非。咳！我看透此人了。小人！"

"看透了，今后少与他往来也就是了。"夫人只好婉言解劝，"何用与他计较？"

"可我心中这口气出不了哪！"

衣褂换好了，夫人亲手递给他一盅香茗，他呷了一口，深深叹一口气道："真是'疾风知劲草'哪！自从朋党之论一出，范府便门可罗雀了，都怕惹祸上身，什么气节，什么廉耻，全不顾了。如今又出了个高若讷，身为台谏，不出来仗义执言也还罢了，还满嘴喷粪。他……他这其实是掩饰他的心虚。真是可恼！"说罢又呷了两口茶，便放下茶盅，往外走去，边走边道："隔日希文兄便要离京南下了，看有几个到长亭饯行！"

夫人薛氏也只有摇头叹息而已。过了一会，她又有些不大放心，便命丫鬟去书房看看老爷在做什么。丫鬟回来报道："老爷在写着哩。"

想必又在作诗了。薛绮云倒想看看夫君又作了何诗，便信步踱到书房里来。欧阳修近视，一个个字写得如核桃大小，夫人老远便看到欧阳修在书笺上写着："修顿首再拜白司谏足下……"

夫人心中一动，原来夫君在写信呢！这司谏难道便是高若讷？她忙步来到欧阳修背后，只见那书上接着写道："某年十七时，家随州，见天圣二年进士及第榜，始识足下姓名……"

果然是给高若讷写信了，夫人不由吃了一惊，连忙伸出纤纤玉笋，按住欧阳修执笔之手道："夫君，你这是所为何来？"

"为夫要狠狠骂他一顿，以泄心中之愤。"

---

① 尹洙表字师鲁。

“夫君千万三思，你忘了范公的再三嘱咐了？师鲁已是前车之鉴，君怎好再蹈覆辙。”

“顾不得这许多了。夫人，城狐社鼠，不加以口诛笔伐，何以伸正气，振人心！”

“夫君……”

“夫人，希文兄刚直不阿，朝廷精英，他竟敢横加诬蔑，是可忍，孰不可忍！”

“夫君……”

“夫人，你不必多说了。”欧阳修这时只有满腔义愤，早已顾不得一己安危了，夫人的劝说也不再有用了。“为人不能临危忘义。如这小子果有脸将我此书公之于众，我便陪希文兄走一遭吧，没什么了不起的。”

夫人无话可说了，只好含着泪退了出去。

欧阳修怀着满腔义愤继续写他的书信，正写着，忽听得身后有人喊道：

“姻兄，白日伏案写什么来？”

不用回头，欧阳修便听出是连襟王拱辰来了，他此时又来作甚？

第五回

道不同连襟难共处
性各异姐妹可相亲

欧阳修与王拱辰虽然志趣各异，但既是至亲，也难免时相往来，何况姨妹绮霞与绮云姐妹情深呢。这时他见王拱辰前来，尽管心中不快，也只好随手在案边拿过一本线装书，将素笺盖住，然后起身让座。

王拱辰落座后，便诡谲地笑着道："姻兄何用遮盖，不是给高司谏作书吗？"

他怎的知晓？欧阳修心中一愣，但他接着便明白了，必是夫人搬兵来了，夫人真是糊涂，你岂不知我和他谈不到一块的吗？

薛绮云当然不是糊涂，她只想让夫君听一听相反的见解，或也能清醒一些。

既知道了姻弟来意，欧阳修只是报之以讥诮的微笑，不想作答。

王拱辰是个聪明人，自然看出了欧阳修的讥诮，但他既受姨姐之托，下决心不管如何，也要把自己的话说完。

"小弟愚见，姻兄大可不必生此闲气，高司谏他说得昏天黑地，于姻兄何干？范公已经被黜，也不至因此加罪的。"

这是什么话？就让他高若讷满嘴喷粪，污蔑刚毅之士吗？欧阳修心中越加不忿，他还只是讥诮地笑着。

"是的，他说了些不该说之言，比如说范公徒邀虚名，这就未免言过其实了。范公刚正不阿，俺也是十分钦佩的，他绝不是那样之人。"

这小子也算说了几句公道之言，欧阳修心想，且看他再说些什么。他还是略带讥诮地微微笑着。

“可他说范公迂阔，小弟倒是有些信了，就说这回一而再地与吕公为难……”

“罢了！”欧阳修不想让他再说下去了，再说下去又该为吕夷简评功摆好了，“你知道徒邀虚名这句话有多大分量？这是对希文兄人格的污辱！”

“尽管如是，可他总说对了一半嘛！”

“何来一半？”欧阳修不免激动起来，“你要说，吕公襄助刘太后调协公卿，出了不少力嘛！吕公辅佐少主治理偌大国家，备极辛劳嘛！我实不愿再与你费这唇舌了。我只问你，他吕夷简任人唯亲，独揽仕进，一人得道，鸡犬升天，这也不值一提吗？”

欧阳修忍不住说开了，王拱辰心中高兴，他就怕欧阳修真的一直不开口。

“姻兄未免言重了。小弟并非吕公所荐，这点姻兄自是清楚，但俺不免得说几句公道话，吕公是任用一些亲信，那也是事非得已嘛。如今朝中仕习，兄又不是不知道，手下没一些得心应手之人，哪怕宰相之尊，他能指挥如意，令行禁止吗？”说至此，他忽地压低声调，“别说吕公了，就是官家，位居至尊，他身边如没有吕公这样忠心为主、唯命是听的臣子，怕也只有徒唤奈何了！”

这小子，还真言之成理哩！欧阳修不想与他多辩，对这理一时他自己也觉得很难说清。

“可他吕夷简纵子不法，卖官鬻爵，这又作何解？”

“其实那也是言过其实，公绰多的也只是将中书除拜官职内情泄露于人，人家感他的恩，送些物事，这也是人情之常，怎能算卖官鬻爵呢？”

“那也只是五十步与百步之差而已。”

“可不一样了，那可说是他年轻识浅，无心泄漏。实话告诉你吧，正因如此，那天吕公进宫一说，官家便信了他的！”

王拱辰无意中说漏了嘴，道出一些真情，欧阳修才知果然是吕夷简从中使了手脚。

当然王拱辰并没有说出全部真相，也许他也不一定尽知其详。那日吕夷简与范仲淹廷争后回家，立即与儿子公绰密议，都认为应该先下手为强。当日夜间他悄悄进得宫去，在官家面前大诉他的苦经，把儿子之事说成年轻无知，轻描淡写带过，而全力诋毁范仲淹比他为张禹，说这不仅蓄意中伤他吕夷简，而且蓄意中伤王公勋戚，请问，今日有哪位王公勋戚图谋不轨？“陛下如不贬斥范仲淹，只怕王公们也是不答应的！”

范仲淹虽则一片忠心，但他引例不当，终给吕夷简以可乘之机，刺痛了官家的心，就难免遭厄了。

欧阳修得知了吕夷简的内情，心中更增加了厌恶之感，他又不想说话了。

王拱辰并不理解欧阳修缄默之意，他还要接着把话说完，“是故，姻兄再与高司谏找麻烦，就未免小题大做了！”

“不然！”提到高若讷，欧阳修又不由愤慨起来，“这可是两回事。你道那些谰言全是出自他的肺腑？他高若讷要像你这样赤裸裸地为吕夷简说话，倒也罢了。他不，他是以满口胡言来掩盖他的心虚！他身为谏官，不能仗义执言，又怕人家笑话。既想作婊子，又想立牌坊，这就是他的可恶之处，我是非刺他一下不可的！”

王拱辰料不到欧阳修是这样来看高若讷的，他想一想似乎也有道理，他也感到无话可说了。但他受姨姐之托，还总想多劝几句。

“姻兄凭一时义愤，你可知此书一到高若讷之手，或将有何等后果？”

“兄只知伸张正气，其他未所计也！”

“姨姐年轻，二子尚幼，兄怎能无所计也？”

“万一不得不与希文同行，兄这一家只好托诸于你了！”欧阳修不由感慨地道。

王拱辰一时也不知如何答对，忽听得门外有嘤嘤啜泣之声，他索性走过去打开门，原来夫人绮云与她妹子绮霞已在外听得多时了。这时，绮霞便扶着俯首啜泣的姐姐慢步走进房来。

坐定之后，绮云呜咽着对欧阳修道：“妹丈一番善意，竟难劝回于你，你难道是铁石心肠吗？”

欧阳修看到夫人这般模样，也不由黯然神伤，许久，他才婉言劝道：“夫人，忠与孝，公与私，从来难以两全，请夫人原谅为夫吧！”

“姐丈正气凛然，小妹无限感佩！”绮霞这时却说，“姐丈万一被放，小妹当即过来与姐为伴，君贶也会时来照看的，姐丈只管放心。”

欧阳修知道这个姨妹的性格，比她姐姐刚强，平时也不大赞许丈夫之所为。这时听了这一番话，心中十分感动，便拱手为礼道：“能如此，愚兄就铭感不尽了。”

王拱辰见妻子如此说了，他也不便再说什么，欧阳修趁机请他夫妻陪同夫人回房，好好规劝。

送走了王拱辰夫妇和妻子，欧阳修又一个人独处了，但他也和范仲淹一样，尽管已义正词严地批驳了连襟王拱辰，可王拱辰夫妇的到来终究也搅乱了他的心绪，他不由也想到了结缡不过数年的爱妻，与才离襁褓不久的幼子，当时官吏谪放一般都不带妻小，他真的又要离妻别子了吗？继而他又想到了范仲淹的一番戒劝，自己本就不该逞一时意气，遂了吕夷简所愿嘛！这么一想，他真想搁下笔来算了。但过了一会，他又憬然而悟，自己适才对妻子，对姻弟是怎么说的？尹洙已毅然自请外放，自己又留下作甚？自己既不齿高若讷的为人，难道又让自己为他人所不齿？姨妹话虽数句，可清浊可辨，爱憎分明，我欧阳修枉为堂堂男子，竟连一弱女子都不如？这么一想，他又感到汗颜无地了。

这时，欧阳修感到口干舌燥，烦闷不堪，便起身过去推开窗子。室外是一个小小的庭院，花架上玫瑰盛开，一阵清风带来沁人花香，他顿觉精神为之一振。便命侍仆沏来一杯酽茶，猛猛喝了数口，这才重新坐了下来，眯起一双近视眼，聚精会神继续写将下去。

王拱辰到来之时，欧阳修的书信已写了将近一半，叙说了对高若讷三疑而后知其非君子的过程，接下去该写什么？接下去就该揭开他的老底，还他伪君子的真面目！欧阳修这么一想，立即奋笔疾书起来，他越想心中越气，笔走龙蛇，直至写罢“此君子之贼也”，才算吐出一口气来。但他言犹未尽，接下去又反复质问高若讷，范仲淹究竟贤与不贤？果是不贤，你身为谏官，为何早不为天子辨其不贤；果是贤者，今日被冤，你为何反诬其不贤？写着，写着，又越来越感到高若讷面目丑陋，不觉又义愤填膺起来，他不禁在笔下写道：“昨日安道[1]贬官，师鲁待罪，足下犹能以面目见士大夫，出入朝中称谏官，是足下不复知人间有羞耻事也！”骂出这一句，总算出尽了心中之气。接下去他不想多写了，打算用几句话了结全文。正写着，忽又想道：“大丈夫光明磊落，应该还他个浩然正气！”便又写道：

“若犹以希文不贤而当逐，则余今所言如此，乃是朋邪之人了。愿足下直携此书于朝，使正余罪而诛之……”你真有脸把我当作“朋邪”，奉此书于朝廷，我欧阳修在家等着哩！真是气贯日月，笔泣鬼神！

第二日一早，欧阳修便差人把信送去。

欧阳修与范仲淹一样，在朝中都是素有人望。高若讷平时就怀有敬畏之心，今见欧阳修突然贻书自己，捏一捏书信不薄，不知写的什么，不由心中一跳。再想到前几日两人曾在余靖家中有过小小交锋，预感到来者不善了。他慌忙小心翼翼地把信拆开，又迫不及待地读将下去。

读着读着，高若讷越来越心神不安起来。果然不出自己所料，这不是一封平常书信，这是一份申讨檄文！读到欧阳修说有三次怀疑高若讷是否真君子，最后“决知足下非君子也”之时，高若讷已感到身上起了鸡皮疙瘩。接着欧阳修书中说到范仲淹平生刚正，为天下所共知，而“足下既不能为辨其非辜，又畏有识者之责己，遂随而诋之”，高若讷脸上已沁出津

① 余靖表字安道。

津细汗了。再读下去。书中又写道："今足下家有老母，身惜官位，惧饥寒而顾利禄，不敢一忤宰相以近刑祸，此庸人之常情，不过作一不才谏官尔；虽朝廷君子，亦将悯足下之不能，而不责以必能也。"高若讷又略为松了一口气，似乎欧阳修还能体谅自己的一片苦衷哩！但是，他往下再看几句，脸色便倏地变了，原来书中接下去写道：

"今乃不然，反昂然自得，了无愧畏，便毁其贤以为当黜，庶乎饰己不言之过。夫力所不敢为，乃愚者之不逮；以智文其过，此君子之贼也！"看至此，高若讷已满脸大汗直流了。他气得心儿打战道："欧阳修竟敢骂我为贼，真真岂有此理！"恨不得三两下将书信撕个粉碎，但他将撕未撕之时，转念一想，又无可奈何地停了下来。下面还有好多，不知还写些什么，还是耐着性子看完再说吧。

这时是五月天气，尚未大热，侍仆见高若讷满脸大汗，不知何故，慌忙拧了手巾送上，他擦罢了脸，定一定神，才继续看将下去。看到骂他不知人间有羞耻事，他又不由地拍案而起，连声骂道："可恶，可恶！可恶之极！欧阳修也太目中无人了！"

接着他像着了魔般在房中急急转了起来，转了许久，才又定下神来，再拿起信，看了结尾。欧阳修说他可"直携此书于朝"，他心想：我难道不敢吗？我就要狠狠奏你一本！

正如欧阳修所说，高若讷原只为掩饰自己不能直言之过，在朋辈间说了些违心之言，他原也只想在朋辈间说说而已，如今却被欧阳修此书深深激怒了。他像一头被击伤的野兽，完全疯狂了。他就不顾一切了，在奏书中胡说范仲淹"今兹狂言，自取谴辱，岂得谓之非辜"，要求官家立即惩处欧阳修无端谤辱谏官之过，"免惑众听"。

写罢奏书，他也不找吕夷简，他本来就没依傍吕夷简。作为谏官，他可以随时面圣。

官家听了高若讷的陈述，看了高若讷的奏书，也看了附在奏书里的欧阳修那言词激烈的书信，也心中恼怒。他由此更加感觉到范仲淹等似乎真有一伙朋党在，是对朝廷隐然的威胁，于是又感到吕夷简处理得当了。

高若讷退出后，官家立即召见了吕夷简。吕夷简听得后自是满心高兴，他顺带奏明他根据官家诏旨处办了余靖与尹洙，说明这些朋党不除将国无宁日，官家十分赞许，又授权他处办欧阳修。

次日，又是一道诏旨，贬欧阳修为夷陵县令。

欧阳修闻诏后倒很冷静，这并非十分意外之事，夫人却忍不住哭起来了。还好薛绮霞及时赶到。她说丈夫王拱辰公务繁忙，一时分不开身，天晓得是真是假。其实他也不想望这姻弟此时前来，有这个知仁知义的姨妹就尽够了，瞧她对姐姐既说又笑，连劝带哄："哎呀，俺的好姐姐！你哭的哪门子！姐丈还真敢言，疾恶如仇，把那个卑鄙小人骂得抬不起头来，尽管受了委屈，可满朝文武哪个不夸他是个顶天立地的男子！妹子都为有这好姐丈感到光荣，你该高兴才是。姐丈走后俺一定前来陪你，两个外甥年幼，俺就帮你照看，你愁个甚呢?"

薛绮云也无话可说。但她又怯怯地问："妹丈他……他能答应吗?"

"怕他则甚！他那扯顺风旗的角色，俺没少跟他吵吵。不看看俺姐丈，那才算个人哩！他要不答应，俺就和他没完!"

"哎呀妹子!"做姐姐的有点慌了，"可千万不敢，不敢为了俺……"

"咯咯！俺的傻姐姐!"薛绮霞爽朗地笑了起来，"妹子和你说着玩呢。他不敢，懂吗?不敢！姐丈一走，俺准来和你做伴，你就放心吧！一百个放心吧！俺的傻姐姐哎……"

她故意把"哎"的尾音拖得长长，逗得做姐姐的不由破涕为笑了。

欧阳修心中暗暗称奇：同胞姐妹，相异如此。我欧阳修宁折不弯的性子，却有个柔弱如水的夫人；他王拱辰黏黏糊糊随风倒，偏有个性情亢爽，是非明辨的妻子，看来冥冥中自有安排呢!

吕夷简这日则分外高兴，又趁机拔掉一个他害怕的钉子，怎能不额手称庆。他回到榆林巷府第，把三个儿子全部唤来。由于他的荫庇，三个儿子都当了大小官儿：大儿子公绰是集贤校理；二儿子公弼赐进士出身，直史馆；三儿子公儒也是赐进士出身，判礼部南曹。三个儿子听说父亲又贬了个欧阳修，也都拍手叫好，只公绰意犹未足，他恨恨地道："还有那杜老头儿……"

提起杜衍，吕夷简也不由在心中掠过一丝不快。就是这个杜衍，判吏部流内铨[①]不过数月，把所有漏洞堵得死死，就他宰相发话都不予理会，何况是小小公绰。但杜衍为治谨密，清廉自守，找不到一丝岔儿，一时也无可奈何。他只有苦笑着回答儿子："没甚了不起，他这回没跳将出来，算他识趣，往后再作道理。"

小小不快并没打掉吕夷简的兴致，他立即命厨下备宴，与妻妾儿女共饮起庆贺酒来。

席上，夫人马氏忽地想起一事，便道："妾身正有事欲与相公商议。"

"有何要事，待酒后说也不迟。"吕夷简怕一些琐事扫了他的兴致。

"此事说大不大，说小不小，有关内廷吩咐哩！"

"内廷有何吩咐？"吕夷简心中奇怪，他不敢怠慢了。

"妾身今日进宫朝谒圣人，[②]圣人说起，官家好食糟淮白鱼，祖宗老例，不得取食味于四方。圣人之意，相公家在寿州，必定是有的。妾身已答应奉献。我家如今尚存十奁，妾意都送往宫中供奉，相公以为如何？"

吕夷简正在兴头上，便道："好吧！这有甚了不起的大事儿。"

马氏立即吩咐下去，命府中总管吕寿亲自押送十奁糟淮白鱼进宫。

又饮了一会酒，吕夷简忽然回顾左右道："快去看看，吕寿走了没有？"

夫人诧异地问："相公这是为何？"

吕夷简不答。少顷，左右来回，吕寿备好鱼奁，正待起行。

吕夷简便道："吩咐吕寿，送两奁进宫也罢。"

---

① 当时掌管九品以上职官的序迁事宜。

② 宋代宫中对皇后的称呼。

夫人忙道："相公，为官家进食，有何吝惜？何况，这又非难得之物。"

吕夷简道："夫人好不明白，御厨所无之物，人臣之家，何得有十奁呀！"

马氏恍然心领神会，也就不言语了。

吕夷简在家饮酒庆贺，范仲淹却启程南下了。

行前，范仲淹正独自在房中操琴，夫人李氏带着长子纯佑来到他的面前，悲切切地开口道："佑儿年近弱冠，已经懂事，他自请要随你南行，服侍左右。能如此，妾身也就放下心来了！"

"当"的一声，琴音断了。范仲淹满心不快地道："夫人你好糊涂，佑儿正是励志功名之时，怎能耽误他宝贵前程！"

纯佑资质聪颖，十岁便能作文。范仲淹守苏州时，倡办郡学，聘名士胡瑗为师。胡瑗学规严厉，生徒数百，多难遵守，纯佑年纪最小，却自觉遵守，学得最好，范仲淹十分喜爱。按他的官阶，儿子本可荫补，但他不想让儿子吃现成饭，要儿子考取功名，正途出身。

纯佑听了父亲之言，却恳求道："孩儿之意已决，万望爹爹俯允。爹常说忠孝不能两全，爹既为国尽忠，就让儿为家尽孝吧！纯礼、纯粹、纯仁诸弟个个聪明好学，就让他们求取功名、光耀门楣吧！"

纯佑说得情深意切，使得这个在权贵面前铮铮铁骨的父亲，潸然泪下，事情就这样定下来了。

范仲淹与纯佑别了一家之人，带着随从来到十里长亭。

这时已是景祐三年(1036)五月，季候进入初夏，汴河大道上绿柳成荫，蝉声聒噪，行人如织，车水马龙。十里长亭里却只寥寥十数个人，正如欧阳修所料，除他之外，只来了尹洙、余靖和几个范仲淹的亲邻。

诸人一一与范仲淹敬了酒，道了别。欧阳修看着寥落的几人，禁不住一声长叹："一道朋党诏书，竟就吓坏了满朝文武，世情如此，良堪浩叹。”

范仲淹却不以为意，只是埋怨欧阳修与尹洙不听他的劝告，终于一同被贬。他又对余靖充满歉意地道：“安道兄为我所累，范某心中殊感不安。”

余靖急忙答道：“希文兄此言未免见外了。朝廷闭塞言路，直道不行，有心人谁不扼腕！小弟也是积忿于心，不吐不快嘛！”

范仲淹听了不由十分感动地道：“安道兄如是愤时忧国，范某实是失敬了。”

范仲淹与余靖原本相交不深，如今倒有相识恨晚之感了。

尹洙这时却接着道：“安道兄说得对了，范公大可不必怨这怪那，道理俺岂不知，可到头来就忍不住，知道吗？忍不住呀！”边说边搓着颔下的短须，他今年三十六岁，已留了短短的胡子，急起来习惯去揉搓他的短须。

“说来也是，”范仲淹又不由慨叹起来，“你我如此秉性，本不适宜于涉足宦途，却偏要厕身其间，也只有自讨苦吃了。”

“如小弟那位连襟，”欧阳修忍不住接着道，“墙头草，随风倒，倒能左右逢源，近日他悄悄告诉我，颇有望进入翰苑哩！”

“卑鄙之尤！”尹洙忍不住骂了一声：“人生来如只为了荣华富贵，也枉到世上来一遭了。”

欧阳修有意将他一军：“依师鲁兄之见，人生来不为荣华富贵，究又为的什么？”

“这个……”尹洙又不由伸手搓起他的胡子来，他觉得这提问明澈如镜，又模糊如烟，一时竟不知如何用一两句话来说清楚，只好笑着答道：“诸位都是名师大儒，俺也就不班门弄斧了！”

欧阳修哈哈大笑起来：“师鲁兄也有辞穷之时呀！”

这真是：

人生在世究何为？几人参得个中味？

几人进退能无私？几人俯仰可无愧？

余靖系韶州曲江[①]人，讲话带着岭南人常有的慢条斯理的拖腔，他见尹洙受窘，便不慌不忙地接着道："其实这是师鲁兄过于认真了嘛！希文、永叔二兄也只是无可奈何说的那一番话，他们岂会超凡入圣呢？当然也不会坠入浊流的嘛！二位你说可是？"

范仲淹与欧阳修都不无晦涩地笑了起来，尹洙也只好跟着笑了。

"无可奈何花落去，似曾相识燕归来。"欧阳修由余靖之言忽然联想起这两句词，"你我今日一别，地北天南，暮云春树，又不知何日才能归来相聚呢？"

余靖听了接着道："师鲁与永叔二兄放所不过一两日途程，弟与希文兄也相距不远[②]嘛！倒是可互通音问哩！"

欧阳修感慨地道："安道兄真是有心人，还查得一清二楚了。"

范仲淹道："罢了，罢了。你我也只能各自珍重了。在新地也总不乏志趣相投之辈，可以相与盘桓的。"

余靖笑着道："希文兄可得小心一二，朋党之诏还悬于朝堂哩！"

余靖只是开个玩笑，欧阳修却认真起来："吕夷简贼喊捉贼，大抓朋党，其实朋党又有何害？小人有小人之党，君子有君子之党，若凡君子之党……"

"罢了，罢了。"尹洙拦住了他，"今日谁耐烦听你的高谈阔论？你如有心，何妨写个《朋党论》，异日再来领教。"

欧阳修点头道："小弟是要写的，小弟是要写的。"

这时河岸上刮来一阵带着热气的南风，吹得沿河垂柳婀娜飞舞，吹在

---

① 即今广东省韶关市。

② 尹洙放所郢州在今湖北钟祥县，欧阳修放所夷陵县在今湖北宜昌以东，余靖放所筠州在今江西高安县，范仲淹放所饶州在今江西鄱阳县。

身上却反有郁闷之感。艄子却来催促道："起风了，正好赶路，老爷请起行吧。"

众人听了，又不免依依惜别起来。

尹洙这时忽然想起什么，大声嚷道："杜公翁婿缘何不来送行？别人倒也罢了，他俩也被那诏旨吓毛了不成？"

经尹洙这一点醒，欧阳修与余靖也难免奇怪起来，杜衍翁婿可都不是怕事之人。

范仲淹连忙摇手道："师鲁不可错怪了他们，其实他们……"范仲淹说至此，举眼看看亭外，只见来往之人不绝，又把下面的话咽住，只好说道："此地不是说话之所，诸位日后便会明白的。"说着连连抱拳拱手，"为时不早，范某就此告辞了。"

尹洙只好把满腔疑团压下，随同欧阳修等送范仲淹父子到河边。

范仲淹又回身朝诸人连连拱手："有劳诸位远送，范某铭感五衷。"

诸人异口同声祝他父子："一路顺风！"

范仲淹回过身去，在纯佑搀扶下，正要举步登上踏板，忽听得远处人声喧嚷，隐隐听得喊叫：

"范公留步！"

"范公慢走！"

范仲淹连忙回头一看，只见从汴河大道上急匆匆奔来一大伙人，边走边嚷，顷刻间来到河边。打头的是天章阁待制李纮、集贤校理王质，他们一个个跑得大汗淋漓，气喘吁吁，半晌说不出话来。

范仲淹不由一愣：他们为何而来？

第六回

仰忠贤竟饯汴河岸
怀义愤争购蔡襄诗

范仲淹正欲上船，忽见天章阁待制李纮、集贤校理王质，带着一二十人，气喘吁吁地急奔而来。不由诧异万分地道："列位这是为何而来？"

众人齐声答道："为范公你送行来呀！"

范仲淹听了，越觉不解地对打头的李纮、王质说道："二位兄长昨日已在寒舍抵掌盘桓，论尽天下利病，临了相约，今日就不劳大驾了，如今又是所为何来？况又约来这许多贤俊，范某怎生过意得去？"

王质气喘尚未全平，只能结结巴巴地回道："俺原也……如是想的，谁知……谁知昨晚回舍，出了个稀罕事儿，俺这又……改变主意了！"

王质好容易把话说完，范仲淹越加惊异地问："是何稀罕事儿？"

"可笑韩缜那厮，"王质歇了一会，待气已渐顺，才回答道，"竟然妄托知己，派个长史前来，说是'韩公寄语，范仲淹因朋党获罪，足下竟与之盘桓终日，只怕诸多不便'。俺听了既好笑，又好气，俺就直统统地回他，'烦你转告韩公，范希文天下贤者，俺王质何敢望其项背，若得为希文朋党，则是韩公对质的厚赐了'。那长史讨了个没趣，悻悻而去。因是俺就决意今日还得光明正大地送兄一程，给韩缜那厮看看，天地间还有正气在哩！"

范仲淹、欧阳修等听了，都不由感慨系之。世间善与恶，忠与奸，有时竟如此泾渭分明。

这时众人虽都已逐渐平了喘，顺了气，却还是满脸通红，汗渍淋漓。范仲淹又十分不安地道："诸位为何不用舆马，竟然徒步而来?"

李纮便笑着道："子野[①]兄今早来邀，弟已备了肩舆，谁知子野兄却说，就该徒步过市，使尽人皆知我乃送范公去来。因是于市上见了相识之友，子野便大呼'送范仲淹南下去也'。这不，许多人便随着来了!"

范仲淹听了，感动得一时说不出话来，许久才道："范某何德何能，竟蒙子野兄与诸位兄长如此厚爱!"

"范公这话过谦了!"一个太学生模样的开口说道，"晚生不才，略知忠义。曾听说范公初为校理，因触忤太后被贬河中，僚友饯于都门道：'此行极光。'后为司谏，因谏废后被贬睦州，僚友又饯于长亭道：'此行愈光。'今公又以触忤权相落职，真可谓光照寰宇矣！晚生有幸滥竽送行之列，终生难忘哩!"

范仲淹听了此言，回首往事，历历在目，几分感慨，也有几分忧伤，不由捻须微喟道："范某前后三光矣！异日诸位再送，只怕就是坐牢了，非如是不得了期哩!"

余靖听了忙道："吉人自有天相嘛，希文兄何出此言!"

王质也笑着拱手道："希文兄，'去国一身轻似叶，高名千古重如山'，正不必长太息也。时已不早，弟等已耽误了兄的行程，请即上船吧。"

范仲淹于是怀着无比激动的心情，连连与诸人拱手道别。

谁知诸人在岸边这一番谈论，却惊动了许多行人，他们听说相送的是刚正之臣范仲淹，都不禁驻下足来。及至范仲淹上得船来，倚着纯佑回首一看，竟有数百人长列岸边，向他连连挥手，他不禁怆然泪下道："公道自在人心，我范仲淹虽死亦无憾矣!"

由尹洙的一封长书忆起了这次被贬的始末，再看看尹洙那充满火气的

---

① 王质表字子野。

书信，想必他又已搓断几茎须了，范仲淹不由连连嗟叹道：“师鲁呀师鲁，你又怎知我此时之心呀！”

此时之心又是如何呢？范仲淹只感到头绪纷繁，自己也难于说得清楚。按照那太学生的说法，自己已经“四光”了，难道是担忧下一次真的要坐牢吗？还是那朋党的阴影还在心中作怪？其实，那朋党的阴影像似没过多久便逐渐消逝了，只看那事件的两次余波就很清楚。那是过后好久范仲淹才听得的。

就在范仲淹、欧阳修等离京不到半月光景，汴京街头出现了一件新鲜事儿，或是闹市茶肆，或是歌楼酒馆，都有人叫卖西京留守判官蔡襄的《四贤一不肖诗》。蔡襄字君谟，福建仙游人氏，其书法举世闻名，行书尤为拿手，时人百金都难买到他的手迹。如今却有人在街上四处叫卖，二两银子就可买得一张。买者趋之若鹜，卖者应接不暇，真有洛阳纸贵之慨。蔡襄字迹既是百金难买，如今岂能如此贱卖，而且写得如此之多？此中显然有假，但人们却不问真假，乐于受骗上当。买主中固不乏暴发户之流，附庸风雅，以假乱真，但多的还是宁愿花了二两银子，买那诗篇。那《四贤一不肖诗》果是蔡襄所作，咏的正是那次党禁，四贤即指范仲淹、欧阳修、余靖、尹洙，一不肖自是高若讷了。诗吐出了汴京臣民心中的不平之气，人们也就争着一睹为快了。据说当时有契丹使者来朝，也买了一张回去，张贴在幽州驿馆之中。

杜衍女婿、光禄寺主簿苏舜钦，梓州铜山①人。秉性风流，是歌楼酒馆的常客，他也买了一张回府，独自关在书房中，把那《四贤一不肖诗》摊于案上，念上一句，饮一杯酒，连呼“痛快”。原来这苏舜钦平生好酒，每晚都得饮上一斗。他新婚那段，就住在杜府之中。一晚，杜衍到书房去看他，只见他正在津津有味地朗读《汉书·张子房传》，读到张良狙击秦始皇，误中副车时，拍案叹道：“惜乎击之不中！”就满饮一大杯。读到张良

① 今四川省中江县。

投奔汉高祖，又拍案叹道："君臣相遇，其难如此！"又满饮一大杯。杜衍笑道："有如此下酒物，一斗也不多了！"如今他又以《四贤一不肖诗》下酒了，显然，他是在诗不在酒哪！

其实，苏舜钦早已是满心积忿了。他也是个血性男儿，又是范仲淹推举的。党案一出，他就去找岳父杜衍，要上书为范仲淹辩冤，被杜衍一口顶了回去。高若讷谗陷欧阳修，更使他义愤填膺，他再次去找岳父大人，杜衍却骂他糊涂，他气得大声顶道："今权臣当道，是非不明，朝野有识之士，谁不痛心疾首，小婿有何糊涂之处？只怕是大人糊涂了！"

"胡说！"杜衍骂了一声。女婿博学多才，杜衍是十分喜爱的，他也不想苛责。

"不是糊涂，也便是胆小怕事了。"苏舜钦心中积忿难消，他还不肯罢休。

"越说越难理喻了！我要怕事，范仲淹的仕迁内情从何而来？他那《百官图》怎画得成？"

这些事苏舜钦当然知晓，他也知道岳父不是怕事之人，但是他不理解岳父这样正直之人又怎能忍得住这一口气。

杜衍也猜透了女婿的心事，便叹一口气道："贤婿，朝纲坠败，我岂不痛心，但此非说话之时呀！岂不闻'小不忍则乱大谋'吗？"

"那安道、师鲁、永叔诸公挺身而出，全都错了？"

"至少是不智之举，明知吕夷简布下陷阱，为啥偏往里跳？"

"为了张公理，伸正义，何能畏首畏尾！"

"可这正遂了吕夷简的心愿了！"杜衍无限感慨地道："自我判流内铨以来，堵塞了一切幸进之门，吕夷简支使人来过，他那不肖子也三番五次前来纠缠，我都不予理会，他父子不把我恨得牙痒痒吗？他正愁无缝放蛆呢！我一走，这流内铨不又是吕家的天下吗？留得一席地，便留得一方正气。既要寸地必争，又要忍让为先，你懂得我这一片苦心吗？"

"范公又知得你这一片苦心吗？他不怪你翻脸无情吗？何况小婿还是

范公所荐？”

“恰巧相反，他出事后便暗中差人告我，要与我暂断往来，连你在内，以免牵累过多。”

苏舜钦这才有些明白了，他只是悻悻地道：“只怕你再忍让，吕夷简也放不过你，欲加之罪，何患无辞？”

“那只有尽人事以听天命了！”

苏舜钦为岳父所阻，不敢上书。他要与范仲淹送行，杜衍同样不答应。他气闷之极，只能逐日与朋辈喝得醉醺醺，倒头便睡。

如今，苏舜钦正觉得《四贤一不肖诗》为所有同情范仲淹的人出一口气，却有个泗州通判陈恢，上了一本奏书，说《四贤一不肖诗》讽刺朝政，毁谤谏臣，要求根究诗作者蔡襄之罪，眼见又将是一个文字狱了。苏舜钦知道了，大骂陈恢“阿附权臣，也是不知人间羞耻之辈”。他心想，朝旨戒越职言事，你陈恢不也是越职言事吗？我何不以子之矛，攻子之盾？这一想，他也不再告诉岳父，他也给官家悄悄上了一本，说陈恢“越职希恩，理应重贬”。过几日，音讯毫无，既不闻根究蔡襄，也不闻重贬陈恢，看来前后奏本全都留中了。

这一留中，又唤起了苏舜钦的一线期望，他也知道官家有时糊涂，有时清醒之毛病，看来官家此时又有些清醒了，不再以朋党治人之罪了。于是他一不做，二不休，继续瞒着杜衍再给官家上了一本。这一奏本严正指出朝廷贬黜刚直不挠的范仲淹使得“正臣夺气，鲠士咋舌”。他还大胆地指斥吕夷简蒙蔽君王，说“今谏官御史，悉出其门，但希旨意，即获美官，多士盈庭，噤不得语”。然后，他又援引了古代的例子，说昔日晋侯问叔向“国家之患什么最大”，叔向的回答是：“大臣持禄而不及谏，小臣畏罪而不敢言，下情不得上通，这便是国家大患。”他认为目今朝中正是这种情况。全书语意切直，情词恳挚，义愤透于纸背。

书既上，吉凶未卜，苏舜钦也难免心怀忐忑，怕的是万一获罪，对不起杜衍父女。谁知此书又是石沉大海，不见下文。原来官家这阵子心上确是逐渐清醒了，他也感到吕夷简的作法难免偏颇，这朋党再闹下去，不得人心。《四贤一不肖诗》轰动京师，确使他大吃一惊。因此，当吕夷简气咻咻拿着那奏本求官家重责苏舜钦，官家却劝他“适可而止，不妨宽宏大量一些”，吕夷简也就无可奈何，这样，苏舜钦的奏本又压下了。这也便是前面说过的留中不报的第二种情况，明知有理，不想照办了。

尹洙充满火气的指责使范仲淹难过了一番，但并没有动摇他的决心，第五道辞谢的表章又发出去了。

日子一天天过去，官家再没有诏旨到来，范仲淹以为终于顶住了，心中略感欣慰。谁知这日，他的恩师晏殊忽派专人送来一封急信。吕夷简罢相后，晏殊已提为首相。范仲淹对这位恩师有着不少意见，如今忽来急信，为的那桩？他急忙拆开一看，不由得呆住了。晏殊信中指责了范仲淹的“矫情抗旨”后，接着说道，官家对范仲淹五召不应，十分恼怒，面谕中书省，再不应召，即以欺君论罪。因此，晏殊在信中要范仲淹立即回京，“勿再挨延，以罹罪戾”。

看来这回已无回旋余地了，范仲淹的心绪又乱了起来。

这晚，他又独自一人，焚起一炉清香，琤琤琮琮弹起琴来。琴声激越而又紊乱，听得出他心情的躁动不安。

儿子纯佑已知此事，他悄悄走进房来，轻声问道：“爹，孩子是否吩咐随从，摒挡行装，准备动身？”

范仲淹也不说可，也不说不可，只是微闭双目，弹琴如故。

纯佑无可奈何，只好悄悄退了出去。

过了一刻，又有一人悄无声息地走进房来，来到范仲淹面前，停了许久，才开了口，声如小小银铃：“大人，小夫人有请。”

范仲淹微睁双目，却是小丫鬟飞琼站在面前。

小夫人？是呀，近日因心事不宁，与小夫人亲近少了，他心中略感歉疚，但今晚他又不想回房，便轻轻摇了摇头，又微闭双目，弹琴如故。

小丫鬟只好退了出去。

过不多久，小丫鬟又悄无声息地走进房来，来到范仲淹面前，仍是那小银铃般的声音："大人，小夫人有话与大人言讲。"

片刻，琴声停了，范仲淹微微叹一口气，起身走回内房。

小夫人乃是范仲淹的爱妾，姓沈名叫若卿。她原为鄱阳湖的歌妓，范仲淹就在那次贬放饶州时遇见她的。

饶州治所在波光浩渺的鄱阳湖畔，范仲淹公余之暇，常与僚友们泛舟湖中，饮酒遣兴。也难免邀些官妓侑酒，沈若卿即是其中之一。沈若卿淡雅而并不艳丽，大方而并不轻佻，开头并没引起范仲淹的关注。一次，僚友们提议说，鄱阳湖玩得腻了，何不往郊外一游。范仲淹欣然同意，便备办些菜蔬酒果，邀几个知心僚友，到郊外醉风亭中一聚。官妓便传沈若卿一人。

郊外景物果然与湖中不同，僚友们都兴致很高。人既到齐，酒也斟好，范仲淹正待举杯，秋风过处，忽传来一阵哀哀哭声，凄怨欲绝。范仲淹不由停下杯来，命随从前往探视，是谁在此啼哭。随从随即回报，乃一孀妇，男人死后，无钱殡葬，因此啼哭。范仲淹听了，顿起恻隐之心，便起身亲自前去看看。僚友们都感到扫了兴致，也只好随着前往。

诸人没走多远，便看到一片乱坟堆。黄叶飘零，荒草萋萋。有一中年孀妇，衣衫褴褛，一头乱丝，哭倒埃尘。旁用破芦席卷着尸体，只露一双赤足于外，骨瘦如柴。范仲淹看了，心中越加不忍。再一细问，死者原亦一个士子，只因屡试不第，谋生乏术，在贫病交加中凄然死去。范仲淹听后，竟是泫然欲涕。他转过身来对僚友们道："下官今日不得不改变主意了。我拟以菜点酒果，馈与孀妇奠祭亡夫，只好改日再邀诸位一叙了！"

僚友们这时也为范仲淹的同情心所感动，异口同声地道："这乃是莫大善举，我等岂有异言。"

范仲淹又命随从拿出五两银子，赠与孀妇作殡葬之资，众僚友或一两，或二两，都有馈赠。那孀妇跪在地上，叩谢不已。

范仲淹接着又对沈若卿道：“今日聚会作罢，自不能使你空劳往返，缠头之资，还需照付。”说着，便命随从拿出二两银子与她。

沈若卿裣衽谢过，接了银子，又随手递与孀妇，那孀妇辞谢不受，沈若卿正色道：“怎的？诸位大人银子受得，奴的银子就受不得吗？”

那孀妇只好收了，接着又跪下朝众人连连磕头道：“今日难得遇见诸位善人，小妇人结草衔环，难报万一。”

沈若卿此举不动声色，却深深打动了范仲淹之心，看来风尘中也不乏好女子呵！自此对她便另眼相看。沈若卿也钦敬范仲淹忠君爱民，两人竟成为难得知己。范仲淹常在衙署后的庆朔堂中，召沈若卿相晤，他抚琴，沈若卿献曲，相与作乐，形影难离。但两人又从来未及于私。这并非范仲淹不曾动心，也非沈若卿不从，只因朝廷规定，官吏尽可召官妓侑酒，但不得有私，否则将以“逾滥”论罪。虽则许多官吏难以遵守，但范仲淹不愿因此有玷官箴。再则，他也知道沈若卿洁身自守，卖艺不卖身，也不愿有玷污她玉洁冰清之体，沈若卿因此对范仲淹更加敬重。

可惜好景不长，过了年余，景祐四年(1037)十二月，范仲淹便徙知润州。[①] 两人情深意切，就只差同床共枕，怎忍心遽尔赋离，将行之夜，范仲淹在内房治酒与沈若卿作最后一别。酒未沾唇，沈若卿已忍不住珠泪双垂，颤着嫩手捧杯说道：“侍儿生而不幸，身坠红尘，蒙大人不以贱躯见弃，猥为知己，侍儿正愁无以为报，倏尔赋离，侍儿之心碎矣！但愿……但愿大人福体康泰，宦途通达，多为黎民造福，侍儿虽永劫难回，衷心也可稍慰了！”

范仲淹见她梨花带雨，秋水莹莹，眉黛间说不尽千种愁绪，万种悲思，越发惹人怜爱。忙即接过杯来，一饮而尽。他接连受了沈若卿三杯酒，这才也捧起自己的酒杯说道：“卿卿虽陷红尘，能出污泥而不染，令人钦敬，下官也祝卿卿早遇良人，喜谐鸳侣，下官虽从此难亲芳泽，也就

① 今江苏省镇江市。

无憾矣！”

沈若卿听得此言，竟是容颜惨淡，接过杯来抖索索饮干了酒，接着便泣不成声了。

范仲淹心中一慌，这是怎么了？想必是自己的言辞触动她身世之感了。他不由怀着歉疚的心情拉过沈若卿的纤纤玉手，细声委婉地道：“卿卿，下官对不住你，下官不该……”

范仲淹正不知如何说才好，沈若卿却趁范仲淹这一拉，把身子滚到范仲淹怀中了，接着便仰着那红润的秀脸，泪洗的双眸更加晶莹澄澈，蕴涵着千般言语，万种风情，脉脉地瞪视着他。四目相触，范仲淹心中猛地一震。他究竟不是坐怀不乱的柳下惠，一年多来，他一直给自己设下一条防线，尽最大力量克制着自己的感情，在这即将长别，甚至于永别之时，沈若卿这一惊人之举使他的防线终于崩溃，他的感情奔腾泛滥，一发不可收拾了。忽然一个激灵，他慌忙抬头扫视一下全房，才发现侍酒的婢仆不知何时已识趣地退出房去，并将房门带上了。他一下清醒过来，略为一呆，便将沈若卿轻轻放在床前坐下，他自己趁势坐在身旁，一手轻轻拥着沈若卿柔若无骨的细腰，又是轻轻地叹一口气。沈若卿一愣，抬起略显惊慌的脸，柔声问道：

“大人你这……这是……”

范仲淹眉峰微蹙，没有作声。

“大人莫非是挂碍着你的……你的官箴？”

“呵！不然……不然……”

“那又为的哪桩？”

“下官我……唉！”范仲淹又微微叹一口气，“下官这一去，只怕……只怕再无相见之日，我怎忍心玷污你这玉洁冰清之体！”

“大人——！”沈若卿终于明白了范仲淹的心思，她又不由得珠泪盈盈，身子一滑就跪在范仲淹面前，哽咽着道：“大人须知侍儿绝非水性杨花之女，蒙大人不弃寒贱，百般怜爱，侍儿早已以身相许，誓愿永侍寝席，如若……如若大人不允，侍儿当削发为尼，了此一生!”

“呵呵!”范仲淹不想沈若卿说出此言，他心中万分感动。他何曾无有此想，只是碍着自己的前程，在谪放期中，只怕罪上加罪，他不由拉起沈若卿，拥在怀中，也不知该说什么好了。

沈若卿又已猜中了范仲淹的心思，她伏在范仲淹怀中低声喁喁地道：“请大人不必为难，只要大人不把侍儿忘怀，不拘何时得便，脱侍儿于火坑，侍儿当耐心等待。”

“呵！卿卿……我的好卿卿!”范仲淹又激动地把沈若卿拥得紧紧，在她额上脸上嘴上没命亲着，一边口里喃喃，“我……我怎会把你忘怀……”

范仲淹终于离开饶州。临行之日，自有州中百官相送，沈若卿自也不便前往饯别。

自是一去数月，杳无音讯。沈若卿陷入深深的相思之中，镇日无情无绪。想起近两年的知情相处，想起临别那一夜的百般恩爱，沈若卿思绪万千，不能自拔。她知道范仲淹是不会负心的，但何时才是相见之日呢？尽管她愿意耐心等待，但真的等待起来，又是度日如年了。

第七回

两地情独填销魂词
一棚鹘共议拯国计

范仲淹生性旷达，早已习惯四海为家，虽则屡遭贬放，很少以妻小为念，谁想这回与沈若卿别后，竟就牵肠挂肚起来，饮酒、操琴，都难解心中郁闷，这又是从何谈起？李氏夫人是十分贤惠的，她与丈夫分担了贬谪的忧愤，还独担了一应家务，范仲淹始终铭感肺腑。但她又不如沈若卿的知心知意，缱绻缠绵，特别那最后一晚与沈若卿的颠鸾倒凤，他已经好多年无此情兴了，回味起来，似觉生疏，却又如此贴近，恍如梦境，却又尽在意中，亲之难即，挥之难去，好不恼人哪！他也曾想立即遣人前往替她赎身，又怕莅任伊始，招人物议。偏生这时苏舜钦又托便人与他捎来一信，除问候外，说起近日右司谏韩琦曾上书推荐杜衍、范仲淹、孔道辅之才，说可备位两府，官家留中不报。这封信更增加了范仲淹的抑郁之情。

转眼又是秋天。范仲淹回想起两年前，也是金秋季节，与沈若卿在郊游中结为知己，如今却天各一方，数月未见，不知她又是如何了？愁绪万千，难以自遣。这日便与纯佑骑着马往郊外去散心遣闷。

润州郊外秋色正浓，碧空万里，飘浮着絮絮白云，金风送爽，却又带来了黄叶飘沉。江上碧波浩渺，烟雾迷茫，转瞬落日衔山。彩霞艳丽，映得满山红遍，水天一色。在这无边秋意里，范仲淹却勾起了缕缕愁绪，这其中有恋人之苦，有去国之忧，有怀乡之愁，思绪纷繁，感慨万千，不由在马上填就《苏幕遮》词一阕：

碧云天，黄叶地，秋色连波，波上寒烟翠。山映斜阳天接水，芳草无情，更在斜阳外。

黯乡魂，追旅思，夜夜除非，好梦留人睡。明月高楼休独倚，酒入愁肠，化作相思泪。

范仲淹在马上轻声哼着，纯佑在马上静静听着，竟然出起神来，他为父亲那缠绵悱恻的词意所深深感动了。

范仲淹忍耐不住了，他决定将这阕词寄给沈若卿。他命侍从带着信和胭脂前往饶州。沈若卿收了胭脂，忙忙展信一看，竟然不着一字，只附着这阕新词，念完词，后面还附小诗一首，诗写道：

江南有美人，
别后常相忆。
何以慰相思？
寄汝好颜色。

沈若卿念罢，不由心如刀割，涕泣失声。这一词一诗句勾起了她数月来的千愁万绪，随着眼泪一起倾泻出来了。适巧这时，继任知州魏介派人召她侍宴，沈若卿不敢推辞，只好略为整了仪容，前往衙署。魏介在宴席上见沈若卿愁容满面，郁郁寡欢，便问她有何心事，沈若卿也不隐瞒，据实相告。魏介听了不由诧异道："不想刚烈如范公，还有此风流韵事哩！"他立即写了一信，命范仲淹来人带回，信中说，只要范仲淹有意，他愿玉成美事。范仲淹看了信，又是高兴，又是感激。有魏介从中臂助，悄悄将沈若卿送来，不着痕迹，自也不怕物议是非了，他立即又给魏介送来回书，魏介打开一看，还是四句诗，写的是：

庆朔堂前花自栽，

为移官去未曾开；

年年忆著成离恨，

只托春风管领来。

魏介看罢欣然大笑，便为沈若卿赎了身，派人送往润州。范沈两人相见甚欢，自是不必说了。

康定元年(1040)范仲淹调为陕西都转运使，回京陛见，便将沈若卿留在家中，自去陕西上任。沈若卿毫无怨言，如亲姐姐般奉伺夫人李氏，李氏十分喜欢。她想到自己年已渐老，如得沈氏随侍范仲淹身边，比纯佑又强得多了。纯佑究是男儿，怎能如侍妾的知寒送暖。一次范仲淹回朝述职，李氏便将这主意说了出来，谁知范仲淹只是摇头，说那是军中，怕人物议。李氏不以为然地道："怕的甚来！那个为将的不带姬妾？听说夏经略还带着成群侍婢，在军中歌舞作乐哩！"范仲淹道："我怎肯与夏竦相比，朝臣对他早有议论了。"李氏坚执地道："你自悄然带在身边，又不扯旗放炮，有谁知晓。"范仲淹又道："军中清苦，怎生去得？"沈若卿却道："夫君说的哪里话来？贱妾情愿服侍夫君，千辛万苦，也自心甘。"范仲淹说不过她们，只得答应了。自此范仲淹内有沈氏侍奉，外有纯佑随护，在军中如在家中一般。

范仲淹走进内房，只见桌上摆着几碟菜点，一壶酒。沈若卿站在桌旁笑脸相迎，他不由笑起来道：

"怎的？有话言讲还得备酒吗？"

沈若卿边服侍范仲淹就桌边坐下，边笑着道："其实并无啥话言讲。夫君近日心情不佳，妾都知得，佑儿全都说了。今见事已了结，故敢备些酒点，为君一洗愁怀。"

范仲淹听了又不由微微叹一口气："这了结可是非我所愿呵！"

范仲淹饮了一口酒，便又问道："近日之事佑儿既已告你，他就没托你说话?"

沈若卿嫣然一笑应道："妾一女流，君国大事，岂敢插嘴。还是夫君自行酌夺的好。"

"说得也是。"范仲淹点头赞许。但他接着又道："如今事已定局，你究有何看法，何妨说与我听听呢!"

"愚昧之见，何足挂齿。"

"唉，说说也是无妨。"

沈氏想了一想，莞尔一笑，款款道："妾还是说个故事与君下酒吧!"

"不唱曲子，而说故事，倒也新鲜，你就说吧!"范仲淹也不相强了。

沈若卿呡了一口酒，笑着说道："从前有个孝子，老母重病在床，想吃鲜鱼，他就……"

"噢!知道了，说的是'卧冰求鲤'吧?"

"夫君别打岔呀!容妾说完再讲。"

"好好，你说。"

"那孝子便每日到河边去钓鱼，可惜河里的鱼不多，常是空手而归。那老母病中暴躁，有鱼吃便高高兴兴，无鱼吃便把儿子狠狠骂上一顿。孝子不声不响，只是每日钓鱼如故。有个邻人笑他道：'你这人真是傻子!你只对你母亲说河里无鱼，死了她这条心，也省得日日劳苦，常时挨骂了。'那孝子却不以为然道：'仁兄这话差了，为人子者岂可以谎话诓骗母亲?天下无不是之父母，我只要一日讨得老母欢心，五日、十日挨骂也是心甘情愿的呀!'"

范仲淹捻须听着，这时不禁笑起来道："天下无不是之父母，这话说得好呵!这话说得好呵!"他反复吟味了一回，便举起杯来道："来，为你的故事干上一杯!"

沈若卿又是嫣然一笑，待范仲淹饮干了酒，自己才端起杯来，轻轻抿了一口，然后说道："夫君既是有兴，妾就再说一个故事。"

"说来，说来。"范仲淹果然感了兴趣，捻着须认认真真听了起来。

"有个官家，嬖爱一个内夫人，这内夫人是专与官家梳头的。她心灵手巧，头梳得最合官家之意。一日，官家退朝回至寝宫，不脱御袍，便除去幞头嚷道：'头里痒死我了，快唤梳头者来！'……"

"这个……"范仲淹似又已知道了这个故事，正要说些什么，沈若卿却嗔睨他一眼，他笑着又把话咽了回去。

沈若卿继续说道："那个内夫人立即唤至，为官家解开长发，梳篦起来，经过一番梳篦，官家不痒了，感到十分畅快。这时，那内夫人见官家怀里尚放着奏章，便一边为官家梳头一边问道：'官家怀中是甚文字？'官家应道：'台谏奏本。'内夫人又问：'奏的何事？'官家道：'说是近日淫雨成灾，怕是阴盛之罚。宫中嫔御过多，理宜稍加裁减。'内夫人听了便饶舌道：'两府两制大臣家中，又有多少歌姬，都不理论，官家根底剩有一二人，说甚的阴盛须待减去，只教他们快活不成！'官家听了，久久没有说话。那内夫又问：'这奏本要执行吗？'官家道：'要的。'内夫人道：'若果执行，请以奴婢为首。'她仗着官家宠爱，有意撒一个娇。官家也不回话，梳完头，便传呼老中贵与掌册籍的夫人，携带嫔御名册进入后苑。官家命关起门来商议，即皇后也不许进门。一会，便降旨指挥自某人以下嫔御三十人，尽放出宫。被放者各取房中所有，自内东门出尽，立等回奏。这时已到进膳之时，皇后早已备好御膳，官家只关在内苑，也不敢前去惊动。直待指挥回奏，三十名嫔御均已出尽，官家才出来进膳。皇后见官家脸色阴沉，也不敢多说什么。食罢进茶，皇后才徐徐说道：'那掌梳头者向为官家所嬖爱，奈何作第一名遣之呢？'官家道：'此人劝朕拒谏，岂宜留在左右。'"

范仲淹听完故事，笑起来道："这故事说的不就是当今皇上吗？"

沈若卿含有深意地睨他一眼，笑而不答。

范仲淹又不由叹一口气道："是呀，官家时而清醒，时而糊涂，当他清醒之时，不失为有道明君，只可惜他清醒时少，糊涂时多呀！"

沈若卿忙接着道："如今官家五召夫君，倚望至殷，必是清醒之时了！"

"想必如此，可谁料他又有几时清醒呢？"

"夫君，古人攻书，寸阴是竞。妾以为，如今为政，也该寸阴是竞嘛！"

"寸阴是竞？"范仲淹沉吟片刻，不由点头，"嗯，此话颇有道理。"

"因循迟疑，只怕坐失良机呀！"

"有理，有理！小夫人此话颇有见地。"范仲淹有顿开茅塞之感。他又不无抱怨地道："你又何不早说呢？"

"妾一女流，自惭浅陋。妾只怕万一所见非是，贻误大局，那就吃罪不起了！"

"小夫人未免多虑了！"

范仲淹立即唤来纯佑，命他传话下去，尽快摒挡一切，克日回京。

吕夷简罢相后，官家忽然心血来潮，一下任命了欧阳修、余靖、王素为谏官，要他们直言朝政得失。

欧阳修与余靖当时都任集贤校理。王素字仲仪，河北大名县人，乃已故宰相王旦第三子。赐进士出身，任职方员外郎。有一次，定国军节度使王德用进了两名妖艳的女子与官家，年轻的官家被迷得神魂颠倒，越发将朝事尽委给吕夷简。王素便求见官家道：

"闻得近日宫中热闹非凡，臣实是为陛下忧虑呵！"

官家诧异地道："卿此言又是何意？"

"臣只望陛下三思。"王素也不明言。

官家很快便悟出他言下之意，便笑道："朕真宗皇帝子，卿王旦子，也算有世旧了。不用瞒你，德用实进有二女与朕，现在侍朕左右，有何不可？"

王素伏地叩首道："陛下圣明，这正是微臣之忧呀！"

官家神色不悦道："这是卿的多虑了，朕岂是昏淫无道之君！"

王素又叩头道："君无戏言，有陛下这句话，臣就无忧了！"

他不再多说一句话，叩辞而退。

官家想了又想，最后终于将二女遣送出宫。王素由是以正直闻名，他也是欧阳修与余靖的好友。

诏命既下，余靖和王素不约而同来到欧阳修家，恰巧馆阁校勘蔡襄也来祝贺。欧阳修忙备酒款待他们。四个人且饮且谈，十分欢洽。蔡襄又即席赋诗对三人表示激劝与祝贺。欧阳修看了诗，却想起了那次朋党之祸，便笑着打趣蔡襄：

"罢了，老弟，那次甚的《四贤一不肖诗》，要不是子美救了你，不跟我等一样偃蹇才怪呢！你就不怕再来个笔底风波吗？"

"今非昔比哪！"蔡襄与韩琦一样，年纪轻轻，却留着一部美须髯，这时他便捧着须髯诙谐地回道："他吕夷简要是人老心不老，仍在暗中使坏，就让小弟也当个朋党魁首，正好扬名天下呢！"

余靖性格沉稳，向来话少，这时两人说着玩话，却触动了他，便停杯说道："君谟此话看似戏言，其实并非戏言。"

欧阳修等不知此话何意，就都眼望着他。他微微一笑，呷一口酒，才不慌不忙地操着他的岭南腔道："你说吕夷简罢相啦！可他仍可与中书、枢密院同议君国大事哩！再者，今日朝纲败坏，又岂在吕夷简一人而已呢？"

"说得有理。"王素听了，不禁连连点头。"这也正需你我披肝沥胆，为国多多进言，才不负官家一番厚望嘛！"

欧阳修这一日兴致特高，他听了此言，又和王素开起玩笑来："仲仪兄贵为宰相之子，官家引为世旧，即使言事不谐，谅也不至被放岭外；即使放到岭外，你广有资财，也自不愁。小弟与安道兄却与官家无故，又是穷官，实是难以相比，这言事还得请兄打头才对哩！"

"那是义不容辞的。"王素回答得一本正经。

蔡襄见王素一本正经，反而抚着美髯哈哈哈笑了起来，笑罢才接着道：“如此说来，弟对仲仪兄倒有一比……”

“比作何来？”

“独打鹘也！”

“妙，妙！”欧阳修十分赞赏，“你我言事正该如鹘击鸠鸽般勇猛无前！”

“那你与安道兄便是一棚鹘了！”王素乘机反击。

众人不由地都开心笑了起来。

欧阳修便举杯笑道：“来！让我们为群鹘相聚干一杯！”

余靖与王素都举起杯来，蔡襄却笑着不动。

欧阳修问：“你怎么了？”

“群鹘相聚，与弟何干？”

王素便笑道：“依我看来，这一棚鹘中，难少君谟。”

“岂敢，岂敢。”蔡襄笑道，“小弟既非谏官，岂敢滥竽充数。”

王素一本正经地说道：“以兄之疾恶如仇，正该进入谏院。”

“着呀，着呀！”欧阳修赞许道，“明日便当向官家推荐。”说着，他硬逼着蔡襄举起酒杯。

四个人高高兴兴地饮干了酒。

用了菜，好久没说话的余靖，冷丁冒出一句：“真欲整肃朝纲，还断然难少一人哩。”

欧阳修忙问：“是谁？”

余靖微微一笑：“君试猜之。”

欧阳修恍然大悟，脱口而出：“范希文！”

“着呀！”蔡襄嚷起来道，“此人不荐，更待何人？”

众人都会心笑了。接着，他们又商议起上书推荐之事来。

接着，便诏命蔡襄知谏院了。

四月，又诏命范仲淹、韩琦为枢密副使。

范仲淹回到汴京。

次日，他一反过去在家等客看望的老例，急匆匆出门拜客去了。他急于想知道朝中近况哩。

范仲淹第一个拜会的便是欧阳修。

欧阳修一见范仲淹便高兴地道："好呀，希文兄！真佩服你的耐性，竟然五召五让。再不回来，小弟可就要寄书骂你了！"

范仲淹笑着道："师鲁早就寄书骂我一通哪！"

欧阳修也笑道："这个急性人，可以想见，可以想见。"

季候进入五月，室内闷热。范仲淹接过欧阳修递给的牙骨折扇，边扇边道："看你这兴高采烈模样，想必是百事如意了？"

"如意，如意。"欧阳修笑着道，"吕夷简罢相，官家求治心殷，小弟与安道、仲仪、君谟都进了谏院，就待兄与稚圭回京共议整肃朝纲大计。这令人高兴之事三言两语也难说尽，你且听小弟念上一首诗，那还是在夷陵为令时的游戏之作。"

范仲淹好笑这个老友，来了兴致，多时不见，啥话不说，却先摇头晃脑念起诗来。

春风疑不到天涯，
二月山城未见花。
残雪压枝犹有橘，
冻雷惊笋欲抽芽。
夜闻归雁生乡思，
病入新年感物华。
曾是洛阳花下客，
野芳虽晚不需嗟。

欧阳修眯起一双近视眼，摇着扇子把诗念完，才张开两眼笑道："希文兄，'野芳虽晚不需嗟'！如今正是'惊笋''抽芽'之时，你我大可放手大干一番了！"

范仲淹这才知道欧阳修忽然念诗的本意，看欧阳修那高兴模样，不由折起扇子点着他："贤弟，你别高兴过头，吕夷简虽已去位，只怕还阴魂不散呢！"

"当然，党羽还在，但只是跳梁小丑，不足成大事了！"

范仲淹问："你那姻亲近日如何？"

欧阳修听了，合起折扇，高兴地在手上一拍："咳！'士别三日，刮目相看。'近日扳倒夏竦，他便与我等同心协力，可坚决了！"

"夏竦又怎么了？"

"朝廷召为枢密使，我等竭力反对。这人是你同僚，又是上司，你当然清楚。王拱辰在官家前力诋夏竦种种丑行，比我等还要激烈。"

"这不奇怪。"范仲淹淡然地道，"吕夷简本就与夏竦不合。"

"可这回却又是吕夷简临罢相之时推荐夏竦进两府哩！"

"哦？"范仲淹顿时困惑起来。吕夷简推荐与自己不合之人，吕夷简的党羽又竭力反对。与欧阳修相反，他模模糊糊地觉得，朝事还十分复杂，实是未可乐观的了。

欧阳修见范仲淹闷声不响，便笑道："兄台觉得奇怪？其实这也非难解之事。"

"愿闻其详。"

"他吕夷简一生损人过多，如今来个临去秋波、稍释旧怨，正是他聪明之处，先圣讲忠恕之道，他自知忠已难言。讲些恕道，也可在有生之年求个心安嘛！"

范仲淹笑着摇头："那也是虚情假意、自欺欺人罢了。"

"这也难讲。那次兄台与西夏通款一事，他的宽容不也博得多人的赞誉？"

范仲淹一时无话可答，便又问道：“你那姻亲王拱辰，也一反常态，又作何解?”

“天晓得！许是树倒猢狲散吧。那日小弟夸他几句，他还大言不惭，说他平生最恨的是奸党之徒哩!”

“哼!”范仲淹对这些话都只是半信半疑。

“这且不去管他。”欧阳修轻摇着折扇伸过头来，眯起一双近视眼故作神秘地道，“你可知扳倒了夏竦，又是何人接任枢密使?”

“是谁?”

“哈哈哈，杜公世昌!”

“呵!”

“希文兄，这是又一令人高兴之事呵!”

是的，范仲淹也极愿意与这个白发老头共事，因此，此事又引起他一点兴趣，很想知道详细过程。便笑道：“说了半日，你等究竟如何扳倒夏竦呢?”

“说来话长，”欧阳修道，“今日就在舍下小酌，权当接风，容小弟与你慢慢道来。”

第八回

扳夏竦群僚挟天子
陷富弼一相制懦臣

诏命夏竦为枢密使不过数日，便有欧阳修等三人为谏官之命。那日四人欢聚，也必然议及此事，都觉得让此等险诈之徒进入两府，实为朝廷之不幸，既备位谏官，自是不能不管。

两日后，王素果然甘当“独打鹘”，首先上了一本，说夏竦在陕西任内畏懦不肯尽力。前往边境巡视，竟然置成群侍婢于中军帐下，饮酒作乐，几至引起军中哗变。让此等庸臣进入两府，实非朝廷之福。本上多日，不见下文，显然是留中了。

才被任命知谏院的蔡襄，继上一本奏章，说夏竦奸邪险诈，与吕夷简不相上下，吕夷简都怕他三分，不肯引为同列。吕夷简引退而后荐之，只是为释私怨罢了。任免重臣，岂能为一己恩怨所左右？官家见表章把夏竦与吕夷简扯在一起，心中不悦，就摔在一边不理了。

但使官家意想不到的是，在一次朝会中，王拱辰竟也站出来反对此命。他当面奏道：“夏竦帅师西伐，居长安，不临边，精兵勇将，留置麾下，以至四路皆败，为元昊所不齿。他曾悬赏，有得元昊头者，赏钱五百万贯。元昊也悬赏，有得夏竦头者，赏钱两贯！边民引为笑谈。此人若得重用，不仅人心不服，且为外夷所笑！”

王拱辰言辞尖厉，官家不胜气恼。他在心中骂道：“这个小子也来凑甚热闹！”袍袖一甩，退殿去了。

但是接二连三，表章迭上，都是奏夏竦进入两府，官家心中说不出的懊恼。他也知道夏竦才识平平，任边帅数年，一无建树，但他一念夏竦已是老臣，真宗朝中起用，又曾教过自己的书，天圣七年便已任过参知政事，只是与吕夷简不合，长期被摒于外，论资排辈，早可进入两府；二因这是吕夷简临去的最后一个请求，不管其真意何在，都不忍让其失望。因此，他不为任何表章所动，他只盼望夏竦早日回朝就职……以息众议。

夏竦做梦都想进入两府，为此，他屡次请求解除兵柄，结果改判河中府，旋又徙蔡州知州，益发郁郁不得志。他就屡次上表称病，要求召回朝中，都未如愿。今忽接诏命，真是喜从天降，立即上了谢表。眼巴巴望得接任州守到来，匆匆交割完毕，便启程回京。

眼看夏竦即将回朝，欧阳修等焦急万分。这日临朝，欧阳修与余靖一起上殿奏道：

"夏竦累次上表称疾，今一闻召用，便无病无灾，兼程回京，可见其是何居心。陛下再不早决，待夏竦上朝面对，必定叙恩感泣，以惑圣听。奸人用命，要臣等谏官何用！"

官家听了，登时放下脸来说道："夏竦纵使有诸般不是，终是先朝老臣，你等哓哓不休，竟如此不能容人！"

"非是臣等不能容人。"不管官家发怒，欧阳修还是坚持，"夏竦怯懦成性，众所周知，实难担执政重任。纵使先朝老臣，岂能尸位素餐！"

"胡言乱语！"官家勃然大怒，霍地立起，"夏竦纵使御边无功，也非尸位素餐之辈！"

"陛下……"

欧阳修还要不顾一切，据理力争，官家一甩袖子，就要退班。

"陛下不可！"蔡襄高声嚷叫，出列俯伏于地，叩头奏道："陛下近来起用能臣，励精图治，士大夫贺于朝，庶民歌于路，天下共庆，朝野同欢，今竟为一区区夏竦，不纳忠言，必失臣民之望，臣实为陛下不取呀！"

蔡襄之言显为官家着想，官家心中难免略为所动。但他一下就想起了吕夷简，这个二十年相处的老相，似又见到吕夷简苦着脸道：“陛下连老臣最后一个要求都难答应吗？”他登时又定下心来，立即板着脸道：

“朕意已定，你等不必多言！”

“陛下！”蔡襄和欧阳修一样固执。“陛下不纳忠言，佞奸人进了两府，后悔晚矣！”

官家听了此言，倏地龙目圆瞪，大声斥道：“朕意既定，谁再饶舌，重责不贷！”

官家声色俱厉，满朝文武，为之震慑，登时鸦雀无声。

“退班！”值殿官高声宣呼。

官家已离了龙案。正要转身，忽听一人高呼：

“且慢！”

只见此人倏地出列，抢前数步，俯伏官家之前，一手扯住官家袍角道：“陛下！夏竦进入两府，实为朝野之羞！陛下千万三思，千万三思呀！”

此人是谁？竟是御史中丞王拱辰。

王拱辰此举不仅使官家一愣，欧阳修、余靖、王素、蔡襄等也都大吃一惊，没等官家回过神来，他们不约而同都出列俯伏于地。两厢文武也都为之感动了，接着窸窸窣窣竟跪下了一大片，齐声高呼：

“陛下三思！”

官家万没料到夏竦竟如此不得人心，至此他确也不能不三思了。许久许久，他才缓口气道：“好吧，两府大臣留下，余者……退班去吧！”

欧阳修等只好看了两府大臣几眼，退班去了。

情势急转直下，两府大臣会议上，枢密副使杜衍坚决站在欧阳修等一边，晏殊、章得象、贾昌朝等也不喜欢夏竦其人，官家最后不得不违了吕夷简的意愿，命知制诰草制，着夏竦仍回蔡州。夏竦已到都门，忽接诏书，一番希望落空，垂头丧气而去。

欧阳修说完了此事始末，犹自激动不已地对范仲淹道：“这可是我等进入谏院的第一仗，真是旗开得胜呵！”说着他就举起酒杯：“来！为此一胜利干杯！”

范仲淹虽则依言干了杯，心情却与欧阳修截然不同，王拱辰突然一个大转弯，固使他疑惑不解，官家对吕夷简的临去一句话，竟然奉若神明，也使他暗自吃惊。

从欧阳修府中出来，范仲淹心中一点也不轻松。他忽地想起了另一好友富弼，听说此人也像他一样，对上命屡谢不拜。欧阳修谈话中未提起他，他对朝事有何看法，范仲淹真想听他一听。

范仲淹与富弼不仅是好友，他又是富弼的老师与媒人。

天圣五年(1027)，范仲淹丁母忧在家守制，晏殊知应天府，[①] 闻得范仲淹之才，延为西监，教授生徒。富弼系河南人，那时已二十七岁，也在监中求学。范仲淹公余之暇，常到府衙向晏殊求教。一日晏殊说起，他有一女已经及笄，看监中诸生有否合适人选，择为乘龙快婿。范仲淹便推举了富弼。晏殊把富弼请来，倾谈终日，十分满意，决定以女英兰妻之，但婚后生活，却不甚美满，晏氏系闺阁千金，从小娇生惯养，动不动就要小性儿。富弼生性豁达，唯以功业为念，只好由她，也不与她计较。

之后，富弼以茂才异等应贤良方正之试，授将作监丞，知长水县，旋又鉴判河阳。明道二年(1033)范仲淹以谏废后被贬，富弼不顾自己官卑职小，毅然上书为老师打抱不平，言辞之激烈，得未曾有，最后还指斥官家要弄权术，对范仲淹“诱而陷之”。晏殊这时已是副相，在中书看到富弼奏章，大吃一惊。他胆小谨慎，又不敢私自截留，只好怀着极大不安等待大祸来临。但，官家不知是看在晏殊面上，还是适在清醒之时，看了后竟然留中了事。晏殊心中一块石头落地，不免写了一封信把富弼狠狠骂了一通，又要女儿管住富弼，晏氏自又是闹了一番。

① 府治在今河南省商丘县。

但是，富弼的刚直本性是丈人、妻子所难以左右的。宝元三年(1040)他知谏院时，也得罪了吕夷简。他见吏民上书言事、诉冤者，常被中书省积压终年无人过问，便上书建议选知制诰两人，在中书专责处理。吕夷简看后怪富弼多管闲事，甚为不悦，便奏明官家，干脆把吏民上书归学士院处理。富弼知道了，愤慨道："这是宰相偷安，欲以天下是非推给他人嘛！"这话不巧又被吕夷简听到了，于是便私和吕夷简结下了怨。只因他是晏殊之婿，一时不便加害，不久便把他赶出谏院，改任为盐铁判官。晏殊怕女婿再惹事，正合心意。

但，吕夷简还不肯就此罢休，过了四个月，这年八月，便任命富弼为辽主正旦使。北国风沙，跋涉辛劳，这是谁也不愿承担的苦差事。然而，富弼又像个天生不安分之人，他既不承吕夷简之情，也不卖吕夷简之账，使辽回来后，任知制诰，又和吕夷简干上了。

富弼奉命纠察在京刑狱，发现中书堂官吏周卞伪造内降度牒三十四份，当时这是杀头大罪，开封府却不敢过问。富弼不客气地质问王府尹：

"王大人，你堂堂京北府尹，难道就被小小堂吏吓倒了吗?"

王府尹嗫嚅道："这一小小堂吏，来头却是不小呀！"

"唔，这话怎讲?"

"他……他却是吕相公侄子的表亲呀！"

"哼！"富弼听了立即气上心来："就是吕夷简侄子，又是如何？王法无情。皇子犯法，与民同罪嘛！"

王府尹这时却冷然一笑："皇子犯法，与民同罪？那也只是说说罢咧！"

富弼听了越加气愤："我就不信，他吕相公就能以身代法！"

王府尹这时又带着显然讥诮的口气道："富大人，下官知道令岳与吕相公同居中书，但据下官所知，即令岳大人对吕相公也得礼让三分哩！"

言下之意，令岳大人也是难以仰仗的呀！王府尹这话可把富弼气坏了，他从来也没想到倚仗岳父之势，还有什么比被人无端曲解更难受呢?

但他不想与王府尹多所纠缠，他只想拿事实来回答这怕事的府尹，因此他二话不说，就自行到中书省去了。

富弼来到中书省，当着吕夷简的面要立即拿问周卞。周卞的确凿罪证既在富弼手里，吕夷简也无可奈何，只好笑脸相迎，说：

“富制诰只便请回，这周卞便交由中书处理好了。”

“不！下官要求立即拿下！”

富弼寸步不让，也把吕夷简激怒了，有几人敢在他吕夷简面前如此放肆呢？但老奸巨猾的吕夷简转念一想，又不能不按下满腔怒气，强装出一副笑脸道：

“富制诰何急之有？今日晏公未在中书，待老夫与他商酌之后，再行定夺，看是如何？”

富弼一下便洞穿吕夷简的鬼蜮伎俩，他要以晏殊来软化自己，这就更加坚定了他的决心，他甚至暗幸今岳父大人不在，少了许多麻烦。于是，他也笑着说：

“吕相公堂堂宰辅，拿问一小小堂吏，难道还做不了主张？这可不像平时叱咤风云的吕相公呀！”

吕夷简这回是怒不可遏了，他终于一甩袖子：“那就拿吧！”

富弼毫不客气，立即命左右把周卞拿下，押了出去。

吕夷简也不敢怠慢，立即打道前往晏府。

晏殊正在府中大宴宾客，见吕夷简突然来临，不知有何要事，及至问明底细，不由连连跌足骂道：“这小子真是不知高低！”他答应吕夷简立即把富弼找来，要他从宽发落。

富弼也知道迟会生变，他立即把周卞押到开封府，会同王府尹取了口供，又立即押赴市曹。晏殊的侍从到富府找不着富弼，问来问去问到了刑场上，周卞刚刚在杖下毙命了。

这事使吕夷简恨得咬牙切齿。

这事也使晏英兰大哭大闹一番，说嫁了富弼十世倒霉，得罪了吕夷简，必定没有好日子过。富弼知道这个夫人不可理喻，只好避到好友欧阳修家中，以酒解闷。

这是庆历元年(1041)三月间的事，庆历二年正月，吕夷简复仇之机到了。有诗为证：

王法无情实有情，执法无私偏有私；
世间几多颠倒事，惹火烧身怨君痴！

原来是契丹辽国这时来找麻烦了。这辽国自从真宗朝订下屈辱的“澶渊之盟”后每年给它白银十万两，绢二十万匹，总算相安无事。谁知近来辽主见宋军与西夏交战，屡次败北，便起了歹念，乘机向宋廷索取晋阳及瓦桥[①]以南十县地，派南院宣徽使萧特默与翰林学士刘六符赍书前来。

仁宗赵祯正为西夏入侵大伤脑筋，前年重新起用范仲淹与韩琦后，边境才略见安谧，今又接得此报，不免增添了新的烦恼。当务之急是选一强干之臣，折冲樽俎，为国挽回利权。消息传出，朝臣大为震惊。他们倒并非担心辽国索地，而是怕当报聘之使，万一难餍其望，辽主翻下脸来，怕就性命难保！因此人人忧心忡忡，有的干脆托病在家，不敢上朝。官家心中也委决不下，便宣召执政大臣入宫商议。

吕夷简顿时计上心来，便对官家奏道：“陛下不用忧虑，若为报聘之使，如今正有个合适之人在此。”

“哦？不知指的何人？”

“陛下，此人公忠为国，足智多谋，又且曾出使过辽国，只是，只是……”吕夷简说着，装作为难的样子，双目频频注视晏殊。

晏殊心中一动，这个老匹夫，又打的甚等主意？

晏殊尚未回过神来，官家却意会到了：“呵！爱卿说的是晏卿之婿富

---

① 晋阳故城在今山西太原市，瓦桥为古关隘，在今河南雄县南。

弼吗？”

晏殊猛地醒悟，不由在心中叫苦不迭，贤婿呵，你犟性不改，终于自讨苦吃了。

吕夷简这时已诚惶诚恐应道：“正是此人。只是……只是际此隆冬，北地冰雪严寒，怕的是……”说着，又频频看着晏殊。

“唉！”官家接着说道，“爱卿何出此言？事关国家荣辱，岂能计较风霜劳苦。爱卿不提此人，朕倒差点忘了，他确是最合适为使咧！”他又面向晏殊：“晏卿以为如何？”

官家说得不差，论忠心赤胆，论才识胆略，富弼都无可挑剔，何况又曾出贺辽主正旦，不辱使命，他确是不可多得的人选，吕夷简如不是公报私仇，也确是推荐了合适之人。正因为此使晏殊陷于十分尴尬之地，他只好惴惴应道：

“陛下圣明，臣婿愚钝，只怕难堪重任。”

“唉！晏卿，此正是令婿报效国家之时，你就不必过谦了！”

吕夷简又假惺惺笑着劝说道：“晏公，为解主上之忧，说不得只好辛苦令婿一遭了。”

晏殊无话可说，只好点头。

执政大臣退出后，官家立即召见富弼，富弼倒回答得十分干脆。

“主忧臣辱，臣不敢辞。”

官家也为其感动了。

富弼回到府中，与晏英兰一说，英兰又哭闹起来，她先将吕夷简“千刀万剐”痛骂一番，然后又大骂丈夫不听人劝，招惹祸端，此去如有三长两短，叫她母子如何为人。富弼委婉劝说不听，只好一个人关在书房里生着闷气。

一会，忽有人砰砰敲门，伴随着“爹，爹”的喊声，富弼知道是幼女真真来了，忙去开了门，真真一下便扑在爹爹怀里哭起来了，真真才五岁，聪明乖巧，已认得好几百字，会背诵几十首诗词，富弼爱如掌上明珠。这时见小女儿哭得伤心，连忙抱在怀里抚慰道：

“真真别哭，别哭，是谁欺负你了?”

真真只顾哭着，好一会，才边哭边说：“娘讲……娘讲爹要……去番邦了?”

富弼听了，不由笑了起来，便哄道：“傻女儿，这有甚好哭？爹去去就回来的。”

“不，不!”真真哽咽着说，“娘讲……娘讲番邦人坏，要……要把爹杀死的!”说着，又哭了起来。

英兰又哭又闹，富弼没有动心，小女儿纯真的感情，差点使他掉下泪来，他只有在心里埋怨妻子，跟孩子说这些做什么呢？平时他很少哄骗孩子，这真使他为难，只好紧紧抱住孩子。许久，才轻声细语道：

“娘是说着玩的，怎么会呢？真真乖，别哭了，别哭了。”

“不！不，娘不会骗我。爹，你别去嘛！你别去嘛!”

“真真尽说傻话。爹替朝廷做事，朝廷差遣，怎能不去?”

“朝廷真坏!”

“你……真是越说越傻!”

对五岁的孩子，又能说些什么？他只有把爱女紧紧抱在怀里，轻声抚慰……

二月，富弼先被任命为接伴使，赴边境雄州[①]迎接辽使来朝。

三月二十六日，富弼陪同萧特默、刘六符来到京都，进了馆寓，另有馆伴使贾昌朝接待，他得以回府探视。

回到府中，晏英兰便泪流满面地道：“真儿病了!”

“什么?”富弼略感吃惊，“真真病了？病得怎样?”

“病势不轻。”晏英兰哽咽着道，“时冷时热，冷时哭哭啼啼，热时昏昏沉沉，妾也不知如何是好。”

---

① 即今河北省雄县。

“为何不延医疗治?”富弼边说边往小女儿房中走去，他已经急不可耐，要去看看了。

“逐日吃药，只是不见差减。”

说着已来到女儿房中，女儿的奶娘坐在床边垂泪，一见富弼进来，连忙站了起来。富弼边示意她坐下，边连步来到床前，只见小真真双颊瘦削，脸色苍白，以往那天真烂漫之态消失得无影无踪。两眼闭着，迷迷糊糊，似睡似醒，嘴唇微微颤动，似在说着什么。富弼俯下身去，听得她细声喃喃:“爹……爹……”声音微弱，似有似无。

“真真，真真!”富弼连声喊着，不由潸然泪下。

奶娘抽泣着道:“姑娘一有醒来，就会喊着‘爹，爹怎的还不回来!’”

富弼听着，又扑簌簌流泪不已。

等了许久，真真还未醒来，富弼只好酸楚地退出房来。来到上房，英兰又告诉他，她又有了身孕了，太医说不少于三个月，因此她说，她再不让富弼出使了。

“那怎么行?”这真使富弼为难了。

“怎的不行！撇开妾的身子不说，真真病得如此，你就忍心离开?”

“咳！君命难违呀!”

“我知道求你无用，你是铁石心肠！我去求爹……”

“不可，不可!”富弼慌忙拦阻:“你爹身为宰辅，本该避嫌。再说，你爹的性子你岂不知，他也不会冒大不韪为俺们说话的。”

“那怎么办？那怎么办?”英兰又大哭起来。

富弼也方寸大乱了!

第九回

使辽邦不避风沙苦
回故国难了儿女情

庆历二年(1042)四月初七日，诏命右正言富弼为回谢国信使，西上阁门使符惟忠副之，前往辽国报聘。

行前，诏授富弼为礼部员外郎，枢密直学士，酬报他的出使。富弼却说："国家有急，唯命是从，这是为臣子的分内之事，怎的以官爵相赂！"固辞不受。这是富弼的第一次辞让。

英兰不听富弼之言，前往求告父亲，晏殊不管女儿如何哭哭啼啼，只是抱怨女婿咎由自取，果然不敢向官家进言。英兰无可奈何，回到家中又拿富弼出气，狠狠哭骂一番。

小真真病势一直不减。有时清醒，便拉着富弼之手，哭嚷着："爹爹别走！爹爹别走！"哭得富弼心烦意乱，他又怎能不走！

四月，在关内早是莺飞草长，繁花似锦，而塞外还是残雪未消，霜风飒飒，有时几百里不见人烟，满眼沙石，犹如浩瀚的海洋，一望无边。没有树，没有水，也看不到任何活的东西，相反，有时还会发现一两堆令人不寒而栗的枯骨，也不知那个朝代什么人被吞没在沙海里。如能偶尔见到几丛骆驼草，或是窜过一头沙鼠，那就是天大之幸了。不时还会刮起一股又一股旋风，使性撒泼，把黄沙卷起老高，像是平地冒起大烟，迷得你睁不开眼睛。说声变天，一起风，竟然纷纷扬扬飘起雪花来，使人在马上直打冷噤。

富弼已经出使过一次，对塞外的恶劣气候，倒也在思想上有了准备。他身躯魁伟，体格健壮，吃苦是不怕的。不管符惟忠如何呼天骂地，他只是默默前进，没有一句怨言。只是到了夜里，宿在驿馆里，或是睡在毡幕中，听着呼呼的风吼，萧萧的马鸣，却会想起家来，想起他那钟爱的小真真来，如今不知病得怎么样了？那“爹爹别走”的喊声，老在耳边盘旋。可如今是越走越远了，真真，爹真对不起你呵！在你最需要亲人爱抚的时候，爹不能在你身边，爹是身不由己呵……有一次，真真神志比较清醒，忽然问道：“爹，人是会死的，是吗？真真会死吗？死了就见不到爹爹了吗?”急得他慌忙掩住她的小嘴，把她紧紧抱在怀里，心像锥刺的一般，这是不是不祥之兆呢？我回去还能见到真真吗？我何时才能回去呵……有时他也会想起自己的妻子，在不使小性儿的时候，她娇声软语，也是令人沉醉的。如今她身怀六甲，自己又不能不离开她，也真是对不起她呵！有时候，幕外的风声小了一些，由呼呼转为嗖嗖，就如妻子在耳边喁喁细语一般。这恼人的塞外之夜呵！

越行越远，富弼思家之念越是强烈起来。一日，他路过大草原，尽管也是无边无垠，但和瀚海沙丘截然不同，绿茸茸的一片青草，还夹杂着星星点点的小花，透出令人不易察觉的清香，他感到身心为之一爽。在这一刹那之间，他像从多日的梦幻中一觉醒来，他骂起自己来了，这一路来都想的是什么呢？如今岂是儿女情长之时吗？这一去折冲樽俎，还需大费唇舌哩！临行前官家面谕，不能割地，余下的如和亲、输币等都可商量，依他自己之意，最好不附任何条件，重修睦好，这又是何等不易之事！万一有甚差池，一己荣辱事小，国家损益事大，岂允许再一心二用呵！于是他一再告诫自己，把妻室儿女暂且抛在脑后，集中全力，与辽主周旋。

约走了一月光景，一行才到达辽都上京。[①] 辽主命刘六符为馆伴使。他们既已打过交道，刘六符显得十分亲热，接待也热情周到。他讨好地问

① 在今内蒙古昭乌达盟巴林左旗。

富弼：

“不知今对台端将如何称呼？”

富弼晓得其意，不动声色地道：“富某仍为在正言也。”

刘六符不禁脸露诧异之色：“俺等使宋回来，都已加官，特默已加同政事门下平章事，刘某现为行宫副部署，台端一番接伴，竟是依然故我？”

符惟忠忍不住在旁插嘴道：“朝廷是加了正言之官，可惜正言辞而不就。”

刘六符越加不解：“这是为何？”

富弼微微一笑，淡然应道：“俺大宋臣僚唯知忠勤职守，功名利禄，向来不予计较，富某能不辱使命，便是万幸，岂能为区区小事，邀功请赏！”

富弼说得十分轻松，刘六符却感到不胜惭赧，他只好讷讷应道：“是……是……佩服……佩服！”

过了一会，刘六符又试探地道：“好教正言得知，我主求地之心甚坚，不知贵朝廷作何打算？”

富弼义正词严地道：“辽主如定欲南朝割地，此乃是蓄意败盟，南朝只有横戈以待了！”他的口气斩钉截铁，毫无商量余地。

刘六符立即脸露忧虑之色：“南朝如此坚执，只怕无济于事。”

富弼正色回他：“北朝无故索地，南朝没有发兵申讨，而遣使好言商议，此岂是南朝坚执！”

刘六符无话答对，半晌，才嗫嚅道：“那就请正言好自为之了。”

“承情，承情。”富弼也就与他敷衍一番。

知道辽主的主意没有改变，富弼更加不敢怠慢，他集中所有精力思索着如何对付无理要求，妻子儿女之念自然消失得无影无踪。

辽主宗真接见了。行过礼后，宗真开口问道：“贵大使别来无恙？”

“别来”自是指的前次富弼前来参与正旦祝贺，富弼对这种客套之言毫无兴趣，也不愿在这方面多作纠缠，他在回了一句得体之话后，便单刀直入问道：

“南北两朝结为盟好，近四十年，如今贵朝忽求割地，不知出于何意？”

宗真含笑答道：“南朝近来忽然填塞关隘，开决塘水，修筑城墙，增置边军，这又是出于何意？”说至此，他脸色突转冷峻：“是故边境吃紧，其责全在贵方。俺群臣议论纷纷，竟请举兵伐罪，是孤以为不如遣使求还关南故地。如求之不得，再兵戎相见，也是不迟。是战是和，全在贵大使斟酌了。”

宗真的语气尽管平和，却显然隐含威胁。他的质问也就是索地之由，在他前次致书中早已提及，富弼也已准备好了回答之词。但宗真那挑战性的语言使富弼十分反感，他决定暂不正面作答，而是异军突起，先声夺人，狠狠杀一杀宗真那好战的气焰。他便也笑着言道：

“请赐本使直言，殿下如欲用兵，将是十分不智之举。”

“何以见得？”

“北朝与中原通好，则殿下专其利而臣下无所获；若使用兵，则利归臣下而殿下将担其祸。是故，群臣劝殿下用兵，皆为其自身打算，而非为殿下计也！殿下能不慎重处之吗？”

宗真听了，十分吃惊地问：“这话怎讲？孤实不明。”

富弼侃侃而谈道：“想当年南、北朝高粱河之战，我南朝定国伊始，兵备不充，为北朝所胜。北朝果然获得许多财物，可惜大都奖赏给诸臣之家了，但北朝兵马却死伤大半，请问这损失又是谁来承当？今中原提封万里，所在精兵动以万计，北朝用兵，是否能保必胜？”

“这……”宗真当然不敢保证。

“是呀，胜负还未可知。即使北朝胜了，兵马损失，是群臣担之，还是人主担之？若使通好不绝，南朝所输岁币，尽归人主所有，群臣则无利可图了。道理至明，殿下为何不省？”

富弼从容不迫，晓明利弊，看来全为辽主着想，听得辽主不由不连连点头。然后他才回答了辽主提出的问题。

“至于堵塞雁门，实为防备元昊入侵；开决塘水，乃在两国通好之前；城墙颓坏，通常都应修整；民兵缺漏，增补也属常情，与边境吃紧何关？何况边境安谧如常，从未吃紧呢？”

富弼说得条条有理，宗真一时也无话可说。沉吟良久，才又说道：“话虽如此，但关南乃我祖宗旧地，也理应归还于我嘛！”

“殿下此话差了！”富弼又从容答道：“当初晋高祖曾以卢龙一道送给契丹，接着周世宗又取回关南之地，这都是异代之事了。今俺大宋立国已九十年，异代旧账实在不宜再算了！若各欲求得异代之地，那俺南朝不也可以求贵邦归还卢龙一道？请问这于贵邦又有何利!?”

富弼的话有理有节，宗真又无言答对了，他只好宣布退朝，再作理会。

回到馆舍，副使符惟忠悄悄对富弼道：“官家曾允在通婚与增币上与辽主磋商，正言今日为何一字不提？”

富弼正色回道：“俺等出使，当力求有利于国家，如能不附任何不利条款，达成睦好，岂不更好！”

“话虽如此……”符惟忠不无埋怨地接着说，“怕的是迁延时日，何时才能回朝！”他家中亦有妻儿老小，看来比富弼更急于返回故国了。

富弼听了，脸色也不由一黯，但这只是一瞬间，他很快便恢复常态，只以微笑做了回答。

接着，一日，二日，三日过去了，再不见辽主召议，符惟忠又急不可耐了，他问刘六符，刘六符只是支吾其词，说辽主忙于国事，无暇商议，直至第四日傍晚，刘六符才兴冲冲地前来说道：

“主上日来为国事所扰，怠慢了诸位，甚感不安，明日将亲伴贵大使等出外游猎，做一日欢，这可是难得的机缘哪！”

富弼略为一愣，接着便不动声色回道：“贵皇帝如此盛情，不胜荣幸，俺等却之不恭，只好从命了。”

“那好，那好，明早即来相邀。”

刘六符哈哈笑着，又说了一些闲话，才作辞而去。

符惟忠这里悄问富弼：“这辽主葫芦里又卖的什么药?”

富弼胸有成竹地道：“俺自心中有谱，管他葫芦何药!”

次日，富弼、符惟忠与辽主宗真，在刘六符等辽臣以及许多卫士簇拥下，纵马往郊外驰去。他们来到了一处一望无际的大森林，但见古木参天，郁郁葱葱，把一轮炎日遮得纹丝不透。野花烂漫，随着习习凉风，送来阵阵清香，令人通身舒泰。富弼顿觉心旷神怡，稍减数日来郁闷之气。他真想不谈正事，痛痛快快做一日山野之游哩!

宗真也似乎不想说甚正事，他与富弼并辔缓缓而行，只是有一搭，没一搭，说些塞外习俗，北地风光，不时发也粗犷的笑声，显得十分欢悦。

行路多时，蓦地，只听得一阵窸窸窣窣的响动，众人定睛一看，只见一只麋鹿正从远处奔来，宗真突然双目一亮，慌忙拈弓搭箭，纵马驰去。大树一棵紧挨一棵，那麋鹿被众人一喊，惊慌起来，只在树与树间奔窜。高头大马究竟不如它的灵活，在树与树间艰难地转着身子，使宗真一时不知如何下手。但他不慌不忙，只是紧盯不放。转了许多回折之后，他忽然“嘣”的弦响，一箭正从一棵树边擦过，那麋鹿竟然应声倒了。接着宗真爆发出一阵雷鸣般的大笑声，使山林震颤。随着笑声他已纵马来到富弼面前，高声问道：

“贵大使，你看孤的箭法如何?”

富弼也不由满口称赞：“殿下神箭，令人佩服!”

宗真又呵呵笑了一阵，忽然瞪目喝道：“孩子们，各显神通去吧!”

“喳!”那一群侍卫暴雷般应了一声，唿喇喇纵马四散奔去。登时树林里热闹非凡，马蹄声如急风骤雨，吆喝声与兽鸣声搅成一片。没多久，一个个护卫都驰马回来缴上自己的猎物：山兔、野雉、梅花鹿，羚羊……堆满一地。

宗真脸现得意之色，笑对富弼道：“贵大使你瞧，个个俱是神射手呵！”

富弼心想，这不是在炫耀武力吗？他不由笑了一笑，针锋相对地道：“贵军箭法，确是不凡。但俺南朝禁军，也个个都有百步穿杨之功，不知殿下可信？”

“哦……哈哈哈哈……”宗真又是一阵大笑，笑后接着又道：“有朝一日，贵我两军就来比个高低，贵大使以为如何？”

“哦？”富弼神色庄重地道，“不知殿下之意，指的是教场比武，还是战场比武？”

“贵大使之意呢？”宗真双目炯炯，咄咄逼人。

富弼不动声色，从容答道：“俺南朝只愿与贵邦千秋欢好，实不欲兵戎相见。”

“南朝能舍得关南之地，何怕欢好不成？”宗真又翻起了他的老调。

“不然。”富弼寸步不让，正色言道，“北朝欲得祖宗故地，南朝又岂肯失祖宗之地？欢好从何而来？再者，北朝既以得地为荣，则南朝必以失地为辱。南北乃兄弟之邦，北朝以兄国之辱为荣，请问于心何安？”

宗真又不知说什么好了。

回程中，辽主故意落在后面，与刘六符咬了一阵耳朵，刘六符打马追上富弼，开口说道：

“正言一番言语，已经打动主上，他只是不愿屈尊改口罢了。如今主上之意，割地不成，便以皇子梁王与南朝通婚，正言之意如何？”

符惟忠听了，心中一喜，正要说话，却被富弼抢了过去，“通婚之议，也是不妥。人寿有长有短，以通婚求和好，也只是一时权宜之计罢了。何况人性也自各异，假使情意难投，我朝公主千里迢迢而来，岂不成了虚话！”

符惟忠见富弼竟然不答应，心中焦急，只是频扯富弼衣袖，富弼只装不知。

刘六符还不死心，接着又道：“只要南朝公主前来……”

富弼笑着拦住道："俺朝公主今才四岁，成婚须在十余年之后，请问梁王能等得吗?"

符惟忠心中越是焦急，又扯富弼衣袖，富弼只是不理。

刘六符想了半晌，才悄声道："若是一无所得，主上是不能答应的，只怕与贵大使等诸多不便哩!"

刘六符这话中又隐带威胁意味，富弼不免气恼，他冷然一笑道："本使为睦邻敦好而来，贵朝能把俺等怎么样了?俺等如果怕死，也不会前来讨教了。"

"不，不，"刘六符慌忙辩解，"刘某实无此意，实无此意。"他又显得为难的样子，"只是……只是……"

"刘部署不用为难，只便将本使之意如实转告。"

"是，是。"刘六符只好点头。

这日宗真有意安排的行猎议事，终以无结果而散。

回到馆舍，符惟忠又抱怨富弼道："正言，你这是怎么了?官家行前面谕，可以僖简王公主与梁王结亲，你为何忽的改口?"

"咳!"富弼叹口气道，"并非俺肆意改口。僖简王公主乃金枝玉叶，俺宁肯增输岁币，也不忍让她千里迢迢，下嫁异邦受苦，何况这还是国家之辱呢!"

富弼这话差了，公主下嫁为国家之辱，增输岁币又非国家之辱?何况一两银，一匹绢，全是百姓血汗呢!这真是：

王女何重民何轻?如此天平实可惊!
富弼枉为忠直士，糊涂油儿蒙了心。

符惟忠听了难免又问："那正言为何又不提输币之款呢?"

富弼正色道："你我出使，当尽力为国挽回利权，事非得已，俺还不愿松口。"

符惟忠无话可说，只在心中暗骂富弼书呆子气，错过了早日成约之机，只怕又将拖延时日了。

果然不出符惟忠所料，自是辽主也不再召见他们，只由刘六符出面，往返磋商。一拖又是数日，符惟忠焦急难耐，一再敦促，富弼终于同意提出每年向辽国增输十万两银、十万匹绢之议。刘六符说此事他也不敢做主，还得奏明辽主定夺。

谁知刘六符一去，又是数日不曾照面。符惟忠急得心如火燎，他屈指一算，来上京不觉半月有余了，和事还没分晓，真不知如何是好。

这日总算盼来了刘六符，他对富弼说道："贵大使即可启程归国了。"

富弼尚未答言，符惟忠已高兴地抢着问道："贵皇帝已同意输币之款了？"

刘六符微笑摇头。

富弼着急道："和款未定，安敢徒然而返？俺愿留下再议。"

刘六符接着说道："主上之意，贵大使等只便回国，就二款各拟好盟誓书一份，再莅敝邦，主上自会择一接受的。"

辽主至今心意莫测高深，使富弼十分懊恼。符惟忠这时又忍不住了，便开口道："这既是辽主之意，你我何能勉强，还是早作归计吧！"

富弼兀自犹疑不定。刘六符又悄声道："正言有所不知，我主秉性刚强，从来说一不二，更不愿在宾客前随意改口，有失体面。正言即便请回，待你再来，自会如愿的。"

富弼至此也只好答应了。

刘六符去后，符惟忠道："辽主已舍弃割地之术，我等也算不辱君命了。还稽留在此作甚？"

富弼对符惟忠十分不满，他在心中骂道："你就只巴望着早日回国，全不计君国荣辱，惟忠惟忠，你又忠在哪儿？"但当面也不好说些什么，只能报以苦笑而已。

其实，富弼何尝不想早些回国探视妻小呢？离开上京踏上归途后，他又刻骨地思念起小女儿来了。真真的病势究竟怎么样了？她还是迷迷糊糊似睡似醒吗？她还是一醒来就喊着“爹别走吗?”她……小女儿平时的一哭，一笑，一娇，一颦，也都成了他无尽的思念了。有时他也会倏地想起真真“人会死的”那一番问话，心就会蓦地一沉，这是不是不祥之兆呢？真真要真的……他不敢想下去了。在辽国时，他是大宋的使臣，他全身心都用在为国效劳之上了；如今，在离家愈来愈近的如今，他又成为女儿的父亲了，他刻骨铭心地思念小女儿了。

正、副使如今有了共同的心思，因此他们日夜兼程，马不停蹄，如飞般回抵国门。

富弼一踏进家门，晏英兰也不顾婢仆在侧，立即扑上身来大哭起来了。

富弼心中蓦地一沉，忙问：“这是怎么了？这是怎么了?”

晏英兰只是越哭越凶。富弼抬头一看，婢仆们也都在一旁拭泪，这不像平时晏英兰使性的模样，他越加心慌了，连声催问：“这是怎么了？快说话呀!”

这时奶娘进来了，抹着泪道：“真真姑娘她……”

“她怎么了?”

“她……她……她殁了!”

富弼突然愣住了，一路上提心吊胆的事终于发生了。他突感到浑身麻木，像是失去了知觉。奶娘在耳边絮絮叨叨，说真真临去时嘴里还喃喃叫着“爹怎的不回来，爹怎的不回来”。富弼似乎听见，又似乎没听见。

英兰这时拚命捶着富弼的身子，又哭又喊：“你自作自受，你自作自受……你……你会后悔一辈子的呀。”

富弼这才蓦然清醒，泪水滚滚而下了。

奶娘这时却又过来劝哭闹的英兰：“夫人，夫人，你要千万保重，千万保重呀！你已是七个月的身子，万一有了闪失，怎对得住老爷呀!”

英兰却接着哭喊：“我对不住他，他又对得住谁了……这……这孩子我也不想要了，养了也没人管，没人管呀！”

夫人使起性儿来是啥都不顾的，奶娘和府中仆婢也都看得惯了，他、她们只好悄悄地离开，让他们夫妻自个儿去闹腾。

富弼这才注意到，夫人的肚子已经显然隆起了，想是痛失爱女的缘故，脸色憔悴而苍白，他忽又感到心中万分的内疚，自己平时对妻子的关心确是太少了。当她最需要慰藉的时候，自己又远离了她，真太对不起呵！于是他连哄带劝地把夫人扶进内房，不管她如何哭闹，只是细声软语地抚慰。丈夫这样耐心而温存，还是不多见的，英兰也就逐渐止住了哭声。她这才也仔细看看丈夫，见富弼脸上黝黑粗裂，再摸摸丈夫的双手，竟是摸着鲨鱼皮的一般，尽是裂痕。也不由爱怜地道：“一路上受苦了！”

“塞外风霜，自是不比一般，但没事儿，俺顶得住的。”

“顶得住？看你都成关外黑汉子！上回怎的没这么厉害呢？”

“许是上回待得时间短吧？”

“如今再也去不得了！”说着英兰心疼地抚摩着丈夫手上那裂纹。

“和议未定，怕是由不得俺呵！”

“怎么？你还去？你不要命了！？”英兰说着，甩开富弼的手，又哭了起来。

富弼只好黯然地抚慰着……

次日，富弼上殿见驾，奏陈出使经过，官家对辽已放弃索地要求表示满意，面谕仍以通婚与输币两项为条件，任凭辽国选择，仍命富弼出使。为表示嘉奖，又诏授富弼为吏部郎中、枢密直学士，富弼谢而不受。这是富弼第二次的辞让。

符惟忠称病不愿前往，朝廷另委张茂实为副使。

七月二十二日，富弼与张茂实带着随从再次出发了。

行前，晏英兰哭哭啼啼，说她分娩在即，家中没个主事之人，叫她如何是好，富弼只好前往求岳母大人照看。晏老夫人也不免对女婿埋怨一番，最后答应将英兰接回娘家居住。

富弼亲自将英兰送至晏府，没了后顾之忧，这才去中书省领了官家答辽主书与两份不同条款的盟誓书，择定黄道吉日，准备动身。

动身前夕，富弼又到晏府对英兰抚慰一番，也向岳父母辞了行。回到家中，天已黑了，他忽然想起一事，不由连连顿足着：

“俺误事了！俺误事了！”

原来他临离辽国时，辽主曾要求在誓书中写上三点：一、边界塘水再不可开决；二、各自不得在边境无故增添兵马；三、边境不得收留各自逃亡之人。只因回家后痛失爱女，神思纷乱，竟然忘得一干二净。如今盟誓书已在箧中，行期又不能擅自更改，这又如何是好？他想来想去，只好决定立即去找吕夷简。他知道自己岳父胆小，求之也是无用。

吕夷简对富弼的夤夜来访，自感意外，及至问明原委，竟然满脸堆下笑来，满口答应道：“正言只管放心，此事便包在老夫身上，定当照改不误。”

富弼为难地道：“只是卑职明日即将启行，按例百官相送，自难更改，这事……”

“这事不必为难，正言只便如期起行。你只将盟誓书留下，老夫明日即当奏明圣上，立即添改后用快马送上，不致有误的。”

吕夷简回答得这样爽快，富弼自是高兴，他也不疑有他，就将两份盟誓书留下。次日在十里长亭接受了百官的饯送，便上路了。

一行走到武强，吕夷简果然派人送来了盟誓书。富弼放下心来，继续前进。

这日，一行来到乐寿，[①] 夜宿馆驿之中，富弼忽然心中一动，吕夷简诡计多端，与己有隙，此事竟办得如此爽利，莫非此中有诈？如果誓书有异，则不仅功败垂成，白走一趟，甚至还会引祸上身。于是他就在灯下拆开盟誓书来看，不看则可，一看不由得富弼三尸神暴跳，大骂吕夷简蓄意

① 武强与乐寿均在今河北省，武强即今武强县，乐寿故址在今献县西南。

坑人。原来那盟誓书竟是原封不动，一字未加。富弼无奈，决定暂停前进，他一刻也不拖延，派随员宋诚、蔡挺带了盟誓书日夜兼程，驰马回京，面陈中书省，要求添改。

过了数日，两个随员回到乐寿，说是吕相公面谕，已经奏明官家，三事口陈即可，不必载入誓书。富弼听罢，气得七孔生烟，他毅然决定不顾一切，自行回京理论。

第十回

责丈人富弼耻求全
辱兄邦宗真妄自大

富弼秉公执法，杀了吕夷简的亲属，吕夷简始终怀恨在心。这回本想公报私仇，以荐贤为名，给富弼一个苦果尝尝，即使不致命丧辽主之手，只要丢盔卸甲而回，也免不了被贬的厄运。结果富弼却初步完成了官家给予的使命，解除了官家最担心的割地威胁。吕夷简的心中又酸又涩，实在不是滋味。富弼行前出乎意料地自己找上门来，又给了吕夷简泄恨之机。本来，那三项条款都不重大，以他平时的专权，即不用奏知官家，也可自行决处，命学士院值日知制诰当夜赶一赶，次日即可由富弼自行带走。但当富弼老老实实地告诉他，只有加了这三个条款，才能解除辽主对边境安全的疑虑时，他突然又计上心来，故意拖了两天，才命王拱辰将誓书换了封套，差人送上。他原意富弼会信以为真，不致半途拆阅，即使拆阅，远去上千里，也徒唤奈何了。他没料到富弼执着认真，竟然半路着人折回。怎么办？他眼珠一转，索性带了宋诚、蔡挺面见官家，说此类边境章约，口传即可，载入皇皇誓书，有失尊严。言下之意，倒是富弼小题大做了。官家也就同意了吕夷简的主张。

富弼日夜兼程赶回京都时，已经日近黄昏，他也不进家门，竟诣阁门求见官家。阁门使告以此时按例不能请对，请富弼次日再来，富弼说有十万火急公事，必须立即面奏官家。官家听得后，不知边庭又出何事故，慌忙宣召入宫。

富弼见了官家，便伏地愤激奏道："陛下圣鉴，如今执政大臣欲置臣于死地，臣死何足惜，其奈国事何！"

官家听了，惊诧莫名问道："哪有此事？"

富弼奏道："臣临行求宰相添改誓书，此乃辽人前约。吕夷简当面应可，转背依旧。书词异同，将使微臣出丑于辽主之前，岂非蓄意致臣于死地吗？"

"呵！"官家听了，不由失笑了，"说的是这等之事，这可是卿误解了。吕卿之意，区区小事，不必载入誓书，这也不无道理嘛！"

"不然！"富弼据理力陈，"此三款看来事小，但辽主对我边庭若干措举，确是疑忌在心，如不载入誓书，盟议必败无疑。此中厉害，臣皆对吕夷简说得一清二楚，他明知故犯，这不是欲陷臣于死地，又是为何？"

官家听至此，心中也有些明白了，他只好笑了笑说："既是如此，朕即命中书省依卿这意添改，卿可即行。吕卿一时糊涂，也或有所见不到之处，卿就不用多所计较了！"

官家之话，显是偏袒吕夷简，这使富弼十分气愤，他又岂肯罢休。他立即又抗声奏道："陛下圣明，吕夷简既与臣所见不同，当面为何满口答应；誓书决定不改，事后又为何对臣一字不提？这岂非蓄意使臣出丑于辽庭！臣辱事小，误国事大，望陛下治吕夷简以不臣之罪！"

富弼据理力争，誓不罢休，官家又明知吕夷简的理亏，殊觉为难，只得又宣召吕夷简与晏殊同时进见。加召晏殊，意在晏殊能以翁婿之情，从中转环。

富弼竟然又亲自从乐寿折回面质，这更使吕夷简感到意外。对富弼的严词指责，他只能重复他的誓书不改之由，至于事后不打招呼，也只好推说公务繁忙，送书事急，"以致忘怀了！"

富弼听了，又不由怒火中烧，他又大声斥道："吕夷简身为冢宰，对此有关与辽虏交涉成败的大事，何能遽以忘怀？这实是一派遁词！即非遁词，也是渎职行为，岂能位列班首？"

官家见富弼穷追不放，一时不知如何为吕夷简开脱，只好求助于晏殊："晏卿之意以为如何？"

晏殊却十分为难了，他明知吕夷简是存心与富弼过不去，但他又不敢去"捋虎须"。"这……这……"嗫嗫嚅嚅，一时说不出话来。

"唉！晏卿，令婿欲穷究宰相的不是，你亦执政大臣，岂能无辞！"

官家在说到"令婿"与"你亦执政大臣"时，特别加重了语气，其用意再也明白不过了，晏殊再也难于缄默了。他只好嗫嗫嚅嚅地道："夷简他……他不至于陷害于人，想必是……想必是真的忘怀了。"

岳父大人这样的颠倒是非，委曲求全，使富弼更加怒不可遏，他也忘了身在无上尊严的皇家殿堂之上，竟然大声斥道："晏殊奸邪！伙同吕夷简欺罔陛下，枉列执政之班！"

官家见富弼连岳父都骂了，也不由恼怒了。他觉得此人做得太过分了，若不是目今急需他出使辽邦，非重责不可。于是他沉下脸来发话道：

"富弼，你目无尊上，实失人伦之道，若不念你出使有功，任重道远，朕必重责不饶！"

接着他再不容富弼分辨，责成吕夷简将誓书添改后，交给富弼次日起行。

晏殊尽管于心有愧，但对富弼的无礼又气愤万分，出宫后一句话不说，便钻进暖轿打道回府去了。

一进晏府，晏殊便对着夫人气呼呼地连呼"可恼！"

夫人忙问："谁惹得你生偌大的气了？"

"谁？你那宝贝女婿，真真岂有此理！"

于是，他一五一十把进宫之事说了一遍："他竟敢连我这泰山大人都骂了，你说可恼不可恼！"

晏夫人倒是疼女婿的，她便数落丈夫："女婿骂你是不该，可你也总不能臂膀往外拐，护着那吕夷简呀！"

"妇人家懂得什么！"晏殊只好强词夺理，"我得顾全大体嘛！"

女儿英兰知道了，又是眼泪汪汪，说等他回来，定要狠狠骂他一场。

“他还有脸来见我!”晏殊气愤地说。

果然，一直到更深夜阑，不见富弼踪影，英兰以为富弼真的不敢来见丈人，她心中又气又念。太医说她胎气不好，说不定要早产，她有许多知心话要跟丈夫言讲，可丈夫偏与她父亲怄气。她只好命老仆去富府寻找，务必叫他前来。老仆回报说富弼压根儿没有回府。这又使英兰焦急万分，他又躲到哪里去了？晏殊想了一想，叹口气道：“八成是住在学士院了!”

富弼果然是住在学士院了。他当然不是跟岳父大人怄气，话说出口，他也后悔自己气昏了头，有些过分了。但他这时已没有工夫去跟丈人赔罪，因为吕夷简是交代值日知制诰王拱辰办理更改誓书之事的，他既知道王拱辰与吕夷简是一党，又怎能放心，因此决定就住在学士院中，要看着王拱辰改好誓书。

王拱辰笑对富弼道：“正言只便回去与夫人一叙离情，明早来取誓书好了。”

富弼道：“边事未定，心神难宁，也顾不得儿女私情了。”

王拱辰有点不自然地笑了笑，也不再说些什么。

谁知晏府老仆却找到学士院来，说“小姐有早产之虞，晏夫人与小姐都很不安，姑爷一定得回去一趟，安慰安慰也好。”

富弼听了，心中也不由一阵黯然。正值妻子怀孕之时，自己屡次远行，不能给予精神上的安慰，实是人生憾事。如今万一早产，自己又不在身边……想到这些，他几乎要动摇了。沉吟许久，他终于还是下定了不回的决心，他只好对老仆道：

“俺明日一早即将起行，不想惊扰小姐。小姐真要早产，俺也无能为力。请禀告晏夫人，只好靠她老人家多操心了。俺就不回去了!”

富弼强自压下满心烦恼，支走了晏府老仆，把王拱辰也感动了。他诚心诚意地道：“尊夫人既是如此盼望，正言还是回去一看的好。你如不放心此地，今晚誓书备就，可以暂不封口，明日你行前先看过一遍，这就万无一失了吧！”

富弼见王拱辰说了真心话，他也便感慨地道：“并非下官不信制诰，下官思来想去，还是不回的好。”

“却是为何？”

“此去辽邦任重道远，成败还难预料。这一见了家人，必定又增添许多烦恼。动了儿女私情，就怕分了自己的心，对此行将是不利的呀！”

富弼如此一心为国分忧，王拱辰也不由的满口称赞。

富弼终于没有回家，次日一早带了盟誓书又走上迢迢征途。

因往返周折耽搁了时日，富弼一行八月二十四日才到达辽都上京。这一路正是炎夏之时，塞外平沙无垠，热火炙人，人们汗流浃背，咽喉干得冒烟，可是，到处都是干裂的涸泽，更看不到一滴水了。由骆驼背着一袋袋的水，比油还金贵，每人都只能润一润裂得发痛的嘴唇。这一路的辛劳，三言两语也难说尽。但到达上京的第二日，富弼也不休歇，便拖着疲惫的身躯，求见辽主宗真。

又经过一番比长途跋涉更加艰辛的口舌，宗真终于同意了南朝输币之议，但接着又节外生枝，提出了新的难题，要求在誓书中把南朝增输金帛的“输”字改为“献”字。别看一字之差，从属关系却变了，富弼怎会依允？任何有辱国体之事，他是坚决不让的。他毫不犹豫地驳斥宗真：

“殿下这话令人费解了。‘献’乃下奉上之词，岂可施于兄弟之邦！何况，南朝为兄，岂有兄献币于弟的吗？”

宗真听了，却发出一阵傲慢的笑声：“哈哈哈哈！贵大使也真会咬文嚼字！请问贵大使，南朝若非怕我，又何用以重金赂我？既是怕我，又何惜一个‘献’字？”

对宗真的狂妄，富弼简直忍受不了，他差点要不顾一切，把宗真斥骂一番，但再一想，增输岁币也确是国家之辱呵！他只好强自压吞下满腔怒火，为自己找到一番理由。“殿下此话差了。南朝皇帝以仁德治天下，兼爱南北之民。怕的是两国不和，生灵涂炭，是故宁愿致币帛以替干戈，岂是惧怕北朝哉！今殿下忽发此言，是欲弃绝旧好，以不可冀之事相要挟，南朝是断难从命的！”

“哼！”宗真听了，却突然变下脸来，暴雷般地喝道：“你好大胆！你可知孤堂堂辽国大皇帝，还从无人敢说孤的不是，你一个小小南使，竟敢数落于孤，你有几个脑袋？你再敢说个不字，休怪孤斧钺无情！”

宗真的暴怒使满朝辽臣为之股栗，富弼却不为所动。与此相反，宗真的暴怒却使得他反而镇静下来了，他只有一个强烈念头，不能再使家国受辱！只见他双目一张，咄咄逼人，大声应道：

“不！使臣头可断，国不可辱！”

见到这剑拔弩张之势，刘六符慌忙出来转环：“殿下息怒。此事还可以从长计议，不必操之过急，容臣再与富大使磋商。”

宗真见富弼毫无惧色，正气凛然，也不由暗中称异，威吓既是无用，只好借此下台。

接着，刘六符来来往往，磋商两日，富弼守口如一，决不动摇。刘六符又提出新的建议，不用“献”字，而用“纳”字，富弼认为“纳”与“献”字异意同，仍以北朝为尊，他仍坚决不从。最后，辽主知富弼志不可夺，便决定命富弼等先自回朝，他另派北院枢密副使耶律仁先与刘六符为使，前往南朝谈判。

富弼一行回到雄州，就接到朝廷诏命，要富弼留在雄州为接伴使。富弼便要宣诏使带回一道章，详陈出使经过，说辽方“求‘献’‘纳’二字，臣以死拒之，其气已折矣，不可复许。”谁知富弼拼着性命未敢允许，却因吕夷简与晏殊急于求和，竟然容容易易便以“纳”字许之，富弼回天乏术，只能顿足浩叹而已。还好回家后英兰已生下一子，母子平安，使他稍感宽慰。

接着官家又重申授富弼枢密直学士之命，富弼仍旧固辞不就。这是富弼第三次的辞让。

英兰知道了，尽管产后体力虚弱，还是在床榻流着泪埋怨道：“你两度出使番邦，受尽千辛万苦，如今和议达成，论功行赏，也是受之无愧，怎的屡辞不就，那见你这样的书呆子！”

富弼叹道：“俺回天无力，终以辱国字样载入誓书，又有何颜受赏！”

“你呀！官家与我爹都已认可，就你更有见识？”

“俺终究耻为辱国之使呵！”

英兰也终究无可奈何。

但官家也终究没有忘掉富弼出使之劳，这年十月，又诏命富弼为翰林学士，富弼面奏官家道：“增币帛与辽和，实非臣的本志，只因朝廷正在抵御元昊，无暇与北方角逐，臣故不敢以死力争，臣又何功之有？臣又何敢受赏？但愿陛下能增修武备，勿忘国耻！”

朝臣听了，无不动容。富弼还是坚辞不就。这是富弼的第四次辞让了。

南朝不以输币为辱，辽主却是十分得意。两个辽使回国后，都升了官。

次年，庆历三年(1043)三月，吕夷简罢相，在任命晏殊为首相的同时，又授富弼为枢密副使，富弼仍是推让不拜。他上书恳切陈辞道：“番酋反复无常，即已定盟，贼心仍是难测。臣今受此重赏，契丹一旦败盟，则臣罪当诛矣！愿陛下收回新命，则朝野之人知得‘使臣不受赏，和事未可知，边关守备不可懈怠。’这乃是国家大计也！”官家看后也十分感动，只得从其所请，这又是富弼第五次的辞让。

英兰知道了这件事，又和富弼大吵起来，说丈人女婿一起进入两府为执政大臣，乃是天大喜事，放着大官不做，是十足的呆虫，跟着这样的丈夫，永世沾不了光。富弼知道她难以理喻，只叫她去问她的父亲，这官当得当不得，英兰果然气冲冲地回到晏府，去和父亲吵。出她意料，这回父亲倒是同意女婿的主张。晏殊是凡事求稳的，也怕万一边畔再起，女婿会受牵累。英兰这才无话可说。

范仲淹从欧阳修家出来，满腹疑团，决定来看望富弼。

范仲淹的突然降临，使富弼欣喜莫名。叙礼已毕，他便问道："闻道恩师五诏不就，官家发了脾气，才始就道。不知何日到京？"

"昨日才到。"

"如此说来，尚未陛见的了？"

"恐怕官家还不知我已到京了呢！"

富弼不由感到歉意地道："恩师风尘仆仆，何劳枉驾，该应学生造府讨教才是。"

范仲淹却微微一笑道："为师倒真的要来向贤契讨教哩！"

富弼听了心中不解，恩师行色匆匆，才始到京，有何疑难之事急于商讨？

范仲淹继续说道："为师五诏不就，闻得贤契也是五命不拜，不知此中可有共通之处？"

原来是为的此事。富弼也不由笑起来了。他便接着回道："怕的是风马牛不相及哩！"

"此话怎讲？"

"学生受的是辱国之命，订的是辱国之盟，不挨国人痛骂，便是万幸，有何颜邀功受赏？这与恩师的五诏不受，有何相干！"

"呵！原是如此。"

范仲淹还要再说什么，晏英兰知道他来了，便出到厅中拜见，一则范仲淹出自晏殊门下，二则又是他俩的媒人，因此也不避形迹。

范仲淹受了英兰之礼，便取笑道："闻道你两口子常斗嘴，晏小姐可在暗地里骂我这媒人了？"

英兰羞红了脸，含笑道："范枢密取笑了！"

她忙命摆上酒宴来，为范仲淹把了盏，才拜辞进去。临了除伺候酒菜仆人外，又留下两个丫鬟，专为范仲淹与富弼打扇。范仲淹知道她这是从娘家带来的规矩，晏府排场阔绰是全东京闻名的。

等英兰进去，富弼笑着悄声道：“就为辞官之事，她也和学生吵了一场哩!”

“哦!”范仲淹对此没多大兴趣，他只是追问富弼的辞官，“除了以上所说，就无别的用心吗?”

“学生不知恩师之意何在?学生倒也想动问恩师，你又为何五诏不就呢?”

“这……”范仲淹不由皱了一下眉头。“说实在话，连我自己都有些糊涂，三言两语实是很难说清。”

富弼笑了笑，举起杯来让了酒，用了菜，才开口说道：“容学生猜上一猜，朝纲不振，吏风败坏，这以恩师的才识胆略是不足为惧的，恩师是否怕主上优柔寡断，轻恩寡信，宰执专权跋扈，植党营私?可如今吕夷简已经去位，两府与谏院又都新进了几位能员，似也不足为虑的了。”

“永叔正是如此看的。”范仲淹忙接着道，“为师已在彼此叙谈半日，他认为吕夷简这一拦路虎已经搬掉。如今大可以任我所为了。看来贤契也是与永叔同一声气呀!”

富弼听了，笑一笑，只与范仲淹让酒。

范仲淹干了一杯酒，也笑着看着富弼，他知道学生未尽其言。

停了一停，富弼才缓缓说道：“朝事怕未必如此简单吧!”

“为师也是如是想的。”范仲淹忙着接口，“我才到京，朝事一无所知，单就吕夷简忽而引荐对头人夏竦，王拱辰与吕夷简一党，又一反其道而行之。便令人扑朔迷离，难测此中底蕴。”

“此事确是个谜。”富弼点着头道，“学生至今也未参透，再就现今冢宰而论，俺老丈人恩师你最清楚，当然不能与吕夷简类比，但也非雄心创业之臣。还有那章希言，更是开口祖制，闭口祖制，谁要违反祖制，便以大逆不道视之。再则，吕夷简虽已退隐，他的徒子徒孙还充斥朝廷，单就那个李学士，他的妒性就令人受不了。谁要有些新绩，就如挖了他的祖坟一般……”

"就是那个令宋公序哭笑不得的端明殿学士李淑?"

"正是此人，别看他像是一个闲员，可得吕夷简器重，许多大臣见了他都头皮发麻。吕夷简其实阴魂未散哪!"

富弼不过略举数端，已使范仲淹清楚意识到自己的疑虑不是多余的，欧阳修单往有利一面想得太多了。在深谋远虑上，富弼显然比欧阳修更胜一筹。他不由激动地向这位既是学生、又是好友求教道：

"请问贤契，朝事既如是诡谲多端，你又是如何自处的呢?"

老师虚怀若谷，富弼却不无惶恐地道："恩师叱咤风云，勋业彪炳，学生难望项背，何敢班门弄斧!"

"唉! 贤契这话差了，你我既有师生之谊，又是忘年之交，为师这是诚心求教的，你又何必过谦!"

范仲淹说得挚诚，富弼也就不再推让，他抿了一口酒，略一沉吟，才从容说道："学生处身朝堂，既不阿附，也不怯让。只凭一颗忠心，一颗公心，一颗良心，尽力而为；能无愧于君，无愧于民，无恨于国，无愧于己，则一切成败得失，在所不计了!"

"说得好，说得好极了!"范仲淹不由拍案赞叹，"闻君一席话，我范某胜读十年书呀!"但接着他又不由感慨地道，"可是贤契，你这'三心四无愧'，在朝衮衮诸公又有几人做到呀!"这真是：

> 莫道"三心四无愧"，说来容易做来难。
> 有权有势富且贵，国家盛衰管他娘!

范仲淹与富弼倾心而谈，直至夜分，才怀着几分激奋、几分怅惘的复杂心情回到自己府中，谁知又来一个烦恼，摆在自己面前。

第十一回

荫病子仲淹心难定
引奸邪夷简意不明

天黑下来了，范仲淹一脚踏进沈若卿的绣房，正要宽衣，沈若卿却一把将他往外推：

“快到大娘房中去吧！”

范仲淹带着酒意笑道：“小夫人怎的赶我走呢？”

“咳！大娘在哭鼻子哩！”

“瞎话三千！”范仲淹说了一句家乡话，“今早晨还高高兴兴的。”

“今早是今早，如今是如今，你快去看看吧！”

“哦？”

范仲淹还是不相信，他忽地想起来了，在回京的路上，沈若卿就悄悄地给他说，大娘一年到头守空房，这番回去可别冷落了她，当时他还着实把沈若卿夸奖了一番，如今想必是为此赶他了，他于是呵呵笑着道：

“你别多心了，还是你大娘叫我住你这儿的。”

“那是啥时的事？”

“昨儿晚上。”

“为的啥呢？”

“你大娘说，她都五十好几的人，啥也不想了，只想图个清静，难得小娘子侍候得好，你就常往她那儿去吧！如今你再赶我，叫我又去哪儿？”

沈若卿听了，从心里感激大娘，但这时她却笑着说：“咳！这是两回事，大娘确是在伤心哩，你就快去吧！”

“这……”范仲淹这才有些奇怪，“这又为啥呢？”

沈若卿抿嘴笑了笑：“你呀！有这问的工夫，还不如早点去安慰安慰她。”

范仲淹在沈若卿连推带搡下，只好怀着满心疑惑走回上房。

果然，夫人李氏正独自在灯下抹着眼泪。

范仲淹慌忙问道：“夫人，你这是怎么了？老夫总算回朝了，昨日还高高兴兴的，为啥却抹鼻子呢？”

夫人见问，抽抽咽咽哭得更伤心了。

“哎呀！究是为的啥，你倒是说话呀！”

“为的啥？”夫人终于一边抽抽咽咽一边说：“问你……自……自个儿吧！”

“我？这就怪了，我哪儿使你不舒服了？”

夫人又抽抽咽咽好久，才哽咽着道：“你呀！整日里国家，苍生，苍生，国家，不顾自己也便罢了，连儿子也不顾哪！”

“儿子？”范仲淹好生奇怪，“儿子又怎么了？”

“你呀！”李氏伸出手指往范仲淹额上一戳，恨恨地道，“真的啥也不知？”

“知个啥呢？我又不在家中……”

“家中，家中诸儿都好好的，就是你的佑儿……”

“佑儿？”范仲淹更加奇怪，“佑儿又怎么了？”

“他……落了一身病哪！”夫人说着，又扑簌簌掉下泪来。

“瞎讲！”范仲淹不敢相信，“他不是好好的吗？”

“好好的？一到晚上，浑身酸疼，双腿发麻；碰到刮风下雨，疼得更加厉害。你这做父亲的，竟然一点不晓？”

“唉！”范仲淹不由地愣住了，半晌，才闷声地道，“他为啥一声不吭呢？”

"他就怕你分心，不敢告诉你。昨日回来也一声不响，是她媳妇儿今日哭着告诉我的。"

"真是!"范仲淹不由一阵心酸，他想起儿子随侍自己左右，真是孝顺无比。或是夜里巡哨，或是一起往边境察视，塞下气候变幻无常，一刮起大风，便是飞沙走石，每逢此时，纯佑总是脱下自己的袍子强披在父亲身上。有时在哨所或民家安歇，他总让父亲睡在舒适的炕上，自己却在地上铺些稻草，与亲兵们睡在一起，那病想必是由此得来的了。多少个日日夜夜，多少个风风雨雨，儿子又忍受了多少病楚，都瞒得个纹丝不透。"我的好儿子哪!"范仲淹不由唉声长吁："为父对不住你呀!"

夫人垂着泪问："如今该咋办呢?"

"明日立即请医疗治。"

"这种病，一时怕难治好。"

"以后不让他随行也就是了。"

"随行?回家席尚未暖，又要走了?"夫人听了，又不免一阵心慌。

"没有的事!"一见夫人惊慌之状，范仲淹不由心里发酸，他也不知为什么忽然说出这个话来，只得连忙解释，"为夫随便说说罢了。"

夫人心里稍安，接着又道："还有一事，你得答应妾身。"

"何事?"

"今年冬祀大典，你得让佑儿补上一个官儿，别再念你的正途出身咒了。"

"这个……"范仲淹有点为难，一则他不欲让儿子吃现成饭，再则他对这种恩荫无边的皇朝法典本就有满肚子意见。

"别再这个那个了，你就忍心让儿子为你误了一生?他今年都二十七岁了，还是一个白身!"李氏说着，又哽咽起来。

"别讲了!"范仲淹这时只感到满肚子的辛酸苦辣，也不知该对夫人怎么说才好。许久，才缓缓地道："到时再说吧!"

"你就不能说个'行'字吗?"夫人说着，垂泪的双眼充满了忧戚。

“行……吧！”范仲淹终于咬着牙说出了这两个字。

次日起来，范仲淹便把纯佑唤到房中，他把儿子左看看，右看看，又看看脸色，脸上只是清瘦了些，眉宇间略显出憔悴之态，不留意确是看不出病来。

纯佑见父亲这样看着自己，不知何意，只好惶惑地问：“爹唤孩儿进房，不知有何吩咐?”

范仲淹慈祥地道：“佑儿，你落得一身病痛，为何不早对为父说知。”

“这个……”纯佑支支吾吾，“孩儿……孩儿没……没啥病痛。”

“咳!”范夫人在旁埋怨道，“你媳妇儿全都讲了，你还瞒着作啥!?”

纯佑一时无言地低下头来，倒像是自己做错了事的一般，半晌，才嗫嚅道：“其实……其实孩儿并无啥的大病，请二老不必挂怀。”

“唉!”范仲淹叹一口气：“也怪我一心只知安边防戎，太不关心于你。要是治它不好，怎对得起你的媳妇和嘤嘤幼儿。”

范仲淹说着，眼眶也自红了，范夫人早又坠下泪来。

纯佑见二老如此，感到十分过意不去，便道：“这事怪不得爹爹。只要爹能安邦定国，扬威夷戎，孩儿就是一死也甘心无怨的。”

“胡讲!”范夫人恨恨地骂了一声，她又啜泣起来，“看你都说的……说的啥话儿呀!”

“罢了，罢了!”范仲淹知道夫人是为儿子说了不吉之言而伤心，便不让她再说下去。接着便正色对儿子道：“从今日起，不许你再出门了，每日延医看病吃药，在家好好静养。”又回头对夫人道，“吩咐媳妇，一定要好好照看。”

纯佑见父母亲如此，也不由感动得流下泪来。

这日，范仲淹与韩琦进宫陛见，一起就了枢密副使之职。

晚上，范仲淹来到沈若卿房中。沈若卿见他一脸闷闷不乐之色，想必还为纯佑之病担心，便宽慰道：

“佑儿今日已请太医看了，说是服一段药有望好转，夫君也不必过于愁烦了。”

范仲淹点一点头，接着又说了范夫人要他为儿子荫补之事，问沈若卿看法如何，他知道沈若卿有时是颇有见地的。

沈若卿笑着说道：“请问夫君，这荫补之事，是否有违朝廷祖制？”

“当然不是。”

“那便是顺理成章之事，有何为难？你无非要儿孙博个正途出身，可如今佑儿身子如此……”

“不仅如此，”范仲淹愤慨地道，“我对此朝廷祖典早已十分不满。恩荫之例太祖之时已有，到得真宗皇帝说是与臣下共庆太平之乐，推恩愈来愈广，每遇郊祀与圣节，自两府大臣以至提点刑狱以上差遣者，都可奏请子孙弟侄一人为官，且不限年岁，有的三尺儿童，已经名在典籍，两太师及两府大臣连异姓亲与门下客都可荫补。如今京中冗官遍地，拿了朝廷俸禄，无所事事者不知凡几，可这些俸禄都是黎民百姓的血汗哪！京都百姓怨声载道，他们撰了一副对联讥诮我等为官的，你道是怎么说的？”

“怎么说呢？”这些事沈若卿当然无从知道，听起来甚觉新鲜。

“咳，说什么‘圆少缺多天上月，员多缺少部中官。’你瞧，听起来多使人难受？我对这种恩荫之典正是恨之唯恐不及，又岂能让自己儿孙也……唉！”

沈若卿听了，默然良久，才柔声说道：“夫君说的虽是实情，贱妾斗胆请问，夫君你可有回天之术？”

“唉……”范仲淹一声长叹，无言可答。

“这便是了，如今佑儿正途出身已是无望，夫君你就忍心让他委顿一生？夫君既已是两府大臣，荫补一个长子，有谁能说个不字！”

范仲淹听了，只是满怀悒郁，长久无言。

吕夷简临去秋波，推荐政敌夏竦进两府，连他的亲信门徒都如坠五里雾中。

夏竦充枢密使的诏命既下，许多人纷纷来到榆林巷吕府，都想探个究竟。

御史中丞王拱辰慷慨激昂地道：“夏竦阴毒狡诈，为朝野所不齿。相公向来亦鄙视此人，如今却引荐了他，门下委实不解!”

右正言钱明逸忧心忡忡地道：“夏竦虽不在朝中，其党徒却比比皆是，甚至于阴交内侍。今相公又已卸任，一旦让其进入两府，只怕我等皆非他的敌手。”

端明殿学士李淑委婉地道：“如今朝廷内外，议论众多，有的说好，有的说歹，门下也不知如何分说才好。”

众门徒七嘴八舌，忧形于色，吕夷简却只是捻须微笑，不动声色。这时听了李淑之言，才笑着问道：

“他们都说的甚来?”

李淑回道：“有的说相公以往与夏竦不协，借此以解宿怨。”

“嗯。”

“有的说……有的说相公欲邀个不计一己恩怨的虚名。”

“嗯。”

“有的说……有的说……”

“唔？又说的甚来?”

“他们说……他们说相公城府极深，只怕另有深意在焉。”

“哦?”吕夷简一直眯缝着双眼，边听边捻须点头，这时却倏地睁开双目，沉下脸来问道：

“说这话的是谁?”

“这个……”李淑慌得结结巴巴，“门下……门下也不清楚。”

但只是一瞬间，吕夷简又展颜笑了。“各人都有一张口，让他们爱说甚就说甚吧！不必与他计较。”

“只是相公之意……”王拱辰总想探个究竟。

“唉！老夫已经去位，就算是以释宿怨吧！诸位也不必太于认真了。”

吕夷简说罢，令人莫测高深地笑了笑。

“只是……”钱明逸也不知吕夷简之言是真是假，他担心的仍是：“夏竦进入两府，相公又已不在其位，我等又将如何是好？”

“唉！子飞[1]兄何用杞人忧天。”李淑是有名的“三尸五鬼”之一，机灵狡诈，他这时似乎已有所悟，只是诡谲地笑道：“夏竦能否进入两府，也还得拭目以待哩！”

“献臣[2]兄这话从何而来？皇皇诏命已下，还能变卦？”

“唉，唉！”吕夷简和解地笑了笑：“诸位都不必争议了。诸位皆乃君国之臣，又非与我吕某为官。老夫已去位，诸位但能体察圣情，公忠为国，便都是栋梁之才。何况你等机警明敏，相信并无应付不了之事的。”

吕夷简这一番话既是冠冕堂皇的官场语言，又不无安抚鼓励之意，虽没有完全解开门士们心中的疙瘩，似也多少使在座的得到一些宽慰。

吕夷简接着又回首对坐在一旁一直不发一言的参知政事王举正道：“只是王参政，你今后倒真的得小心一二啦！”

王举正听了，只是惶惑地连连点头。

吕夷简为何对王举正特别加以关照？原来这王举正脑满肠肥，大腹便便，是一个典型的饱食终日，无所用心之辈。百姓们多把这种官儿称作“糊涂官”，但王举正却有个更加令人叫绝的诨号，叫做“嗯呵参政”。这诨号又是从何而来？原来每遇执政大臣们议事，王举正总是坐在那里眯缝着双眼，似睡似醒，人家说“此事应该如此。”他“嗯，嗯”应着，人家说“此事应该如彼，”他“呵，呵”应着，究竟赞成如此，还是不赞成如彼，连他自己也不清楚。属下官员向他请示政务，说“某事如何如何。”他仍是眯缝着双眼“嗯，嗯”应着，属员们追问他究竟如何处理，他仍是眯缝着双眼“呵，呵”应着。属员们如在云雾里一般，又不敢多所追问，

---

① 钱明逸字子飞。

② 李淑字献臣。

只好再去请示别的大臣。像这样一个人物，又如何能爬到副相高位？原来他靠的就只有两个字：听话。而且只听一人之话，此人便是吕夷简。吕夷简叫他往东，他“嗯，嗯”应着往东去了；吕夷简叫他往西，他又“呵，呵”应着往西去了。至于往东对还是往西对，他既不知，也不问。管他对与不对，反正天塌下来，有吕夷简顶着。他便是这样在吕夷简赏识之下步步高升了。而“嗯呵参政”的诨号也便这样叫开了。

这似乎是个笑话，但世间偏有不少当官的，他既不任人唯亲，也不任人唯贤，最喜欢提拔听话者做他的亲信。像王举正还只是无能而已，而有些听话者表面上唯唯诺诺，阴地里要奸使鬼，以后败了事连推荐者都难免受其牵累，但许多当官的仍不以戒。这真是：

> 不喜栽刺喜栽花，荐升只凭能“听话”。
> 唯唯诺诺高官做，“才德”二字管它啥！

闲话表过，且说门徒们辞别了吕夷简，走出吕府。王拱辰隐约觉得李淑似已猜中吕夷简的真意，便把他拉到一旁，轻声问道：

“献臣兄，这吕公荐引夏竦……”

“小弟也不甚了了。”李淑也不等王拱辰把话说完，便简单地回了一句话，又是诡谲一笑，向王拱辰拱一拱手，便回身钻进轿里去了。

王拱辰仍是不得要领，无可奈何地回府而去。

不几日，朝廷一连下了几道诏命，欧阳修等当了谏官，韩琦、范仲淹并为枢密副使。新上任的几个谏官又烧起了一把驱赶夏竦的熊熊大火。这些政治风云使得喜欢见风使舵的王拱辰一时无所适从，不知如何是好，他只好又去请教吕夷简。

吕夷简却只是轻描淡写地回答门徒：“不在其位，不谋其政，老夫已不在中书，乃是个闲散之人，王中丞今后尽可便宜行事，不必以老夫为意了。”

王拱辰为难地道：“不敢相瞒，门下是不喜夏竦回朝的，只是不明松公引荐之意……”

“唉！中丞这话差了。老夫早已有言在先，诸位皆是君国柱石，非与我吕某为官。中丞意欲如何便如何，尽可不必以老夫的荐举为念，老夫是绝不介意的。”

王拱辰还想再说些什么，吕夷简已露出些不耐烦之色，他只好退了出来。但他还是不死心，又跑去请教李淑。

李淑阴阴地笑道：“吕公的话已是再明白不过了，仁兄如觉得夏竦该赶，也便跟着赶吧！吕公他绝不会怪罪于你的。”

“那以兄之意呢？”

“你问小弟？”李淑似乎思索了一下，“小弟也以为夏竦不是个好东西，但小弟此时还不想干预。”

王拱辰问这问那，最后仍是得不到要领，只能疑疑惑惑地回府而去。

王拱辰连日来坐卧不宁，夫人薛绮霞自是看在眼里，这时见丈夫闷闷不乐地回来，不由抱怨道：

“看你这失魂落魄的模样，去了个吕夷简便如丧考妣一般，真没出息！难道离了他吕夷简，就当不成你的官了？”

“真是妇人之见！”王拱辰听了不由苦笑一声：“你知道个甚？如今的世道，要不靠那千丝万缕看不见、摸不着的朋侪相扶，就难自在为官。吕相公常以朋党制人，他自个儿还不也得靠朋党帮衬？何况我等！”

“俺就不信！”薛绮霞鄙夷地道：“你好歹也是个堂堂正正的状元公，还非倚人门户不可！”

“唉，状元公值个甚！”王拱辰感慨地道：“你不是最佩服你那个姐丈吗？他也是南官第一，殿试第四。他的道德文章，谁不钦仰？俺都自愧不如。就为的刚直成性，不愿随人俯仰，免不了三灾六难，如今虽当了谏官，还不过是六品太常丞，哪像俺如是顺顺当当，一直当到五品中丞，你不也沾了光，早就成了诰命夫人了吗？”

“俺不稀罕！”薛绮霞难免有气地说。她想了想，又是不服。“依你说来，就非得朋比为奸，才有高官可做？”

“何谓朋比为奸？何其用词不当！”王拱辰不满地道，“若说是朋侪帮衬，正是为官之道。”

“那范希文呢？他如今已当上枢密副使，又是几品官了？”

“这……从一品吧。”王拱辰没好气地答。

“他又是靠的谁的帮衬？”

薛绮霞常听姐丈欧阳修赞佩范仲淹的正直人品，因此将了丈夫一军，王拱辰果然语塞了。停了许久，才无可奈何地道：

“他也是你姐丈他们推荐的嘛！再说，他那枢密副使能当多久，也还难说嘿！”

王拱辰对范仲淹虽无嫌隙，但也难免有点酸溜溜的。

薛绮霞听了忙道：“你可不敢从中使坏呀！别的不讲，也得为子孙积上阴德哩！”

“唉，俺又何曾做了缺德之事！”王拱辰正自满怀不畅，给妻子顶得火了起来。“你是妇道人家，往后还是别过问朝堂之事！”

“朝堂之事俺可不问，可你整日里愁眉苦脸，失魂落魄，俺又能不管吗？”薛绮霞刚强成性，她是不怕丈夫发火的。

“好嘛！你管，你管！”王拱辰更加有气，“如今便有件为难之事，你管得了吗？”

“何事使你为难？你且说说。”

王拱辰便将夏竦之事一五一十说了一遍。薛绮霞飒爽好强，以往就为不满丈夫的为人，时常不免吵嘴。如此却见丈夫向自己讨教，不由高兴起来，真的替丈夫出起主意来了。

第十二回

薛绮霞劝夫走正道
欧阳修说友挽颓局

薛绮霞听丈夫说起欧阳修等都反对夏竦回朝为枢密使，便笑起来道："这就很明白了，既是姐丈他们都说夏竦奸邪，你也说夏竦奸邪，这不就走在一块来了？你也跟着反对便是，有何疑惑之有？"

"咳!"王拱辰瞪了妻子一眼。"你可知夏竦乃吕相公所荐吗？俺王拱辰可不能忘恩负义，作了恩师不喜之事。"

"哼！什么忘恩负义!"薛绮霞对丈夫依附吕夷简向来不满，不免咕噜了一句。

王拱辰见话不投机，便欲走开，薛绮霞却又叫住了他："慢着，吕夷简不是也叫你尽可自行其是，他不会怪罪于你吗？"

"说是如此，可他总是闪烁其词，俺也摸不透他是何心思，谁知他这话是真是假？"

薛绮霞听了，也不由沉吟起来，她还在思索着如何劝说丈夫回头。良久，才又说道："俺不是他肚里的蛔虫，自不知吕夷简是何心思，不过，当你说到你也不喜夏竦回朝时，他的脸色如何？"

王拱辰低头想了一想，答道："也看不出有何怒色，只是心平气和地回了那一番话。"

"这便是了!"薛绮霞总算抓住了由头，"尽管还猜不透吕夷简的心思，看来他也不恼怒你的主张。俺说你还是跟着姐丈他们走吧，也该走走正道啦!”薛绮霞相信姐丈反对的必定对的。

王拱辰听了，又独自思量起来，他在心中再三权衡利弊得失：如今吕夷简既已退位，看来从两府到谏院，欧阳修一派是颇为得势的，自己留条退路，也不是坏事。夏竦如果回朝，对自己并无半点好处，只是多了一个敌手。如此看来，妻子之言也是不无道理。王拱辰想了又想，终于下了决心，在驱赶夏竦中演出了颇为精彩的一幕。事后他还不放心，特地又去吕府，说了扳倒夏竦的经过，吕夷简只是微笑点头，并无责怪之意，他这才放下心来。因为，他知道吕夷简虽已罢相，还留着个“军国大事与中书、枢密同议”的尾巴，正是“虎死余威在”，还是不能掉以轻心的。

王拱辰接着又想了起晏殊，他本是晏殊的门生，当年他与欧阳修同科高中时，正是晏殊当主考官的。只因依附了吕夷简，一向没把自己的真正恩师放在眼里，如今晏殊却已替代吕夷简坐上了中书省的第一把交椅，正是不可小看。于是便备了一份厚礼，写了门生的帖子，到晏府拜望。晏殊倒也以礼相待，对王拱辰在驱赶夏竦的回合里的突出表现，还着实夸奖了一番，王拱辰心中十分高兴。

心中感到高兴的还有一人，那便是薛绮霞，她听着丈夫绘声绘色地叙说自己如何扯住官家的袍角苦苦相谏，高兴得笑出眼泪来，她认为自己的丈夫确实变好了，这是多年的愿望，怎能不高兴呢？她感到听丈夫的描说还不满足，便备轿来到姐姐府上，逼着姐丈欧阳修把当时的情状再为她描说一遍。欧阳修对王拱辰这一番表现也十分满意，认为吕夷简下了台，王拱辰确实有悔改之意。薛绮霞还把王拱辰所谓“朋党”之论对欧阳修学说了，欧阳修认为他这话也不是毫无道理，小人有小人之党，君子也有君子之党，王拱辰以往依附了小人之党，今后如能真的改邪归正，便是一件大好事。他要姨妹今后要时常劝说丈夫，走上正道，薛绮霞自是点头称是。

得到姐丈的一番推许，薛绮霞心中更是喜滋滋的，丈夫果然改邪归正了，还有什么比这更值得高兴的呢？回到家中，天已将黑，她亲自动手做了几样丈夫平时爱吃的小菜，在房中与丈夫共享。

薛绮霞端起酒杯，笑眯眯地对丈夫道："夫君能痛改昔日之非，从此与姐丈等共匡宋室，妾身衷心喜慰，祝夫君鹏程万里，宦途如意。"

王拱辰见妻子的笑靥恍如绽开的玫瑰，盛放的蔷薇，他不由得未饮先醉了。对妻子这样发自内心的喜悦，他似曾相识，又感陌生，那是何时？那当是新婚燕尔之时。之后，由于妻子与自己的识见不合，常时龃龉，欢娱时少，冷对时多，像这样的笑已经十分罕见了，如今忽然回到妻子的脸上，他似乎又看到了当年那娇憨妩媚的妻子，他情不自禁了。便凑过嘴来就妻子的纤手喝干了酒，还趁势在妻子脸上亲了一口。

薛绮霞"呸"了一声，笑骂着道："看你，给你一点脸色，你便忘乎所以了！"

王拱辰只是嘻嘻笑着，呆呆地看着妻子。

薛绮霞扑哧一笑道："看个甚？不认识了？"

王拱辰继续嘻嘻笑了一会儿，这才回道："我像是……像是才认识夫人的一般。"

薛绮霞含嗔道："好没正经！"

王拱辰涎着脸道："说真的，夫人今日……特别……好看！"

薛绮霞含嗔笑着，给丈夫斟上酒。王拱辰看看酒杯，又看看妻子。薛绮霞痴痴笑着道："好大的架子！"

她今天心花大开，特别温顺，果然又伸出纤手端起杯子送到丈夫嘴边，王拱辰就着一饮而尽，接着便拉着妻子拥进自己怀里，俯下身子去亲妻子的脸。薛绮霞今日原准备与丈夫温存一番，侍婢都已支开，这时任丈夫亲了一阵，才又想起欧阳修之言，便口里喃喃地道："你且说说，今后……今后是否死心塌地……跟着姐丈走了？"

"唔，唔……"王拱辰心不在焉地应着，边凑近妻子颈子里闻着，嘴里喃喃，"好香……好香……"接着又用嘴去亲。

薛绮霞颈子痒痒的，她咯咯笑了一阵，才把丈夫轻轻推开道："别'唔，唔'的，你倒说话呀！"

王拱辰又凑近在妻子脖颈里闻着，亲着，嘴里咕咕噜噜："说……说的甚呢？"

薛绮霞再一次把他推开："俺问的甚呀？"

"呵……嗯……是的，是的……"

"是的甚呀？"

"是……是……"王拱辰这才记了起来，"是……跟着你……姐丈走呀！"

薛绮霞满意地笑了。

王拱辰已是按捺不住，便一口吹灭了灯火，拉着妻子往床上去。

过了几日，初进谏院的蔡襄便上了一本，说："吕夷简为相二十余年，功业无闻，今以病归，尚贪权势，不能力辞，伏乞特罢商量军国大事之议，使两府大臣专当责任，无所推避。"吕夷简见大势已去，只好自动上表请辞，官家也便顺水推舟，从了所请。王拱辰得知后，又是悲，又是喜，不知是何滋味。吕夷简最后一点权力都消失了，作为多年的追随者，难免兔死狐悲；但想到因此心头的一点压力也就完全消除，他可以任己所为了，又不免有些高兴，他便这样患得患失了多日。

蔡襄乃是个疾恶如仇、爱憎分明之人，他刚直成性，遇事敢言，不计个人安危。因此，当年他得知范仲淹等被吕夷简以朋党之名贬谪后，愤愤不平，便作《四贤一不肖诗》以刺之。近日见欧阳修等皆入谏院，又为官家任用贤臣而欢庆。如今自己也进了谏院，更时刻不忘自己的职责。他细心观察朝廷大势，觉得一切依旧，并无多少改观。吕夷简虽被自己一本奏罢了最后议事之权，但如今执政的两位宰相都是守成之官，靠他们改弦更张是缘木求鱼，目前急需一个强有力的大臣来整顿朝纲，此人是谁？朝野瞩目者便是范仲淹，可范仲淹与韩琦回朝后，除逐日与两府大臣随例上殿，呈奏寻常公事外，也没甚等作为。蔡襄想着这些，有点耐不住了。这日午后无事，便去走访欧阳修了。

走进欧阳修的书斋，却见他满地铺排着碑刻的拓本，琳琅满目。他正捋着须子看看这张，望望那张。蔡襄便笑着道：

“好呀！永叔兄，你真有闲情逸致，又迷进你的碑刻中啦！”

欧阳修已知道是蔡襄来了，便呵呵笑道：“老弟还不知，为兄平生无所嗜，就好此端。”说着，他便拉着蔡襄之手向满地指着：“你瞧，这是大篆，这是小篆，这是小楷，这是行书，这是……你是书法名家，能不喜欢？”

蔡襄不由地笑着点头。

“这还尚在其次，”欧阳修接着又道，“更主要者是这里有许多史籍未曾记载的各代逸史轶事，这里头有着很深的学问哩！”

蔡襄又是连连点头称是。

“我如今有个宏愿，要尽收天下的碑刻精本，撮其大要，编一部《集古录》，传诸后世，每一拓本后都有跋尾，写下我的感识，这前头的序，就得劳君大笔了，你看如何？”

“不，不！”蔡襄慌忙摇头，“小弟对此道知之甚浅，哪敢妄说短长。”

“那好吧，”欧阳修也不相强，“这序仍由我自个儿动笔，只是定要君为我写上你最拿手的行书，这可是无可推托的了。”

“仁兄如此说了，小弟自当效劳。”蔡襄欣然答应。

欧阳修高兴得捋须大笑起来。

后来欧阳修果然辑成了《集古录》，其序由蔡襄书写，被称为一代绝笔。这可是后话了。

这时蔡襄等欧阳修笑罢，接着说道：“小弟岂不知兄台雅好此道，只因近日虽则更新了执政大臣，朝事依旧，弟心中殊感不安，想不到兄台还有此闲情逸致，有点奇怪罢了。”

欧阳修道：“这么说你今日不是偶尔过访的了？”

蔡襄捻着他的美须髯笑道：“也算是‘无事不登三宝殿’吧！”

欧阳修听了，便命仆从小心地将拓本一一收好，然后让座看茶。蔡襄又说出了自己心中的焦虑。

欧阳修听罢，感慨地道："实不相瞒，为兄也有同感，摩赏拓本，也为的解除心中的郁闷罢了。"

蔡襄便道："如今小弟可是讨计来了。"

欧阳修略一沉思，道："先说说你又有何主意?"

蔡襄道："如今朝野瞩望者范希文也，但他却迟迟按兵不动，不知为何?"

欧阳修捻须微笑道："据我看来，他心中还有疑虑，因此举步不前。"

"那你我何不前往探访?"蔡襄本就有相邀之意。

"好吧!"欧阳修立即答应了。

两人说走就走。欧府与范府相距不远，他们也就不坐轿子，安步当车，往范府而去。

范仲淹将两人接进厅堂，让坐茶毕。他先自开言道："正有事欲与你等相商，两位却就来了，真是巧事。"

"哦?"蔡襄听了高兴地道，"小弟等也是有所议而来，确实巧事，但不知明公所商为何? 说不定想的还是同一回事，那便是巧合中的巧合了!"

范仲淹笑道："不见得吧!"

"那就请明公说说有何事相商?"

范仲淹却笑让道："你们二位是客，还该你们先说。"

"那好吧，"蔡襄也不推让，便直言道，"明公此次奉召回朝，朝野瞩望甚殷，但至今未见有何举动，我等心中不明，因此特来讨教。"

"原是为此，"范仲淹笑起来道，"范某来京就任，主上明令主持西境防务，我自当悉力以赴，日理边陲之务，未敢稍有懈怠，不知这又何疑之有?"

蔡襄急忙接着道："如今朝纲败坏，众人瞩望明公能有所更张，这却也是急务呀!"

范仲淹听了，却不慌不忙答道："贤弟岂不知'不在其位，不谋其政'

之理吗?”

欧阳修这时也忍不住了，便插嘴道：“仁兄怕不全在此理吧!”

“哦?”范仲淹其意不明地应了一声，也不说话。

蔡襄更加急起来道：“明公此次五让不就，我等在官家面前没少进言，就盼的是明公回朝能有所更张，整肃朝纲……”

蔡襄说此话时，欧阳修在旁频使眼色，但因他近视越来越深，眯着细眼，蔡襄不曾留意。这时他又忍不住打断蔡襄之话道：

“罢了，暂且按下此事不说，也请希文兄说说究竟有何事为难。”

范仲淹便把夫人要他为病子荫补之事说了一遍，问二人有何主意，二人听了，都认为这并非甚等难事。他们都劝范仲淹不要固执正途出身之见，顺着夫人之意行事。范仲淹不由慨叹道：

“如今荫补之滥，愈来愈烈，冗官遍地，百姓啧有烦言，二位不是不知。我正伺机向主上进言，有所更改，偏在此时逼着我做此自己深恶之事，怎不使我为难?”

蔡襄却摇头劝道：“再更改也废不了荫补之制的。永叔兄公子不也已承荫了吗？明公大可不必为此事为难了。”

欧阳修听了范仲淹之言，似乎思想上有所触动，他不想再深谈下去，有意话题一转，笑着说道：“这真叫家家都有本难念之经呵！希文兄夫人贤惠，爱妾雅淑，谁想也有犯难之事。”

蔡襄自不知欧阳修之意，他只是就话说话，不以为然地道：“‘家家都有本难念之经’，此话看来也不能一概而论，比如你永叔兄，夫妻情好甚笃，又有何经难念?”

范仲淹这时不由笑了笑，道：“他呀，无非难过三更罢了。”

“难过三更?”蔡襄不解地问，“不知此话怎讲?”

范仲淹继续笑道：“永叔夫人果然十分贤淑，只有一点，有醋劲儿，家中难留姬妾。遇有好友在歌楼招宴，永叔被限定三更之前即须回家，从不敢在外留宿。”

蔡襄听了也笑起来，“不想永叔兄还有惧内之风呢！”

欧阳修有点不好意思地笑道：“非是小弟惧内，她既不吵，也不闹，只是双泪汪汪，就使人受不了。前年仲仪兄欲我为其父王文正公作墓志铭，这自是义不容辞之事。事后仲仪兄却送来金酒盘盏十副，注子两把，作润笔之资，弟自然辞而不受，但打趣道：‘我所缺者侍姬也。’谁知一句戏言，仲仪却信以为真，用千钱买了两个侍女送来。两女子俱姿容姣好，聪明伶俐，这却使我为难起来了。不想给贱内知道了，便拖着弟的袍袖涕泣不已，弟也不得不割爱了。”

范蔡两人听了，都笑了一回。蔡襄又道：“闻道晏府千金也是爱吵爱闹的，常使富彦国穷于应付，哭笑不得哩！”

欧阳修便笑着指他道：“你别只说旁人，贵夫人又是如何？”

蔡襄也笑着答道：“拙荆与弟倒是从不争吵，只是有一物，小弟十分宝爱，她偏不喜欢。”

两人都不由奇怪地问：“又是何物？”

蔡襄指着垂腹长髯道：“此物也！”

两人听了先是一愣，继而回味过来，不由得哈哈大笑了。

原来，蔡襄虽不过三十多年纪，却蓄着一部浓黑长髯，每日亲自梳理整洁，垂于胸前，遇风吹拂，飘然若仙。人人见了都赞羡不已。他自己也十分得意。

欧阳修与范仲淹笑过一阵，蔡襄却又接着道：“别看小弟这须髯，还得到官家赞赏哩！”

“哦？”

“有次弟进宫奏事，奏毕之后，官家忽笑着道：‘卿家这一口须髯，顿使仪容增色不少。’弟忙叩谢官家赞赏。他接着却又问道：‘卿髯长过腹，晚间入睡，不知覆之于衾内呢？还是置之于衾外呢？’弟哪想到有此一问，一时竟对不出来了。”

两人听了，都觉得官家问得有点可笑。

蔡襄却又接着道："怪事还在其后呢？平时弟从未想到置须之事，经官家这一问，一晚上竟睡不好了，先是将须覆于衾内，一会儿，似觉不妥，于是便置之于衾外；一会儿，又觉不适，于是又覆之于衾内；一会儿，又感不妥，于是再置之于衾外，为是竟折腾了大半宿。拙荆气得发话道：'你今晚未曾饮酒，怎的发起酒疯来了？'"

一席话听得欧阳修与范仲淹都捧腹大笑。

笑了一会儿，范仲淹若有所感地道："世间事往往如是，看来似乎平常，一旦认起真来，往往又使你左右为难，不知所措。"

欧阳修知道范仲淹在借题发挥，怕蔡襄又纠缠下去，便以时已不早为由，拉着蔡襄告辞出来。

走回到欧府的路上，蔡襄叹口气道："不想此行竟是一无所得。"

欧阳修却只是淡然一笑，回道："我与希文相交甚久，深知他的秉性，要么不为，一旦重任在肩，他是义无反顾，一往无前的。"

"可他如今是'不在其位，不谋其政'哩！你又如何使他一往无前？"

"不尽其然。"欧阳修道，"他刚才不是说将为更改荫补之法进言吗？可见他也并非真是因'不在其位'，便完全'不谋其政'的。"

"嗯。"蔡襄觉得此话有点道理。"可是……"

"可是他又不愿挺身而出，直担其任，是吗？他回京后，我已与他深谈一次，看来他怕的就是官家优柔寡断，主意多端，到头来一事无成，白费心机。适才你说到他的五让不准，是你我从中促使，我曾连使眼色，你却不见。他知道了官家坚要召他回京是你我从中进言所致，不是对官家更不信任了吗？"

"原来如此，"蔡襄笑道，"也怪你眯着细眼，弟哪留意得到。如今看是如何是好？"

"当然，不在其位也确是叫他为难，如今我倒有一计在此。"

"何计？"

"说来简单，就是使在其位。"

"使在其位?"蔡襄捋须想了一想，"我明白了，这就是，使他范希文进入中书。"

欧阳修含笑点头："'嗯呵参政'王举正臭名昭著，早该赶出中书，如今就狠狠参他一本……"

"赶出王举正，补进范希文，妙计，妙计!"蔡襄也高兴起来。但接着他便收敛了笑容。"此事说来容易，做来却难，一则凡是吕夷简引荐之人，官家都留情三分，夏竦便是一例；再则，改枢密为参政，更非你我谏官之任。"

"当然，此事体大，不能光靠你我二人，还得与仲仪、安道他们从长计议。"

说话间已回到欧府门前，蔡襄也就辞了欧阳修，回府去了。

除了尹洙，欧阳修也算是急性人了。第二日，他便与谏院中诸人商议，诸人无不赞成。他们决定仍由王素打头，采取车轮战术，一本接着一本，参劾王举正，直至官家点头为止。

没料到，这回的进奏却意外顺利。官家也早知王举正是个无用之人，只是碍着他是吕夷简所荐之人，不便动他。因此，王素第一本上去，留中不报，算是给吕夷简一个面子，欧阳修再上了第二本，没几日便诏命下来：参知政事王举正罢为礼部侍郎，知许州。第二日，又根据他们的推荐，以枢密副使范仲淹为参知政事。所遗枢密副使一职，委了资政殿学士富弼。

欧阳修他们正自高兴，不想两府大臣又为与西夏议和事爆发了一场十分激烈的争吵，使宰相晏殊与门生欧阳修又有了疙瘩了。

第十三回

保荣华苦守为官诀
庆圣德喜解颂士诗

晏殊字同叔，抚州临川[1]人，七岁能文，被乡里称为神童。张知白安抚江南，访得其名，荐于朝廷。其父晏固乃是抚州衙门小吏，自是大喜过望，忙将儿子送到京都。景德二年(1005)五月，真宗皇帝亲临崇政殿召试。晏殊年方一十四岁，他进入金碧巍峨的殿宇，见官家高居龙座之上，朝臣与武士罗列两厢，衣锦鲜明，庄严整肃。他虽是身材短小，满脸稚气，却意态从容，毫不惊慌，随着廷尉的指点，俯伏丹墀，山呼万岁。官家见他这等模样，不由暗暗称奇，已有几分喜欢，便命“平身”应试。晏殊坐上殿前特设的小案，先看了诗、赋、论各项试题，略一思索，便持笔疾书起来。片刻，他停下笔来，离案俯伏于地道：

“启奏陛下，这诗、论小臣都已写好，只这赋题……”

官家略感心异，“赋题如何？”

“小臣斗胆，请陛下另赐别题。”

“如此说来，你被这试题难住了吗？”

“不是。此赋题小臣已曾作过，不敢瞒骗陛下。”

“哦？”官家更觉惊奇，“此话当真？”

“并无半句虚言。”

---

① 今江西省临川县。

"既是作过，你可记得所赋之文?"

"记得。"

"好吧，赐你平身，念来给朕听听。"

晏殊站了起来，不慌不忙，用尖细的童音，背诵起自己以前写的赋文。他洋洋洒洒，抑扬顿挫，没有半点夹生。念罢，官家不由大为赞赏道：

"此赋便已甚好，不用另题再试了。"

一边又回顾身旁宰臣道："此子小小年纪，质朴淳厚，实属难得。"

这时，随侍太监早将晏殊写的诗、论，呈上龙案。官家看后，更为欣悦，立即诏命：赐晏殊进士出身，授秘书省正字，秘阁读书。

不久，官家要遴选一个辅佐太子(就是后来的仁宗皇帝)读书的官儿，又属意晏殊。他对宰执们说：

"近来馆阁臣僚，无不嬉游宴赏，夜以继日，唯独晏殊只与兄弟闭门读书，如此诚厚之人，正可为东宫官也!"

事定下来，官家召见晏殊，又极口称道晏殊这种俭朴之风，没料到年轻的晏殊却回答道：

"臣并非不喜宴游，只是家贫不能如愿罢了。一旦俸禄厚了，手中有钱，也会宴游如同诸公一般的。"

在旁的宰执大臣们听了，都吃了一惊，暗暗为晏殊捏一把汗，怪他年小太不懂事。

谁知官家却抚掌称赞："好，好！如何想便如何说，正需这样诚笃之人陪伴储君。"

从此晏殊便以诚笃闻名，这也确是他的一个长处。老老实实为官，不像吕夷简那样耍奸使滑。

晏殊宦途如意，一帆风顺，官越做越大了。正如他自己所承认的那般，他后来果然一改那种俭朴之风，府第巍峨，庭院幽深，厨师成群，歌姬列队。逐日高朋满座，对酒欢歌。觥筹交错中，时不时有成队艳姬，献舞筵前，乐声悠扬，歌声盈耳，真是富贵不下帝王家了。及至酒阑，他便遣掉歌姬道："你等呈艺已毕，如今轮到我了。"此时，他逸兴遄飞执笔赋诗填词。他的诗词自无非咏些男欢女爱，诗酒年华了。

晏殊越安享荣华富贵，越怕失去荣华富贵，于是越来越谨小慎微，一片落叶打头，都会心惊胆战。这就逐渐形成了他的《为官三诀》：

一、顺。对官家，对权势大于已者，他便顺着其意而行，明知不对，也不声张。天禧四年(1020)，以奸诈被列为"五鬼"之一的丁谓，与宰相李迪争权，官家决定两人一起罢职外放，制书已由知制诰刘筠草就。丁谓靠着花言巧语哄得官家改变主意，恢复了他的相位，只罢李迪一人，命刘筠重新草制。刘筠气愤不平，拒不受命。丁谓便另召知制诰晏殊，晏殊只好接受。见了刘筠，不由他羞惭满面，不敢抬头。前说的那次更改宋辽誓书之事，明知是吕夷简陷害自己女婿，却不得不帮吕夷简说了违心之言。这时他也不那么老实了。

二、推。对易惹是非之事，他避之唯恐不及。就在天禧四年那件事发生的前五月，丁谓与宰相寇准结怨，在官家面前搬弄是非。官家召晏殊进宫议处。晏殊慌忙道："臣职掌外制，此非臣职内之事，臣不敢言。"官家只好又召来知制诰钱惟演，钱惟演与丁谓一党，便说了寇准坏话，还建议将寇准远谪他乡。晏殊在旁听了，心中惴惴不安。他又怕诏命未发前泄露机密，把自己牵连在内，当晚不敢回家，只好宿在学士院中。

过了一个月，官家又召晏殊进宫征询两府的大臣更动，晏殊回答的还是那句话："此非臣职责，臣不敢言。"官家再召钱惟演，钱惟演乘机推荐丁谓为相。晏殊明知丁谓奸邪，只是不敢吭声。

三、拖。对一些棘手之事，难于处理，他便一拖再拖，拖得不了了之。仁宗皇帝已经成年，刘太后尚无还政之意，许多大臣心中焦虑。晏殊这时已官至副相，范仲淹以师生之谊进谒，劝他向刘太后相机进言。他答道："此事体大，须得从长计议。"过了几日，没有下文，范仲淹又去找他，他回答仍是："此事体大，须是焦急不得。"三次，四次，范仲淹火了，自己上了一本，结果被贬外放。先后几个上本要求太后还政的，都遭到同样命运，他晏殊则安然无恙。

别小看这“顺、推、拖”为官三诀，它使得晏殊官至极品，安享了几十年荣华富贵，而雄才大略远胜于他的范仲淹，却在宦途中横遭挫折，壮志难酬，有诗为证：

为官三诀“顺、推、拖”，万事如意阿弥陀。
是非只因多开口，烦恼都为出头多。

晏殊靠着他的为官“三诀”，万事如意。可是他也有不如意处。近几年他便有了一块心病，这便是西境不宁。他就怕万一战火烧到汴京，当不成他的太平宰相。以后靠着范仲淹与韩琦的整军经武，总算顶住了强敌，使他心事稍宽一些。谁知，去年契丹辽国又乘人之危，提出割地的无理要求，又使他吓了一跳，还好女婿富弼不辞辛劳，几番奔波，终于争得了增输岁币的条款，他正暗自庆幸，女婿却又为“献”“纳”二字，争个不休，他忙与吕夷简一锤定音，同意“纳”字。在他看来，和是最为重要的，至于光荣的和，还是屈辱的和，都不在话下了。

今年正月初一，天上纷纷扬扬，大雪纷飞。百官上朝贺了正旦，退出殿来。只见遍地粉妆玉琢，一片银白世界，晏殊一时兴起，便邀欧阳修与翰林学士陆经等多人，过府饮屠苏酒赏雪。晏府后有一偌大花园，亭台楼阁，树木参差。晏殊便在一楼阁上摆开酒宴，每人身着重裘，脚边拥着暖炉，先按岁序从最年轻的欧阳修起，先后进了屠苏酒，然后边饮酒边看那园中景致。瑞雪把亭台曲榭与远近树木装点得洁白无瑕，楼前的几株腊梅正是盛开，飘来阵阵清香，使人恍如置身琼楼玉宇的神仙世界。晏殊兴致极高，与诸人连连把盏。

看了一会雪景，便有一群歌姬身着洁白细绢舞衫，外披亳州轻纱，飘然而出，作霓裳羽衣之舞。翩翩舞姿与楼外的漫天飞絮相映成趣，使人神摇目眩。舞罢，众人逸兴揣飞，纷纷举杯，共贺瑞雪丰年，说今年必定会国泰民安，五谷丰登。欧阳修听到了“国泰民安”四字，不知怎么一来，忽然联想起范仲淹那阕《渔家傲》：“将军白发征夫泪”，想起如今塞外正冰天雪地，那些戍卒们又将如何了？他的兴致一下大减了，而且有另一种情感在胸中翻腾，几乎不能自制。他也不顾满座歌颂之声，突然起身说道：

“今日恩师雪中召宴，实属难得，门生意欲即席奉献一首小诗，不知可邀众赏？”

晏殊听了，高兴地道：“好呀！好呀！即景赋诗，咏雪赏梅，必为今日之会生色。”

众人都知道欧阳修乃诗词高手，一片赞赏之声，要他快快咏来。

欧阳修只觉心潮澎湃，几乎是迫不及待地一口气念出七绝一首：

主人与国共休戚，
不唯喜悦得丰登。
须怜铁甲冷彻骨，
四十余万屯边兵。

听完欧阳修的前两句，晏殊犹自微微笑着。及至听完全诗，登时黑下脸来，半晌无言。座中诸人也都为这意外的插曲霎时愣住了，人人作声不得。欧阳修这时才感到自己一时冲动，不能自已，触恼了晏殊和座中诸人，只好托词说家中有事，先自辞了出来。

欧阳修走后，晏殊愤然对陆学士道：“昔日韩愈也会做文章，他赴裴度盛宴，也只能说‘园林穷胜事，钟鼓乐清时’，又何曾如此作闹！”

众人只好劝了一回，也已扫了兴致，相率辞别而去。晏殊原想待欧阳修赋诗后，他与诸人再即席相和，尽一日之欢。谁知却被欧阳修生生搅散了，因此怏怏不快数日。但过后他又想，西夏和议未成，虎视眈眈，终是心头之患，只望早日能够结盟。

谁知，西夏元昊虽因连年用兵，国力交困，有了议和之意。但他桀骜不驯，战事既未分胜负，心中终有不甘，尽管宋廷已允许册封他为夏国主，岁赐绢十万匹，茶三万斤。他却拒不接受册封，不愿称臣于宋。因此信使数次往还，和议定不下来。

这年六月，元昊派使者吕你如定等随同宋使邵良佐来朝。欧阳修听说邵良佐去到西夏，元昊待之十分无礼，今朝廷闻得西使前来，却派殿中丞任颛作为馆伴。他很有意见，立即上书指出："贼使此来，意极不逊，须得有此挫之，方能抑其骄慢。"因此，他主张不必差官款待，且把夏使送置馆驿之中，冷他几日，再行召见，以杀一杀他们的骄焰。晏殊既对欧阳修有些疙瘩，且又急于言和，自是不听他的。

这回元昊总算又作了一些让步，愿称宋朝皇帝为父，自认为儿，但他仍要立国称帝，不受宋朝册封。他的来书开头是："男邦泥定国乌珠，上书父大宋皇帝……"官家看了，委决不下，便发交两府大臣议处。

两府大臣会议一开始，首相晏殊便抢先说话，他说元昊既愿称我官家为父，已为我朝留下面子，大可不必再斤斤计较臣服之事，早息甲兵，岂不为好。宰相章得象、副相贾昌朝接着都相继附和此议。但少壮派枢密副使韩琦却起而反对，他认为西夏一向臣服中国，只是到了元昊才妄加僭号，挑起战端，今如允其称帝，顺了其意，只是使他更加骄纵，边境仍是难宁，因此，必须令其臣服如旧。双方争执许久，各不相让。枢密使杜衍便提出：议和乃国家大事，也该听听朝臣之见，再行定夺。

次日临朝，官家便以此事征询百官之意。朝臣们纷纷上言，有的附和晏殊之见，有的赞同韩琦主张，赞同韩琦的显见优势。

富弼说道："元昊向契丹称臣，却不向我朝称臣，岂非以我软弱可欺！须令称臣，再可言和。"

蔡襄说道："元昊自称'乌珠'，两字音近'吾祖'，明是侮慢我朝。若我朝廷赐诏也称他'吾祖'，又是何等之语呀！决难允其所请。"

欧阳修的言辞更为激烈。他说："方今不羞屈志，急欲就和者，多是不忠无识之人！”

晏殊听了欧阳修此言，脸上火辣辣的难受。他暗暗咬牙切齿，骂欧阳修目中无人。因此，对欧阳修又多了一层疙瘩。

是日朝议仍是没有结果。

散朝出来，欧阳修见到范仲淹，忍不住把他拉到一边不满道：“此次议和大事，兄为何不发一言？”

范仲淹道：“兄之意不说你也知之。”

“你是主张和的了？”

“然也！”

“又是以苍生为念吧？弟实不敢苟同。”

“同是异族之国，我既可与辽国结为兄弟之邦，为何就不能与西夏结为父子之邦，硬要人家臣服于你？我为父，他为子，已不是屈辱之和，有何不可？你不是也以‘四十余万屯边兵’为念吗？如能达成和议，能有一半解甲归田，也可大舒民困了呀！”

范仲淹的话欧阳修驳不了，但是又想不通，他们谁也说服不了谁，只好道别回府了。

庆历朝中济济多士，而且多司左右朝政的要职，许多人为之欢欣鼓舞，也有许多人抱着更新朝政之望。太子中允、直集贤院石介，字守道，也是刚介之士。他高兴道：“如此盛事，岂能无诗记之！”便作《庆历圣德颂》一首，洋洋洒洒，长达八百余言，歌颂了范仲淹等人，笔锋所及，也把夏竦讥讽一笔。正如当年蔡襄的《四贤一不肖诗》一般，这首《庆历圣德颂》也很快传遍京都。

杜衍之女婿苏舜钦，时为集贤校理，见了此诗，有如得了至宝一般。他的旧瘾复发，一个人，一壶酒，关在房中，念上一句，干上一杯，连呼“好诗，好诗！”“痛快，痛快！”念了一会诗，也饮了不少酒，他忽想道：“如此快事，岂能我一人独享！得邀上几个同道，好好醉上一番！”第二日晚上，他便在东京最有名的樊楼酒馆订下一个阁子，邀了与他同为集贤校理的王益柔、刁约、江休复、章岷与史馆检讨王洙，馆阁校勘宋敏求，直集贤院吕溱等十余人，饮酒欢庆，又从东鸡儿巷含春楼召来两个官妓侑酒。

这十余人都是一时名士、志同道合，今日聚在一起，自是分外高兴。入席之后，王益柔忽地叫起来：

“今日此席，怎的独缺一人?”

“指的可是石公?”苏舜钦笑应道，“早已敦请过了，说是身染微恙，不能前来。”

“真是憾事，就该改期才好。正当与此公同为其诗一醉的。”

“实话相告，此公是来不了的。”

“却是为何?”诸人都觉奇怪。

“据说范公看了此诗后，竟与韩公说道：‘此辈摇唇鼓舌，适足坏事也!’石公听后，着实不快，因此才……”

“范公怎会说出如此之言?”

“范公从大局着想，只怕招人之忌，树敌过多，也是不难理解。”苏舜钦是信服范仲淹的，尽管也有些想不通，还是为之解释。“石公怕使范公等为难，因此不愿再多张扬，也是情理中事，诸位不必见怪。”苏舜钦说着，即举起杯来，“来，干杯！不能为此扫了我等之兴!”

他们才一起举起杯来。于是一边谈诗，一边饮酒，越说越高兴。边饮边歌，尽脱形骸，却把两个官妓冷在一旁。这两个官妓一叫邵楚楚，一叫梅萋萋，俱是二八妙龄，聪明乖巧，与他们时有往来，都很熟悉。她俩除为诸人斟酒外，插不上嘴，觉得没趣。梅萋萋先自不甘寂寞，忍不住开口道：

“诸位官人，你们说得那么兴头，都称赞这首诗好，这诗究竟好在哪儿？也该说给俺俩听听，也让俺俩高兴高兴。”

苏舜钦听了，灵机一动，便笑道：“要说这首诗呀，可是好咧！说说自无不可，但也不能让你们白听了。你们俩先得答应我一个条件。”

"哟!"梅菱菱不由飞他一眼，笑应道："苏大官人还有条件哪!"

"是的。这首诗歌颂了许多当朝好官，也骂了一个坏蛋。我如今就一个一个地念出来，你们听了能猜中那指的是谁，算我输了，要饮三杯酒，要猜不中，你们也得饮三杯酒，再唱一个曲儿。"

邵楚楚听了慌得小嘴一撇道："苏大官人就爱作弄人，俺哪有这般能耐!"

王益柔便凑趣道："怕什么，你们逐日到官府侍宴，听的新鲜事儿怕比俺们都多，又有甚等难猜!"

梅菱菱笑对邵楚楚道："俺猜不中，轮流着喝酒，他苏大官人就只一人，拼他一拼吧，不见得就输了!"

邵楚楚嗔他一眼道："咳！谁不知道苏大官人是酒坛子，俺十个也抵不上他一个!"

众人就都七嘴八舌鼓励她俩："别怕，别怕，输不了的。"

两个姐儿被怂恿着，也终于笑着答应了。

"好吧！那就听我念吧!"苏舜钦说着，先装腔作势咳嗽一声，清清喉咙，才拿起诗稿念道："惟汝某某，汝诚予察。太后乘势，汤沸火热。汝时小臣，危言嶪嶪……贼叛予夏，往予式遏。六月酷日，大冬积雪。汝寒汝暑，同予士卒。予闻心酸，汝不告乏。猜猜，这诗指的是谁?"

梅菱菱眨巴着水灵灵的双眼听着，听着，听到念它，便嚷起来道："唉哟！苏大官人，这诗……就像天书一般，说的甚呢？俺可听不懂。"

邵楚楚也撅着嘴接着道："是呀，俺也一点儿没有听懂!"

苏舜钦"咳!"了一声："好吧，我解析给你们听。他说的是，你某人呀，我知道你的忠诚……呵，还得先交代一句，他这诗都是以官家的口气写的，'我'指的是官家，懂吗？他说，你某人呀，我知道你的忠诚。想当年太后当政，势焰熏天，你虽是个小官，却敢直说别人不敢说的话。以后西夏反叛，你前往建立功业……'式遏'就是建功之意，懂了？嗯……他说：不管是六月酷暑，冬寒积雪，你都同士卒在一起。我听了心里都很难受，你却没说一句劳苦的话，诗说的就是这些，你们猜吧!”

苏舜钦解说着，梅萋萋眨巴着双眼想着。他刚说完，梅萋萋便拍着手道：“俺知道了，是范希文，范大人!”

苏舜钦笑着道：“对啦!”

梅萋萋笑吟吟给苏舜钦斟上三杯酒，苏舜钦一一饮干，又持着诗稿接着念道：“某每见予，无有私谒。以道辅予，某言深切……契丹忘义，梼杌饕餮。敢侮大国，其辞慢悖。某将予命，不畏不怯。卒复旧好，民得食褐。沙碛万里，死生一节。视某之肤，霜剥风裂。观某之心，炼金锻铁。宠名大官，以酬劳渴。某辞不受，其志莫夺。这诗的意思就是，这人见到我，从不谈私事，总是以治国之道辅佐我，契丹忘义，欺我大国。此人勇敢地接受我的诏命，终于说得契丹与我朝恢复了旧好，万里沙漠，出生入死，他的皮肤都被风霜浸裂了，他的心却像金炼铁铸的一般。朝廷为了酬谢他，给他大官做，他却坚辞不受，壮志难夺。猜猜看，这又是谁?”

苏舜钦的话刚完，邵楚楚已抢先说道：“这定是富彦国富大人了!”

“又猜对了!”

于是，苏舜钦又饮了三杯酒。

王益柔便笑对两个姐儿道：“是嘛，叫你们不用怕嘛!”

两姐儿一连猜对两个，也觉得不难，便催苏舜钦，“快说，快说!”

苏舜钦接着又念了有关杜衍、韩琦、欧阳修、余靖、王素、蔡襄的颂诗，两姐儿有的猜中了，也有的没猜中。她们只好一人喝酒，一人唱曲儿。最后一个蔡襄的又没猜中，这回是邵楚楚饮了酒，梅萋萋轻转珠喉，唱了一曲晏殊的《破阵子》：

> 燕子来时新社，梨花落后清明。池上碧苔三四点，叶底黄鹂一两声。日长飞絮轻。　巧笑东邻女伴，采桑径里逢迎。疑怪昨宵春梦好，元是今朝斗草赢。笑从双脸生。

众人都熟悉这阕词，边听边轻轻跟着哼。唱罢，王洙不由点头叹道：“语意清新，春景如画。如今正是盛夏，读后似有习习风生，妙词也好消暑也！”

王益柔却有些感慨道：“晏公辞章锦绣，不愧一代巨匠，可惜为政不见如何，《庆历圣德颂》所颂诸公，也只是晏、章、贾三公，略见牵强。”

苏舜钦也因对诗中有关这三人的颂词有些不同看法，因此没念给两姐儿听，这时便笑道：“罢了，也用不着对石公求全责备了！”

江休复却叹口气道：“若此三公也能如范、富诸公那样，朝事便更有望了。”

苏舜钦却道：“天下难有十全十美之事，你我大可不必兴无端之叹，还是尽此一日之观吧！胜之[①]兄不该扫了众人之兴，也该罚酒三杯！”

梅菱菱听了，连忙笑着过来斟酒。诸人果然不再谈朝堂之事，畅饮至黑，才各自散去。

朝中济济多士，使得许多人喜欢，也使得另外许多人不喜欢，尤其是那个夏竦，他本已是满肚子怨望之气，今又见石介在《庆历圣德颂》中公然不指名地骂他为“大奸”，只气得他暴跳如雷。

① 王益柔字胜之。

第十四回

众魑魅摩拳摒异己
诸志士擦掌振纲纪

夏竦字子乔，江州德安①人。父亲承皓于真宗朝在河北为官，一次契丹内犯，承皓战死，夏竦便荫在三班差使。这是极为低微的武职。夏竦资性聪敏，自小好学，凡经史、百家、阴阳、律历，外至佛老之书，无不涉猎。为文典雅，诗赋皆能，自是不甘屈居小位。他知道当时宰相李沆爱才，便精心写下了五言诗一首，在一次李沆退朝回府时，伏拦于宰相轿前，献上自己的诗，并诉说了父亲为国捐躯，虽得荫补武职，但自己饱读诗书，抱负难展。李沆在轿中读了那首五言诗，果然工整藻丽，尤以“山势蜂腰断，溪流燕尾分”两句，使他吟咏再三，十分喜爱，便答应为他说情，夏竦乃再拜而退。次日，李沆上朝，果然在真宗面前推荐了他。官家念他父亲死于王事，有心成全，便改任润州丹阳县主簿。不久，又举贤良方正，擢为光禄寺丞。一次，正是初秋季候，官家在后庭饮宴，酒酣之时，忽然想起李沆曾称赞夏竦诗才，便差内侍传旨，要夏竦填一新曲，供宫姬演唱，夏竦想到这乃是自己飞黄腾达之机，不敢怠慢，他忙问内侍“官家现在何处?”内侍应道：“在拱宸殿观赏内姬献舞。”夏竦便使出全身解数，填就《喜迁莺》词一阕，由内侍带回。真宗展目一看，那词前半阕清新绮丽，写出“宫阙新秋”，后半阕则全是颂圣之词。读罢最后两句“三

① 今江西省德安县。

千珠翠拥宸游，水殿按《梁州》。”他满心高兴，说这词既切秋景，又写出宫廷花团锦簇的气象，此人果是不凡。自此十分倚重，召重集贤院，累迁至右正言，又命他教太子读书。

仁宗即位后，待这个老师自也不薄，夏竦一直官至枢密副使，参知政事。但由于他恃才外露，权欲熏心，终于招致吕夷简之忌，被挤出两府。西线战起，吕夷简便一直命他在陕西经略安抚，不让他回朝任职。

夏竦是和晏殊一样耽于宴乐之人，哪愿意久在边廷受苦。因此他名为统帅，其实只是躲在衙署里与姬妾们饮酒作乐。反正有韩琦、范仲淹这两个能干副手，尽可对付夏酋，自己乐得安闲自在。

今年，夏竦忽听说吕夷简罢相，又接朝廷诏命为枢密使，多年愿望终于得以实现，他怎不大喜若狂，巴不得后任一到，忙忙交接完毕，立即带着内眷婢妾等起行回京。

但是，内眷婢妾加上行装细软，再加上在边廷数年自己搜刮与僚属进献的财物宝玩，不下数十车之多，浩浩荡荡，就只能缓慢前进。夏竦心急如火，恨不得插翅飞进京都。走了几日，便十分不耐烦起来，他便决定将数十名亲兵留下一大半，护卫大队内眷车仗，自带十几个精悍小伙，轻车简从，先行一步。

这日，夏竦在亲兵的前呼后拥下，行距京都不过十余里之遥，他正自高兴地催马前进，忽听得前面蹄声急骤，匆匆奔来了十多骑人马，夏竦心中诧异，不知来者是谁。人马却很快来到近前，只听马首一人高声喊叫：

“夏公留步！”

夏竦闻声大吃一惊，定睛看时，来者竟是自己熟悉的入内副都知刘从愿。他不知出了何事，慌忙滚鞍下马，这时刘从愿也已下了马来，两人相见礼毕，夏竦迫不及待问道：

“刘公公此来究是为何？”

“咳！一言难尽。官家诏命夏公不必回朝，仍回本镇。”

“呵！”夏竦吓得一时懵了，许久，才似梦似醒，喃喃问道：“这是为何？这是为何？”

刘从愿道：“此地不是说话之所，前面不远便是馆驿，且到那里接了诏旨，再与夏公备细说知。”

夏竦心中又惊又恼，暗暗叫苦不迭，他只好与刘从愿驱马来到驿中。接旨已毕，刘从愿才将朝中如何反对他回京之事，细说一遍。夏竦听了，直把欧阳修等人恨得咬牙切齿。

刘从愿这时又道：“欧阳修等人也就不用说了，谁想王拱辰那厮也跟着起哄，甚至于牵着官家袍角苦谏，全不顾公此次新命还是吕相公所荐。”

夏竦听了，不由在鼻子里“哼”了一声，“这也不足为怪，树倒猢狲散，旧主倒了，忙不迭投靠新主了呀！可欧阳修他们就成得了大气候吗？哼！”言下大有“等着瞧吧”之意。

刘从愿只好劝慰一番。

夏竦道：“夏某也非可欺之人，回镇后当即上书自辩，不能任其信口雌黄。今后朝中内情，还望刘公公能多通款节。”

刘从愿连口答应：“那是自然。”

夏竦便命侍从取出五百两纹银奉上。“些小薄敬，权作程仪，望公公晒纳。”

刘从愿谦让道：“怎好又令夏公破费。”

他一边谦让，他的小内监却早把纹银如数收下了。于是，便辞别夏竦，回朝复命去了。

夏竦懊丧万分，只得回头会齐了眷属车仗，灰溜溜回返蔡州，觉得无脸见人，上表请调。不久，改判亳州。

到了亳州，夏竦仍不甘心，他既是文章老手，便给官家上了一本洋洋万言的奏书，百般自辩。官家知道众怒难犯，便将此书诏付学士院批答。翰林学士孙抃便在其自辩书上批上两句话道：“图功效莫若罄忠勤，弭谤言莫若修实行。”夏竦看后，更是衔恨不已。

谁知没过多久，又传来了石介的《庆历圣德颂》，夏竦看到诗中骂他为

“大奸”“妖魃”，简直气得发昏。气过之后，他又心中想道：“我夏某本非无能之辈，老是挨骂，如不还击，不仅难消心头之恨，也永无回朝之日。”但又如何还击？先该还击哪个？起先，他最恨的是那个扯住官家袍角迫使官家改变主意的王拱辰，但继而一想，吕夷简既倒，王拱辰不过一个小丑而已，无甚能为，随时都可收拾。如今成为劲敌、成为他回朝拦路虎的，却是欧阳修他们。因此，首先必须把他们扳倒。夏竦既在朝中为官多年，自有不少与他臭味相投之人，他又是个有心人，在外不时给这些人献些“薄仪”“芹敬”。拿人的手短，都愿意为他效劳。于是，他派出亲信多人，往返汴、亳之间，时刻掌握朝中一切动静。西夏入侵，边庭吃紧，夏竦身为三军统帅，拥姬自乐，无所事事。如今倒如临大敌一般，他要“运筹帷幄，决胜千里”，把朝中欧阳修等对头人一网打尽。

对朝中济济多士不喜欢的，当然还有吕夷简的门徒们。主子一再罢官，最后连监修国史这样一个象征性的职务，也被欧阳修一本奏罢了。而且奏本上说：“夷简为宰相，纪纲大坏。今筋力已衰，合杜门自守，不交人事。纵有未忘报国之意，凡事即合公言，岂可暗入文书，眩惑天德！”话说得多少难听，真是“墙倒众人推”呵。作为主子的信徒，能不感到难堪！近来，朝臣们的脸色似乎也与前大不一样了。同样是迎面一笑，对他们，总觉得有些勉强，而对范仲淹、欧阳修他们，又显得那样欢快。在这些吕家信徒们看来，如今范仲淹、欧阳修等人是真正的得势了。于是，他们便有满肚子的牢骚了。这里面，有失去靠山的悲哀，也有见人得势的嫉妒。尤其是那个李淑，一见人家跑到他的前头，他的两眼会红得发烧，恨不得一脚把人家扫到后面去，如今更是不用说了。

这些如丧考妣的吕家党徒们，除了满腹牢骚，都在暗下决心，不作王拱辰那样的“叛徒”，要伺机报复，报复！风水轮流转，走着瞧吧！

范仲淹、欧阳修他们哪会料到，改革弊政、整肃纪纲压根儿还没开始，已有那么多敌手在暗中摩拳擦掌，虎视眈眈，要置他们于死地哩！

范仲淹任参知政事后，首先感到头痛的还是官家看了《庆历圣德颂》后，也十分高兴，为欢庆英贤毕集的盛事，他决定在九月初按例召集百官朝仰太祖、太宗御容与敬观瑞物时，即行恩荫之典，这便比冬祀大典大大提前了，已是迫在眉睫之事了。夫人李氏知道后，自是高兴非凡，见了范仲淹便再三提醒，不要忘了为儿子请荫之事，他范仲淹又怎么办呢？

那日朝事已罢，范仲淹回到府中，便到儿子房中探视。纯佑还躺在床上，媳妇慌忙过来拜见公公。儿子也要支起身子，被范仲淹慈祥地按住了。说来也怪，当纯佑为了瞒着父母，用最大毅力做到不露形迹时，竟也能支撑得住，一旦病情暴露，不用隐瞒，他反而一下瘫倒了。经过这一段的疗治，病情差减许多，常时已能支着杖子走上片刻了。但究是一场大病之后，脸色蜡黄，两眼无神，竟是十分衰颓的了。范仲淹见了，不免暗自神伤。

纯佑已经知道了要为他请荫之事，他多次要求父亲以国事为重，不必为他的事挂怀。儿子越是这样说，范仲淹越感到愧疚，越是定不了主意。如今，纯佑在回答了父亲对病体的垂问后，接着又道：

“听说荫补之典提前了。孩儿病体如此，非是一朝一夕能以全好，即蒙恩荫了，也难以上班理事，只怕有损爹的英名，望爹不必以孩儿之事为虑。”

儿子说的何尝不是，这也是最使范仲淹感到为难之处，尽管不少荫补的官儿，长期在家无所事事，甚至有尚在襁褓之中便已拿了朝廷俸禄的，但他范仲淹怎能如此！但是，一碰到夫人李氏，一看到李氏那一双乞求的眼光，他的心又会软了下来。有一次，李氏流着泪对他说道：

“你想想吧，自你为官以来，几多年了，妾身求你作过一事没有？就这一回呵！难道还要妾身跪下请求吗？”

听了夫人这声泪俱下之言，范仲淹心如刀剜一般，是呀，自己为官以来，不管在京、在外，又哪一天顾过这个家？光凭着国家给予的俸禄，夫人清贫自守，从没有发过一句怨言，如今就是这么一个请求呵……

从儿子房中出来。范仲淹也不敢去看望夫人，只好又信步踱到沈若卿的房中来。沈若卿见范仲淹满脸忧郁之色，完全知道他为何事心烦，她默默地亲手为夫君沏了一盏武夷岩茶，再默默地坐在一边，用完全知心知意的眼神望着夫君。范仲淹也便双目呆呆地望着自己的爱妾。贴身丫鬟飞琼悄悄地退出房去。

两人对视了不知多久，范仲淹忽然轻轻地叹一口气，像是在问爱妾，又像是在问自己："我究竟该咋办呢?"

沈若卿听了，缓缓立起，轻步来到范仲淹面前，双膝轻轻地跪下了，用恳求的眼神望着夫君，"你就依了夫人这一次吧！就这一次……"

范仲淹不由得掉下泪来，"难得你的一片好心，可是……可是你知道这或将带来何种后果吗?"

边说他边从座上立起，伸出双手将沈若卿轻轻扶起。两人手挽着手，沈若卿轻轻地倚在范仲淹身边，带着哽咽的声音，"你的顾虑或许不是完全多余，但……你也不能完全丢掉这个家呀！妾只可怜夫人……夫人她那一片爱子之心……"

"别说了……你别说了!"范仲淹双泪忍不住直往下流。

九月初，在官家召辅臣与知杂御史以上官员于天章阁，朝谒太祖、太宗御容及敬观瑞物时，范仲淹终于下了决心，为儿子递了申请表。朝廷按例荫补范纯佑为将作监主簿，夫人李氏得了此讯，几月来第一次露出了笑容。她备了丰盛的家宴，为纯佑祝贺。纯佑只好撑着病躯，勉强坐在席上，接受全家人的祝贺。范仲淹见夫人高兴，心中也略感宽慰。

过了几日，欧阳修、余靖、蔡襄、王素、富弼约齐了来看范仲淹。范仲淹高兴地把诸人请至厅内就座看茶，然后问道：

"难得诸位今日一起枉驾，可是朝中出了甚等大事?"

欧阳修与他打趣道："朝中并无大事，倒是贵府出了大事了!"

"这个……"范仲淹奇怪地问，"永叔这话令人难解，舍下有何大事?"

"令郎恩荫为官，难道不是一件大事？人家逢了此事都要大摆筵宴，广邀亲友庆贺，你仁兄倒好，静悄悄的，也不该请我等吃杯喜酒?”

“哦!”范仲淹总算明白了，他不由得苦笑了，“别人不知尚可，老弟你还不知我这是被逼无奈之举呀!”

王素便笑着道：“这是永叔兄与公取笑，其实今日是有事商议而来。”

“不知诸位有何事商议?”

“哼，还问哩。”欧阳修见问带着不满的口气说道，“我等好容易把仁兄抬上了副相之位，你怎的至今不见一点儿动静呢?”

“咳!”范仲淹又是苦笑着道，“承蒙诸位抬举，其实这是抬着范某上刀山哩!”

“即是刀山，你范希文难道就不敢上?”欧阳修干脆用上激将法了。

王素对范仲淹、富弼与欧阳修等所处的地位不同。如今虽已同在两府，他仍是毕恭毕敬地待以师长之礼。同时，他与范仲淹对朝事的看法也有许多共通之处，不如欧阳修他们那样乐观。这时他便笑着转环道：

“永叔兄的话说得直率了些，但如今恩师确是众望所归，尽管前途荆棘丛生，怕也只有勉力而为了。我等自也不会袖手旁观的。”

余靖这时也操起岭南腔接口道：“说的是嘛！如今杜公、彦国兄都在两府，我等纵使不在两府，身为谏官，也尽可为公摇旗呐喊嘛，大可不必裹足不前哪!”

范仲淹听了这话，不由笑起来了。他从容答道：“多承诸位厚爱，范某岂能无动于衷。只因如今朝纲颓败，百废待举，事有主次缓急，因此一时举棋难定。不想诸位便急不可耐了。”

“岂止我等，”欧阳修又接着道，“官家也都已急不可耐了!”

“官家?”范仲淹略显吃惊地道，“这话……又是怎讲?”

“仁兄不信?”欧阳修捻须微笑，以目示意王素。

王素便接着道：“永叔兄说得不差，昨日小弟与永叔兄进宫奏事，官家说道，你等尽说范仲淹具有管仲之才，诸葛之智，怎的回京数月，未见有何更张举措?”

“啊……”范仲淹不胜诧异了。

“奇怪吗?”欧阳修笑着道,“其实毫不足怪,迩来内忧外患,屯兵所耗惊人,再加冗官靡费,国库虚竭,民生凋敝,这些诸公都已深知,而官家却因吕夷简的连哄带骗,一直蒙在鼓里,如今吕夷简去位,我等得能直陈己见,官家始知就里,难免大吃一惊了。”

“如此说来……官家果有求治之心了?”范仲淹道。

“正是如此。”王素道,“这也正是我兄大展宏图之时,万勿坐失良机。”

“是呀,是呀!”众人也都接着道,“希文兄切勿坐失良机!”

“唉唉!”范仲淹不由得激动起来,“不瞒诸位,范某回京后早有筹谋,一因官家意向难明,再因头绪纷繁,未敢轻易着手……既是官家意决,范某何敢推诿?诸位来得正好,就请多提意见,群策群力,重振朝纲。”

“看看……”余靖高兴地道,“我说嘛!希文兄本非怕事之人嘛!”

王素也高兴地笑道:“好吧!范公既已有成竹在胸,我等也不妨各抒己见,仁者见仁,智者见智,听凭范公抉择,这样也才算是不袖手旁观哩。”

“好嘛!”“好嘛!”几个都表示赞同。

这时,夫人李氏却命丫鬟来告诉范仲淹,酒菜已经备就,是否就安排上来。原来,这几日李氏心中本自高兴,又知道来的都是范仲淹的知心好友,早就亲自下厨操办去了。

范仲淹便命安排上来。欧阳修在范府是随便惯了的,他便唤住要走的丫鬟,问她可是夫人亲自执厨,丫鬟笑应着:“是。”欧阳修高兴地道:

“好呀!又可以品尝夫人的苏州名菜了。”

蔡襄便打趣他,“看你馋嘴猫似的,这席酒可不是白吃得的,等会你要第一个说说你的高见。”

“好嘛!”欧阳修爽快地满口答应,“我早就有满肚子意见,都快把肚皮撑破了。”

说话间，婢仆们早已调好桌椅，摆上酒肴，范仲淹请大家一一就座，众人不免先敬了范仲淹的酒，贺他就任副相与儿子荫补为官。本来还要请纯佑出来受贺，范仲淹说儿子身体还未康复，罢了。众人也就罢了。

酒过数巡，菜用几味，蔡襄笑对欧阳修道："好了，范夫人的苏州美味你已尝了。言而有信，如今该兄开言了。"

欧阳修呷了一口酒，笑着说道："好吧，就让小弟开个头吧。小弟以为，如今朝纲不振，吏治败坏，最要者在于真正为民办事之官太少了。京官中正如街谈巷议所说'缺少员多'，无所事事，白拿俸禄。那在外之官又是如何？就以京西一两处为例，弟任滑州通判时，便遇到过一件怪事。郢州知州王昌运，年老多病，腰酸腿疼，行走不便，每日由两人扶出坐衙，如此病官，又怎能治好州事！他三年任满，离职去了，由员外郎刘依接替，谁想刘依又是七十多岁之人，更是昏昧不堪，有次我路过郢州，他竟然问道：'中书有一个王参政，不知姓甚名谁'……"

众人听说至此，都禁不住哈哈大笑起来。欧阳修却没有一点笑意，他无限感慨道："官吏猥滥如此，朝纲焉能不败！"说至此，他停了下来，又呷一口酒，才接着道："至于说到症结所在，除希文兄指出的恩荫过滥之外，小弟以为，赏罚不明，乃是大病。如今磨勘①之例，文官三年，武职五载，不问政绩如何，一例升迁。许多庸庸碌碌之辈，就这样一路顺风，直至卿相。而真正忠心为国，兴利除害者，反被笑为痴人。如此磨勘之法，又怎能奖励士进？"

众人听了，都不由点头称是。

王素接着也慨然叹道："永叔兄慷慨陈言，小弟深有同感。而更有甚于此辈者，则是一些官儿贪赃枉法，刻剥百姓，反来邀功请赏。"

蔡襄听了，不由连连摇头道："竟有如是无耻之人，不知他又如何厚着脸皮请赏？"

---

① 唐宋时定期勘验官员政绩，以定升迁，称为磨勘。

“他还振振有词，说是他治理有方，年岁丰登，百姓献纳踊跃，库有盈余，因此献于朝廷。其实这全是一派胡言！如今春秋两赋，已使百姓穷于应付，只是他巧立名目，额外苛征，大半归己，也上缴一些请功而已。”

蔡襄听至此，气得一甩他的美须髯，剑眉直竖，恨恨地道：“世间竟有如此奸宄之徒，瞒上欺下，实是令人发指！”

“有嘛！”余靖这时也忍不住接口道，“如今便有此人嘛！永叔兄不是还参他一本吗？谁知他还没事儿哩！”

蔡襄道：“竟有此事？小弟怎的不知？”

欧阳修叹口气道：“那是四月间之事了，盐铁判官吕绍宁派为淮南转运使，他到淮南不久，便上缴所谓余钱十万，以充国库，是小弟上了一本，请治绍宁欺君罔上之罪……”

“怎的他又没事了呢？”蔡襄急急地问。

“章相公说他虽有谎报之咎，念他没有中饱私囊，究是以国事为念，只是申饬一番了事。鬼知道他有否中饱！即使没有，也是苦了百姓了！”欧阳修无限感慨地道。

蔡襄气得拍案道：“真是无有是非！”

“是故，小弟以为，赏罚不明，乃是当今一大弊病。”

范仲淹既感慨又高兴地道：“诸位对吏治一针见血之论，使弟获益良多，请再多提高见。”

蔡襄便接着道：“小弟近日读到一篇文章，乃高弁的《望岁》，说的也正是仲仪兄提到之事。他在文中说到，由于捐苛税重，官贪吏刻，有不少农户不事耕织，成为游食之民，有田荒桑枯之虞，看来奖护农桑，也是当务之急呀！”

“着呀！”范仲淹禁不住拍着手道，“自古民为邦本，民穷必然财尽，富国必先富民，这乃是颠扑不破之理，轻徭薄赋，奖扶农桑，确是当今急务！”

众人你一言，我一语，只有富弼低着头，只是饮酒。这时欧阳修不由问他道：

“彦国兄，是你说的不会袖手旁观，怎的一言不发呢?”

富弼听了，抬起头来看看众人，不慌不忙地道：“富某职掌枢密，关心的仍是武备。如今西、北两境，虽则暂且相安，但也不可稍有懈怠。何况与西夏和议未成，仍需整军经武，以防仓促之变。”

范仲淹连连点头称是。

富弼接着又道：“还有，这不知是否俺杞人忧天。俺总感到朝中魑魅魍魉甚多，常言道，‘明枪易躲，暗箭难防。’恩师这一更张朝政，必将触犯他们之忌，他们是甚等伎俩都使得出来的，俺等还得提防一二呢!”

众人正说在兴头之上，富弼这一番话无异当头一盆冷水，浇得大家心中冰凉，一时都呆住了。

片刻，还是欧阳修首先打破了沉寂，他是不以这种看法为然的，他总认为吕夷简已倒，小丑跳梁，成不了大气候。这时他便带着善意的讥诮对富弼道：

“原来彦国兄屡辞不就高位，就怕的是‘树大招风’呀!”

富弼有点尴尬地笑了笑，连忙回道：“永叔君取笑了!”

范仲淹这时却慨然地道：“难得彦国好意提醒，但我范某虽非大树，却是不怕风吹雨打的，有多大的风，就让它刮来吧!”

“好样的!”欧阳修与蔡襄不由兴奋地鼓起掌来，“是呀，不管甚等大风，我等同心协力，一起来顶。”

接着两人竟不约而同地哼起了汉高祖的《大风歌》来：

大风起兮云飞扬，
威加海内兮归故乡，
安得猛士兮守四方!

诸位，我等俱是猛士，定叫朝政翻个个儿!

富弼知道范仲淹的脾气，尽管心有疑虑，一旦重任在肩，便义无反顾，一往直前，因此他不想再说什么。这时，他也和诸人一样，都受到欧、蔡两人势不可当的热情所感染，一时慷慨激昂，不能自已。

酒后，欧阳修对范仲淹道："请希文兄抓紧拟就一套更张朝政之议，小弟自当请官家开天章阁，召集辅臣问政。"

过了几日，范仲淹果然向官家提出了一整套改革弊政的主张，朝野大为震动，登时沸沸扬扬起来。

第十五回

秉公心仲淹陈十事
耍诡计李淑访一人

庆历三年(1043)九月中旬，根据欧阳修的奏请，仁宗皇帝隆重启开天章阁，召辅臣条陈当今急务，范仲淹一口气提出了革除弊政，重振朝纲的十大主张，其主要为：一、明黜陟，磨勘之法必须改变，赏罚必须分明。二、抑侥幸。恩荫过滥之制必须更改，冗官过多，害国害民。三、精贡举。不能专凭辞赋取士，要遴选真正的经天济世之才为官。四、择官长。各路转运使等必须遴选精忠报国之臣，不能单凭年资推任。五、厚农桑。着州军吏民陈报农桑可兴之利，可去之害，发展农业生产。此外，还有重命令、修武备、均公田、减徭役、推恩信等一共十条。范仲淹在席上侃侃而谈，详陈做好这十件大事的办法与得失，其结论是既利国家，又福黎民。

范仲淹这十项既全面而又大胆的主张，使所有执政大臣都为之震动了。他们有点头赞叹的，也有摇头叹息的。官家也听得有点昏头昏脑，他只觉得范仲淹说得条条都有道理，便授权两府大臣们详议推行。

辅臣们退出天章阁后，宰相章得象满脸张皇之色，把晏殊拉回政事堂自己理事室中，郑重其事地道：

“请问晏公，贵门生这十大主张，事先可曾与公商酌?”

晏殊满脸忧郁答道：“晏某一无所知。”

“哎呀!”章得象不由惊叹起来，“对朝政更张如此之大，对祖制有违如此之多，这是何等大事，范希文事先与你我竟连个气儿都不曾透，未免也太狂妄了吧!”

晏殊只是摇头叹息："不瞒你说，我这门生向来是一意孤行，并不以我晏某为意的。"

“唉，唉!”章得象表示同情地频频摇头，稍停，才又问道，“那以晏公之意看来，范希文这十大主张又是如何?”

“难说呵！更张如此之大，牵涉如此之广，也必定结怨者多，只怕无好结果呵!”

“尤其是恩荫、磨勘、贡举、徭役诸制，都是太祖立国以来，历朝奉行不怠的，岂能随意更改!”这是章得象最是担心之处，就像天就要塌下来的一般。

晏殊又只是摇头叹息。

“晏公，这事万万造次不得，章某之意，还是把范希文请来，晓以厉害，别让他任意胡来了!”

晏殊是受过范仲淹顶撞的，知道这个门生是不容易说动的，但这话直说出来又不免有损面子，他想了一想，也只好勉强答应了。

章得象字希言，世居泉州，高祖仔钧为建州刺史，于是移家浦城①。他为人正直庄重，刘太后听政期间，宦官气焰嚣张，章得象当时为翰林学士，内侍每至学士院，颐指气使，不可一世，有的学士怕得唯唯诺诺，章得象则正色对待，甚至不交一言。因此，太后死后，他得到官家器重，一直官至宰相。他在中书八年，宗党亲戚有来求取一些好处的，他一律婉词拒绝。但他有一最大弱点，便是为人刻板，凡是有关朝廷典制，不管好歹，他都看作金科玉律，奉行不误；他也把违反朝廷典制看作大逆不道之事。今见范仲淹竟敢任意指谪荫补、磨勘等制的缺失，他自不免大为吃惊了。

① 今福建省浦城县。

范仲淹被请进来了。章得象还把另一副相贾昌朝一起请来。贾昌朝也不赞同范仲淹那样的大刀阔斧。

范仲淹还以为晏、章二相是邀自己商议进一步贯彻十大主张之事，他心中纳罕，二相还从没有如此雷厉风行过，难道自己的发言连他们都被感动了？

各自就座后，章得象两眼直看着晏殊，晏殊会意，他便慢条斯理地对范仲淹开言道：

“贤契，你今日为官家列陈十事，确是切中时弊，也属当世急务。贤契忧国忧民之心，溢于言表，为师亦十分钦佩。但是……此事体大，还得详为合议，看应如何是好。贤契之意，以为然否？”

晏殊的开场白云山雾罩，莫测高深，范仲淹听来像是真的就可雷厉风行，但又不大相信这是真的，他只好谦虚地答道：

“恩师过奖了，还请恩师多多教诲。”

“这个……”晏殊听了，呷了一口清茶，才又慢条斯理地道，“为师以为，贤契的主张虽好，只是规模过大，更张过广。牵涉之事由朝到野，牵涉之人由内到外，一时又怎能一一施行？饭要一口一口地吃，事要一件一件地做嘛！”

“恩师之意……”范仲淹听出有些不是味道了。

“还得从长计议嘛！”

又来了。先是“从长计议”，继之“焦急不得”，然后无疾而终。范仲淹对恩师这一套官样文章已经是十分熟悉的了，他知道自己原来的想法太天真了。当然，今天他是不想妥协的了，他就要奋然说出自己的主见，但继而一想，中书省还有二公在座，应该再听听他们的。于是，他又压下心头的不快，转问章得象有何高见。

“呵，嗯，这个……”章得象也便慢吞吞地说道，“章某以为，晏公乃是长者，老成持重之见，确值得范参政三思三思！”

嗯，两人是一样心思的了。

范仲淹再回过头来："那么贾参政，依你之见呢？"

贾昌朝笑了一笑，"范参政立论确是惊人，贾某深有同感，只是……如今朝纪败坏，已是有目共睹，谁又不想有所振作？可这颓败之势已非一朝一夕，积重难返呵！君今竟欲一鼓而破之，谈何容易，只怕是徒劳无功哪！"

范仲淹至此已经明白，在中书省正、副相中，自己是孤立无援的了。但时至如今，他确是义无反顾了。他没有半点犹疑，立即起而反驳贾昌朝的所言，实际上也就是反驳晏、章二人：

"贾参政这话差了。范某以为，正因其积重难返，只有以雷霆万钧之势，毫不留情地予以痛击，才有回挽颓局之望。自古'医沉疴者用重药'，如今朝廷之病，已到了刻不容缓之时了，也正是用重药之时了！"

范仲淹为自己在中书省得不到知音而愤慨，也不顾与晏殊的师生之礼，话音越说越高，这就使得座中三人更加不满了。章得象忍不住说出自己最最担心的一着：

"可你主张有许多公然干扰了朝廷典制，这些典制都是列祖列宗所定，历朝奉行不悖的，为臣子的又怎可随意更改？"

"这并非范某随意更改。"范仲淹立即又据理反驳，"祖宗典制虽不能任意违反，但也不是万世千秋，一成不变的呀！即以恩荫一例而论，太祖初定此制之时，可有吃奶娃娃便领朝廷俸禄这一条？可有异性之亲以至门客都可受荫这一条？这不就是后来的列祖列宗推恩越来越广所致吗？这岂不是更改太祖之制吗？"

范仲淹的话把章得象一时噎住了，但他接着更加火冒三丈，不由在心中骂道："这小子简直胆大包天，竟敢非议起列祖列宗来了！"他正气得一时不知说什么好，晏殊也忍不住了，他怒形于色地道：

"范参政，恩荫越来越广，这正显见皇恩浩荡嘛！此乃仁者之政嘛！怎可随意非议！"

范仲淹也忍不住了，他愤然应道："可如今冗官遍地，白耗朝廷俸禄，这些俸禄又都是黎民百姓的血汗哪！竭民力以养冗官，国家又岂能长治久安！”

“放肆！”晏殊被顶得气不打一处来，忍不住摆出了“恩师”的架子。“就你知得黎民百姓！我朝列祖列宗都不如你！?”

这一指斥使范仲淹不由一呆，他只好惶恐地道：“恩师言重了，门生实无此意。”

“好吧，这事我等之见是得从长计议，你如急于施行，那就……一切后果，你……你自行承担吧！”

晏殊的“我等”自包括章得象、贾昌朝在内。范仲淹知道已无话可说，便忍着性子回道：“范某之语有冒犯诸公之处，请多包涵，范某就此告退了。”

看着范仲淹走了出去，章得象在背后冷笑道：“看他偌大年纪，竟如三岁孩童。每见孩童跳蹦做戏，也是百责不听，只有由他自个儿撞墙碰壁，弄得鼻青目肿，才心甘情愿退了下来。可叹呵！”

范仲淹退出政事堂，心中气愤难平，不觉信步走到西头枢密院来。韩琦已代范仲淹到西线巡边去了。杜衍与富弼都在。他忍不住将中书的争执说了一遍。富弼听了，却只是平静地道：

“这事看来并不令人意外。他们只要能不闻不问，便算是万幸了！恩师也不必为此事忧烦，如今你已骑上虎背，自是难下的了。官家面前，俺等都会助你一臂的。”

“杜公又是有何高见？”范仲淹尊重地回问杜衍。

杜衍捻着胸前雪白如银的长须道：“晏公虽则故步自封，但他的话也不是没有一点道理。你的主张更张如此之大，也不可操之过急，应按轻重缓急，逐一施行。至于他们是否会从中阻梗，贾参政不很清楚，若说晏、章二公，只要是官家点头之事，他们是不会有所异议的。你们一是快婿，一是门生，晏公的脾气，只怕比老朽更加清楚。”

范仲淹听了，连连点头。从枢密院出来，心中才稍感宽慰。

欧阳修、蔡襄等都为范仲淹抛出这十大主张而高兴万分。他们也很快知道了中书省的争执，都来为范仲淹打气，催促他迅即付之施行。

范仲淹自是日以继夜，忙碌起来。平时的琴声听不见了，无关紧要的来访者，都由二儿、三儿出面应付挡驾，他只与属员们一起草拟各样实施条文。贤淑的沈若卿这几日也十分忙碌，她不让夫人动手，自己率领着婢仆们日夜不停，伺候茶汤点心，十分周到。

果不出杜衍所料，只要官家点了头，中书省一例照办，因此，关于贯彻范仲淹十大主张的具体条文，很快便有几项公布于天下了。

天下沸腾起来了！

黎民百姓们奔走相告，大喜若狂，说如果不像过去那样朝令夕改，真正将这些条文付诸实施，他们的好日子便有望了。

对朝政日非早存怨气的仁人志士们也点头赞许，额手称庆，他们都衷心祝愿这次大刀阔斧的革弊能够成功，使“海晏河清，国泰民安”真正成为事实，而不仅仅是口头上的颂词。

当然，也有许许多多摇头叹息之人。这其中有的是消极派，他们对朝事早已绝望，不相信范仲淹有起死回生之术。有的是反对派，他们的某些利益将受到损害了，自问平日碌碌无能，怕磨勘过不了关了；出生不久的娃娃正要请求恩荫，却受到年龄限制了；平日刻剥百姓，冒功受奖，怕官位难保了。如此等等，这些人把范仲淹恨得痒痒的，只希望他的革弊不会成功。

还有一等的反对派便是吕夷简的党徒们与夏竦的党徒们，他们无日不在暗中窥伺方向，寻找范仲淹等的岔子，如今见天下嚣然，正是他们反扑的有利时机，于是，他们便利用前一种反对派的怨声四起，发动他们的喽啰爪牙们，推波助澜，使得谣诼纷飞，很快便把一池清水搅浑了。

“范仲淹大言不惭，雄心勃勃，简直要把天下一口吞掉了！”

“其实那是虚功邀名，取得晋身之阶而已。”

“取得晋身之阶，他如今位居副相，还不满足？”

“咳！人心不足蛇吞象嘛！”

"范仲淹急功近利，连他发迹的恩师都敢于冲撞了!"

"他也太目中无人了!"

"又何止目中无人而已?"

"难道他还想……取而代之?"

"我姑妄言之，你姑妄听之罢咧!"

"范仲淹搞啥的'恩荫新例'，其实是欺世盗名，一出骗人的把戏罢了!"

"这话怎讲?"

"你试想想，那些王公显贵早都已蒙受恩荫，子孙满朝堂，自是不在话下了……"

"嗯，从他们来讲是多此一举的了。"

"因此他们是得罪不了的，吃亏的只有你我后进者，可赶不上趟了!"

"难怪范仲淹自己也急急忙忙把儿子补上。哼!光光欺负我们!"

"光范仲淹一人，也不敢如此胆大包天，他有着一帮人哪!"

"可不是吗?欧阳修、余靖、蔡襄……"

"你记得吗?那次吕相公在时闹朋党，不就是这一班人吗?"

"是呀!是呀!看来又要闹朋党啦!朝廷又要多事啦!"

这些谣言像暗角落里无所不在的老鼠，搅得人们意乱心烦。

这些谣言像铺天盖地的飞蝗，把东京城闹得个天昏地暗。

令人奇怪的是，这些谣言还没把范仲淹、欧阳修等人吓倒，却先使一个人坐立不安起来，此人竟是王拱辰。王拱辰自从在扳倒夏竦中立了一"功"，算是不用明言地倒向范仲淹这一边了。他与欧阳修的关系显然改善了。接着范仲淹提为副相，富弼进入枢密。范仲淹、欧阳修都是晏殊的门生，富弼又是晏殊的女婿，看来这一派真的得势了，自己算是又找到新的靠山了。王拱辰心中很是得意了一阵子。范仲淹十大主张提出后，他吃了一惊。这些主张，有某些部分他是不很赞同的，还有些部分显然将侵害了他的利益，这个实利主义者有些徬徨起来了。而这一阵子的谣言来势又如此之猛，传播又如此之快，这更使他又是大吃一惊。他也风闻晏殊、章得象他们也不赞同这些主张。他心中突然冒出一个疑问：范仲淹这个台柱子靠得住吗？

这日朝罢，王拱辰才心怀抑郁地回到家中，李淑接踵来访了。这一阵子，他们两人的交往显然疏远了些，这当然和王拱辰的转向有关。如今王拱辰正在疑虑难消之际，李淑却自动登门了，这使王拱辰心中不由一喜，他知道李淑鬼主意多，他是望尘莫及的，他正好向李淑讨教哩！

两人嘻嘻哈哈寒暄已罢，李淑便带笑对王拱辰道："君贶兄近来与欧阳修、范仲淹等新派把手言欢，想必是万事如意的了！"

王拱辰满脸尴尬地连忙回道："献臣兄不要取笑了，小弟这也是事非得已呀！吕公既已去位，人去茶凉，你我都成了无父的孤儿一般。何况，弟参与驱赶夏竦之事，是得到吕公首肯的。"

李淑只是笑嘻嘻地说道："赶走夏竦，本就做得对嘛！万一夏竦得势，你我能有好日子过吗？"

"那吕公荐引夏竦，真的只为了消除宿怨？"王拱辰对此事始终是个疑团。

李淑却又莫测高深地道："人家爱怎么说就怎么说吧，这是无关紧要的。"

王拱辰趁机问道："仁兄之意要紧的是……"

李淑欲说又止，眼睛看一看一旁侍候的小仆，小仆机灵，不待主人发话，便自动退了出去。李淑这才压低声音说道：

"真人面前不烧假香，君贶兄，你近日的倒戈之举是有些轻率了。你试想想，就让范仲淹等人长期得势，你我又有好日子过吗？"

"这个……"王拱辰不由脸上一红。

"你现在心中有事犯难了，是吗？"李淑真像王拱辰肚子里的蛔虫一般。"君贶兄，你如今也知得这棵大树是靠不住的吧？"

"这个……"

"是呀，那十大主张究有几项于你我有利？单说那'抑侥幸'吧，你那两位小公子原本即可……可如今，按范仲淹的恩荫新例，你呀！……就耐心待着吧！"

"咳……"王拱辰的心给刺了一下，他早就为此十分不满了。

"再比如那该死的'明黜陟'，要按那新的磨勘之法，你我都休想如意升迁哪！"

"这话怎讲？"

"这有何不明白的，凭政绩……那又讲得清吗？"

"哼……"王拱辰咬起牙来了。他心里明白，他和李淑都靠着吕夷简的提携而步步高升的，要真正凭政绩……咳！

"是故，"李淑还在继续发挥，"范仲淹的十大主张尚只公布几项，便已像掀破了天的一般，他得罪的人太多啦！'失道寡助'嘛……何况……"李淑停了一停，才又诡谲地一笑，"吕公虽去，难道就朝中无人了吗？"

"呵！"王拱辰不由恍然大悟，"原来是兄等在从中推波助澜哪！"

"还不止我等哪！"

"那还有谁？"

"你别忘了有个人兴冲冲来到国门，就可登上枢密宝座，却被你们生生赶走了的……"

"夏竦！"

"他又能心甘情愿吗？"

"对了，他在朝中也有不少党徒哩！"

"世间事有时便是这样奇怪，"李淑得意地道，"不同道也可同谋，这也可叫做'殊途同归'吧！"

王拱辰简直听得呆了，半晌，他倏地从椅子上跳了起来，大声嚷道："俺明白了，俺全明白了！吕公怎的引荐夏竦，吕公又怎的同意俺扳倒夏竦，却原来……"

李淑只是不置可否地笑着。

“献臣兄，这么说他吕公竟是未卜先知，早知他退位后范仲淹他们必然得势?”

“君贶兄，吕公之事，你我还是不必妄加议论的好。”李淑显然不想正面回答这个问题。

“是，是。但……小弟如今又该如何是好?望兄不吝见教。”

“俺与你说个故事吧。端午节，家家门上挂了艾人。桃符见艾人挂在自己之上，便骂道：‘你是何等草芥，竟敢居俺之上!’艾人也不服气，便回骂道：‘你已半截入土，还和俺争甚的高低!’于是两下相骂不已。门神听得不耐烦，叹了口气道：‘你我都是傍人门户，还争甚等闲气!’”

听了这个故事，王拱辰有点不好意思地嗫嚅着，“俺明白了，俺再不傍人门户了!从此走俺自己的路。”

“不，该说是走俺们自己的路。”李淑特别加重了“们”字的语气。

“按兄之意……”

“既不能让范仲淹等得势，也不能让夏竦回朝!”

“俺全明白了，今后俺再不理会范仲淹他们了!”

“不，你还是不曾明白。”

“这又怎讲?”

“今后你不仅还应与他们把手言欢，而且越是热络越好。”

“这……”王拱辰又茫然不知所解了。

“仁兄呀!你可知道爬得越高，跌得越重之理吗?”

“哦!”

“他范仲淹要被这流言吓昏了，一下退了下来，也就倒不了啦!”

“嗯，小弟以为……你我俱应想方设法将此等流言传入宫中。”

“何用你我想方设法?”李淑意味深长地道，“想必早已传入宫中啦。现如今官家正为彼等所惑，是不会轻易相信的。”

“那你我又将如何?”王拱辰有点焦急地道。

“如今你便应如此如此。”李淑接着对王拱辰授意一番，才辞别而去。

第十六回

王拱辰哄妻要连襟
晏英兰怨父骂丈夫

一日晚上，晏殊府中宴会已罢，最后的一批宾客刚刚散尽，似是事先等候在门外的一般，门上传进了王拱辰的名帖。晏殊对这个自己亲点的状元，近来时常见面，看来比依附吕夷简时大有不同，他心中有点赞许，但他又不无担心，这门生似又有些过于倾向范、欧一边，这也不是一件使他十分高兴之事。这时，他尽管酒筵酬应之后，颇为倦怠，还是接见了他。

王拱辰对晏殊毕恭毕敬地行过门生之礼，就座后，便十分抱歉地道："如此夜晚，还来惊扰恩师，门生心中实感不安。"

晏殊"嗯，嗯"应着，果露出一些疲怠之态。

"只是，叨在恩师门下，有些事知道了，不与恩师禀告，心中也是时刻难宁。"

"呵，不知所为何事？"晏殊随口应着，并没有为之动容。

"范希文提出十大主张，朝野震惊，毁誉参半，门生也不能不为之担忧。"

"哦？"晏殊听了此言，略为动了一动身子，"贤契对这十大主张，看法又是如何？"

"门生以为，范希文这十大主张确是当今的治世良方。对他的才识与胆略，门生是钦佩之至的。"

"你是这样认为？"

"门生以为确是如此。"

"哼!"晏殊在鼻子里轻轻那么一声。

王拱辰已闻得中书省诸公对范的主张另有看法，但他这时故作不知，只是露出一副悲天悯人的神情，接着说道："只可惜他的一片苦心，人们难以理解，近来朝野上下，流言蜚语，纷至沓来，对范希文将是十分不利的呀!"

晏殊除了在政事堂办事，便是在家宴请宾客，平时是深居简出的。但宾客们在宴席上也难免议论朝政，晏殊自是也听到了有关的种种流言，他怀着颇为浓厚的兴趣听着，好像听着与己毫不相干的故事一般。他为何饶有兴趣?连他自己怕也说不清楚。这时，听王拱辰忧心忡忡似的提起此事，晏殊还不怕重复，接着便问：

"你听的都是甚等流言蜚语?"

"说啥的都有呵!有说他狂妄自大，有说他邀功取宠，有说他……"王拱辰便把那些流言蜚语添枝加叶地学舌一番。

"就这些吗?"晏殊听着，觉得与自己在筵席上听宾客们说的大同小异，不觉露出了些不满足之意，接着，又有些神态倦然了。

"还有……还有一种说法……"王拱辰露出十分为难的样子，"那……那纯属搬弄是非……门生不敢学舌。"

"唔?"晏殊有些惊异，于是又来了精神。"又是议论什么?有何难说之处?"

"说是……说是……范希文他……他并不满足于副相之位，有，有觊觎……"

"哦?"晏殊心中不由一颤。在宴席上他独独没听到这一流言，想必是那些宾客怕冲撞宰相之故吧。

"当然，"王拱辰装作十分惶恐地慌忙辩解，"这纯属无稽之言，恩师大可不必介意。范希文为人正直，才识兼优，谁人不知?何况他又是恩师的得意门生，他是断不会存有这等忘恩负义之想的。"

王拱辰对范仲淹的八字定评无疑是恰当的，但在晏殊听来，却又是另一种感触了。"为人正直"，的确，他这门生是不会使奸弄鬼的，但"才识兼优"，这不隐然是自己的一种威胁吗？晏殊想着，显得有点心神不安了。

王拱辰看出了这种神情，李淑交代的任务，他已顺利地完成了，他便及时告退了。

回到家里，王拱辰心中兀自得意，可一看到妻子正与两个孩儿——五岁的彬儿，三岁的杉儿逗耍，一腔劲儿立即消失，不自觉皱起了眉头，孩儿呵，你等生不逢时，偏遇上范仲淹这倔人儿，眼看即将到手的庇荫……唉唉！

薛绮霞看到丈夫一脸不快之色，有点吃惊地问丈夫有何事不顺心，王拱辰支吾着说没有什么，一边去逗孩子玩，以掩饰自己的不快，但看到孩子那天真烂漫的模样，心中更是一腔郁闷，再也打不起劲儿。薛绮霞是聪明人，怎会看不出来，便一再追问，王拱辰灵机一动，便说是满城对范仲淹的流言蜚语使他担忧，薛绮霞信以为真，便替他出主意说光是唉声叹气又有何用？不如找姐丈商量商量，王拱辰心想，探探欧阳修的口气也好，便答应次日一同前往。

这一晚，夫妻俩难得温存一番，薛绮霞近来对丈夫的"转变"十分满意，因此总是曲意承欢，谁想这一晚王拱辰却毫无兴致，草草了事后一翻身面朝一边便睡。薛绮霞见丈夫如此为范仲淹担忧，十分怜惜，便在枕边软声细语地劝丈夫暂释愁怀，她越劝王拱辰越是心烦，只好闷声不响，假装睡觉。

夫妻同床异梦，这且不去说它。却说首相晏殊，这一晚上也睡不着觉了。近日对自己的两个得意门生越来越不满，但都只限于主张的不同，如今给王拱辰一提醒，有一股凉意直透他的脊梁。他当然对范仲淹不是毫无了解，他相信范仲淹是正直的，但人心又是难测的呀！……如今官家也给弄得神魂颠倒，他自是奈何不得，辗转无计，只有以诗泄愤了。

次日，中书省南厅突然贴上了晏殊亲笔书写的一帧横幅，横幅写的是

《咏上竿伎》诗：

百尺竿头袅袅身，
足腾跟倒骇傍人；
汉阳有叟君知否？
抱瓮区区亦未贫。

章得象见了这四句诗，会心地暗暗点头。

第二天晚上，王拱辰又带着妻子去看望欧阳修。薛绮霞见了自己的姐姐，便毫不掩饰地夸奖起自己的丈夫来，说丈夫如何与欧阳修等一条心，对范仲淹的改革主张如何与欧阳修等一条心，对范仲淹的改革主张如何的满口叫好，对朝野那些流言蜚语如何的深恶痛绝。善良温顺的薛绮云几乎插不上嘴，只好静静地听着。好容易等得妹子说得差不多了，才笑着说道："是呀，范公他们的主张是好，但也担着风险哪！俺不知怎的心里总是七上八下，就怕又来一次……"

"被谪外放？不至于的，这次是官家下了决心，吕夷简又不在了，不至于的。"

"但愿皇天保佑吧！要不然，就太不上算了。俺那和尚儿也已七岁了，本也可以请荫了，可这新法一下，年龄有了限制，就只好等待了。"

欧阳修的儿子怎么会名叫和尚？这里面是有讲究的。原来欧阳修不信佛，他也看不起不事生产、口吃十方的和尚。当这个小儿子出生时，他对妻子说道："乡间都爱把儿子取了阿猫、阿狗的贱名，说是容易长大。我这小子就取名和尚吧！"薛绮云向来是听丈夫的，自无异议。当孩子庆满月诞时，嘉宾听了这个小名，都感到惊奇。欧阳修却呵呵笑着道："贱名易长嘛，世间还有更贱于和尚的吗？"宾客都为之绝倒。如今和尚已开始读书，也早有了正式学名，但做母亲的叫顺了口，仍以"和尚"呼之。

薛绮霞听了，便咂着嘴道："是呀，是呀！这也顾不得了。俺那彬儿还不与你和尚儿差不多？没说的，只要这新法儿顺理顺情，利国利民，俺就吃点亏也值得，姐姐你说是不?”

薛绮云自是无话可说，只有点头的分。

姐妹俩在上房说得十分投机，两连襟在书房里也谈得十分热络。欧阳修对这个姻弟近来的表现也是十分满意的，一见面王拱辰总是说些欧阳修爱听的话，诸如“先国而后有家”“忠孝难以两全”之类。他又不止一次的对欧阳修赞扬范仲淹“先天下之忧而忧，后天下之乐而乐”的座右铭，说这是前无古人的伟大抱负。欧阳修尽管心中还有些疑惑，不很相信这全是姻弟的肺腑之言。但他心中想道：“即使他是因失去了吕夷简的依傍，不得不倾向我等，这总不是坏事。”特别是最近王拱辰推荐殿中丞包拯为监察御史，更使欧阳修心服。这包拯与范仲淹一样的刚直不阿，他为天长县令时断案严明，被百姓誉为“包青天”。王拱辰推荐这样忠直之士作为自己的助手，足见其确是改邪归正了。因此，范仲淹十大主张出来，王拱辰在欧阳修面前拍手叫好，欧阳修再无半点怀疑了。今夜见面，王拱辰一再装作忧心忡忡地提出各种谣诼，问欧阳修如何对付为好，欧阳修笑着回他，不理不睬，便是最好的对付。王拱辰却不以为然，他举出了《战国策》上“三人言而成虎”的故事为例，说谣言传得多了，也会使人信以为真，因此此事也不能小看，当然也不要因此惊慌失措，被吓昏了头，他相信范希文不是这样之人。欧阳修忙叫他只管放心，范希文是吓不倒的，他如今正忙于继续实现他的十项新策。王拱辰听了心中不由暗暗吃惊，这范仲淹果然不同凡响哩。但脸上却露出了欣喜之色，说这样他就可放心了。最后他又要求欧阳修要不断鼓励范仲淹一往无前，气可鼓不可泄，千万不能半途而废。他说他本也可以自己去说的，但因他与范仲淹交情浅些，不如欧阳修的亲如兄弟。欧阳修想这话也对，自是满口答应。

范仲淹确是没有被那些流言蜚语吓倒，但他心里也不轻松。他知道自己的十大主张一出来必定刺痛一些人，一些私利受到损害之人；他也知道有不少与他政见不合之人会幸灾乐祸，煽风点火，这都在他的预料之中，要不然，他怎会长时间的犹疑难定呢？但最使他心中难受的，还是中书省的三位相爷竟都表现得那样的冷漠。原先，他也没有对他们抱有很大希望，只希望他们不闻不问，他就可以放手干开，现在看来情况并不那么简单了。那天中书省南厅突然出现的晏殊亲书的横幅，属员们都当作一件新鲜事，范仲淹却像在心窝上被捅了一刀，他知道晏殊的诗意所指，他不由在心中痛苦地喊出：恩师呵！你太不理解你的门生了！我范仲淹“足腾跟倒”究竟是为的什么呢？

当范仲淹公事完了，回到自己府中，心中又会稍感宽慰。沈若卿总是那无微不至的关心和过问他生活上的一切琐事，使他处处感到称心。当他在书房里操琴解闷时，她便默默地坐在一边作陪，她那双知情解意的双目，好像总在告慰夫君，好多人都在背后支持着你哩！

几个儿子也算争气。大儿子纯佑身子已好了些，为了不使父亲为难，他不听母亲与妻子的劝告，强自支撑着病后羸弱的身躯前往将作监就任；二儿纯礼、三儿纯粹也都在努力攻书。尤其是四儿纯仁，特别聪明解事，八岁就能讲读所授之书，亲友都说将来必成大器。

但是，看到纯佑强支着双腿去衙署，范仲淹的心又会隐隐作痛。他原也想劝儿子不必性急，再将息一些日子，但一想起那关于恩荫的流言，他又不免气馁了。儿子如拿着俸禄不上班，不是更惹人闲话吗？想到这些，他甚至有些后悔自己不该屈服于夫人的苦苦哀求，作了不该作之事了。但是他再问自己，自己真的作了不该作之事，才招来那么多的无理中伤吗？王公显贵确是早已子孙满朝堂，正因如此，更该亡羊补牢嘛！这与他按例请荫又有何失？咳！真是欲加之罪，何患无辞呵！

使范仲淹略感宽慰的是，官家至今为止看来态度是坚决的，还没有驳回过他的每一个请求。这日，官家又召见他与富弼。

“范爱卿！”官家一见范仲淹便皱着眉头说道，“你之厚农桑，减徭役等更张举措施行也月有余日矣，怎的天下尚不见太平？”

“这……”

“王伦之叛始平，张海、郭邈山又啸聚凶徒，白昼公行，平入州县，开府库，劫货财，比王伦更为嚣张，这又是从何说起？”

“陛下！”对官家的责怪范仲淹一时不知从何答对。他果对官家说过，只要黎民富足，便可弭盗贼于无形。可是连年的大灾人祸，农田不收，所在疮痍，岂是一朝一夕便可改观，官家也太性急了吧？然而他又怎敢反责官家？

“陛下圣鉴。”富弼见范仲淹有难言之隐，慌忙为之解围，“臣以为盗贼恣张，固由于民困未解，也由于宋宰非人，此次盗入金州，知州张茂先便闻风而逃，臣思京西诸州盗贼往来之处，长吏皆非其人。”

“哦？依卿之见……”

“臣以为，今即可选转运使两人，令往彼处体察诸州长吏，不才及赃滥老病者，急罢之，令于辖下通判或知县中保举妥人权为知州……前汉时渤海盗起，丞相举龚遂，遂至郡，盗贼悉平；后汉朝歌盗贼屯聚，乃以虞诩为朝歌长，贼便骇散。此守宰得人，贼自破灭之验也。”

“贤卿说得甚是。”官家听得连连点头，又回对范仲淹道，“范卿本有择官长之议，惜也至今未行，今即着你二人，通选天下转运使，转运既得人，即委逐路自择知州；知州既得人，即委逐州自择知县，其不堪任事者，悉罢之，则官修政举，可望天下大治矣！”

范仲淹听了暗暗吃惊，官家也说得太容易了。如今的官场，盘根错节，积弊既深且固，择官长势在必行，但也不宜操之过急，以免欲治反乱，功败垂成。他接受杜衍忠告，正在思谋万全之策，今官家心血来潮，欲毕其功于一役，这又怎生是好？

富弼见范仲淹沉吟不愿接旨，不知其意安在，正自为难，官家又启口了：

“二卿尚有何话可说？”

“陛下。”范仲淹只得嗫嚅地道，“依臣愚见……是否……是否即按富弼之议，先在京西试行择官长一策，待取得成效，再逐步在各路施行，如是……如是似更稳妥。”

“唉！”官家不以为然地道，“范卿此话差矣！你等奏事屡说如今良吏百无一二，使天下赋税不均，狱讼不平，水旱不得救，盗贼不得除，小民无处告诉，安得不叛……此言犹在朕耳，怎的出尔反尔？”官家越说越有气，也越说越声色俱厉。“且如今叛贼又岂止京西一路？河东先有王伦，荆湖复有唐和，不及一年，便有三起，怎能待得你规行矩步……嗯？”

官家动了怒，富弼忙轻轻牵一牵范仲淹衣袖。范仲淹只好与富弼一起俯伏领旨。

范仲淹虽不大赞同操之过急，既已领旨，又雷厉风行起来。他立即命属员备下所有各路转运使的历次磨勘等有关材料班簿，两日后，准备就绪，即与富弼一起遴选起来。

先这一日傍晚，范仲淹回府用饭。夫人李氏见夫君板着脸，心不在焉的样子，又不由担心地问：

“朝廷又出了啥大事儿哪？”

“啥事儿也没有。”范仲淹笑着回答，“只是明日要审定各路转运使，我心中正思谋此事哩！”

“哎呀！”夫人一听便更加担心了，“那又得得罪人啦！”

“怕得罪人就啥事也别干！”四儿纯粹最年轻，胆子也最大，忍不住顶了母亲一句。

“孩儿家懂个啥！”夫人恨恨骂道。

谁知二儿纯仁、三儿纯礼也都接二连三赞成四弟说的话。只有大儿纯佑与自己的媳妇低头扒饭，默默无言。夫人气得又要骂他们，范仲淹便带笑道：

“孩儿们说得对嘛！我范仲淹要怕得罪人，压根儿就别提这十大事了！”

“你要把通天下人都得罪光了才甘愿！”夫人又气又怨地说。

“得罪了也没啥，大不了……”

“好了，少说两句吧！”沈若卿怕范仲淹要说出夫人最忌讳之事，连忙用柔情的眼睛止住了他。“夫人也是怕你大意了，事没办好，难免为你担心。明日既有大事，就早些歇息吧！”

范府饭桌上的一场小风波，便由沈若卿的几句轻声细语而消散了。但在富府，却爆发了一场大争吵。

自富弼使辽回国后，晏英兰的性子算是和顺了些，闲言碎语也少了。但最近，也就是范、富两人一起进入两府之后，争吵又逐渐多了起来。开头，她也为富弼升官而高兴。本来，她对富弼的屡次辞官就很不舒服，如今丈夫终于与父亲一起成了执政大臣，她怎能不喜欢呢？但是，接着父亲却告诉他，丈夫还是那一犟性不改，跟着范仲淹闹什么整肃朝纲，尽干得罪人的事情，她又忍不住地三天两头斗舌头了。这日她刚好带了周岁的孩儿回娘家看望母亲，晏殊朝罢回府，一见女儿便没好气地道：

“你那男人又跟着范仲淹搞什么审定各路转运使，这些转运使多是有来头的，轻易惹他不得的，我看他迟早总得招祸。”

晏英兰听了，脸色霎时变了，心里大不自在。转而又埋怨父亲：“都怪你，听那范希文嚼舌头，找了个好女婿！”

夫人李氏连忙劝说道：“罢了，罢了！有什么了不起的事，又惹得女儿心里不好受。”

“没什么了不起？”晏殊气愤地道，“弄不好还得连累上我！”

“不至于吧！”夫人接着道，“女婿就任副枢密那会，你不是给官家上了避嫌辞表，官家不许，还说‘翁婿同入两府，正是美事。’妾身当时怨你，丈人女婿同堂为官有甚不好？你说就怕女婿惹事，好先留个底儿。如今又说这等的话，吓唬女儿。”

晏殊叹道：“不是我存心吓唬女儿。自古‘伴君如伴虎’，官家的脸儿，说变就变，哪有准儿！”

晏夫人听得也有点害怕起来：“那就叫女儿劝女婿吧。”

晏殊摇头叹息道："他呀！和范希文一个样，正是两个孽障！"

晏英兰是从小要强的女子，给父母这一说，她满心是火，就回了府，决心和丈夫大闹一场。

富弼回到府中，一见自己的夫人那满脸乌云，先就吓了一跳。晏英兰命奶娘把小儿子抱开，立即大声向富弼嚷了起来：

"我问你，我爹有甚等事对不起你，你就处处与他为难？惹得两家都不得安生！"

富弼问得目瞪口呆，不知这话从何说起。

"你呆什么？你倒说话呀！我爹他惹你了？欺你了？骂你了？还是……"

"你究竟说的什么呀？"富弼无可奈何地道，"总得好好叫人明白嘛！"

"你别装蒜！你又和范希文串在一起搞什么审定转运使，这不假吧？"

"没错，"富弼还是丈二金刚摸不着头脑，"那是官家诏命，又怎的和你爹扯在一起！"

"哼！官家诏命。你瞒不了我，这都是你和范希文出的主意！"

"就算是吧！"富弼总算听懂了些，他只好耐心解释，"那也是为的整饬吏治，除掉歹官。你爹自堂堂正正做他的宰相，谁敢惹他？此事与他老人家又何干？"

"哼！话说得好听，你们尽是和歹人作对，惹出祸来，一个女婿，一个门生，怎说与爹无干！"

闹了半天，富弼这时总算听出了这位夫人吵的全部根由，他不由得哑然失笑了。"咳！看你说到哪儿去了？俺们这是奉官家之命，为民除害，是件大好之事，你爹也脸上有光哩！"

"你就不用哄我了，我爹说了，这些人都是惹不起的灾星，你们和他作对，早晚得招祸上身！"

富弼听了，不由在心中慨叹起来，"我的老丈人哪！你怎么官儿越大，胆子越小了呢？"但对自己这个夫人，他又怎能说得这些？他只好苦笑道：

"没事儿的，这是你爹哄你。"

"不！哄我的是你！"晏英兰自然相信自己的父亲，他们是一样的心思。"如今闲话少说，你只答应我，你别插手这事，他范希文有狮子心、豹子胆，就让他一个人去担当好了！"

"那怎么可以呢？这可是官家的诏命哪！"

"你就说身子不舒服，官家也总得让人生病吧？"

对妻子的不讲理，富弼也不由得恼火了："不！我不能做对不起恩师之事。"

"你怕对不起你的恩师，我爹还不是他范希文的恩师？"

富弼越听越火了，"范希文又怎样了？他坐得正，站得直，他做了什么对不起你爹之事了？"

"好呀！这么说都是我爹的不是了？人家的膀子往里拐，你……你……"晏英兰大吵大闹起来了。

富弼知道妻子又到了不可理喻之时了，只有悄悄退了出来，让奶娘仆妇们去劝说。

晏英兰这日一直吵到半夜三更，筋疲力尽，才昏昏睡去。及至一觉醒来，天早大亮，忙叫来丫鬟一问，说"老爷一早上朝去了。"她后悔自己睡得太死，没把丈夫拦在家里。

这日朝罢，范仲淹便邀富弼来到政事堂自己治事室中，关起门来，摊着一案各路转运使的有关材料，一一审定起来了。

范仲淹举笔在手，一看那第一个名字，便是欧阳修曾经参劾过的吕绍宁，那个一上任便急着上缴所谓"库有余银"的淮南转运使，范仲淹不由在鼻子里恨恨地"哼！"了一声：

"刻剥百姓，冒功邀赏，如此转运使留着何用？"随着举起笔来在其名下一勾。

接着再看第二个，是河北转运使王达，此人两为江西、湖南转运使，苛虐成性，徒配无辜，臭名昭著，只因巴结上吕夷简，转来转去，无人敢于动他。

“哼！吕夷简余孽，早该让位了！”又是笔下一勾。

范仲淹也不与富弼多言，只是看看门生眼色，见他无言，就下笔勾了。一下就勾去五六个。富弼见恩师勾得笔滑，忽地想起昨日与妻子的一场争吵。便笑道：

“恩师你勾得顺溜，可知已勾得几家哭鼻子了？”

“唉，贤契！你可怜几家哭，就不可怜一路哭吗？”

“恩师说的是。”范仲淹在官家面前尚犹疑不定，如今却又无比坚定。富弼十分钦佩这种雷厉风行的作风。他想一想，又说：“不过……”

“唔？你还有什么话说？”

“恩师可曾计到，如一下撤换过多，朝中一时是否都有能臣接替？既使接替得了，能臣都走空了，你我也便孤孤单单，吕夷简徒子徒孙们就更加猖狂了！”

“嗯，嗯。”范仲淹被富弼一语点醒，也不由放下笔来，连连点头，“你虑的甚是，只是……”他一时也不知如何是好。

“门生倒有一计在此，不知是否可行？”

“你试言之。”

“转运使不能称职者，该换的还当撤换，所遗之缺，朝臣中只能选任一部分，还有一部分须靠下面的了。”

“靠的下面？”范仲淹是个聪明人，一点就醒。“你说的是去知州中提用能人？”

“门生正是此意。由于磨勘弊多，用人非皆得当，难说知州中便无遗贤。也不妨命其暂且代职，试用一段，果是真才，然后正式任命，也是不迟。”

“好主意，好主意！”范仲淹高兴地拍着门生的肩膀。“今既给予转运使自行遴选知州之权，我自也可遴选一些啰！”

于是，两人又继续审议起来。他们忙碌竟日，把全国十八路现任转运使，勾掉了十个。又商议推举知谏院王素等四人往各路接任转运使。余六名则会同吏部推举平时知名的知州暂行接替。

官家同意了两人的主张，一一颁诏施行。同时，为了奖赏谏官们的正直敢言，官家又颁诏赐王素三品服，余靖、欧阳修、蔡襄五品服。

尽管赐服并不是真正的提高品级，李淑还是眼红得出火了。他在心中暗暗地咬牙切齿，"哼！你们有何德能？无非善于口出大言而已，一个个都如此荣耀，我心中难服呀！"

但他再看到关于调换十个转运使的诏命，又在暗中幸灾乐祸起来，"哼！你们且别兴头，你们现在把十路神仙一下都得罪了，他们都那么好惹？我说嘛，爬得高，跌得重，范仲淹迟早要栽跟斗了！"

李淑躲在暗角落里千算万算，却没有算到范仲淹他们还没栽跟斗，他自己却先栽了。这真是：

咬牙切齿不甘心，纵栽跟斗难清醒。

世间多少红眼者，庸人自扰自伤神。

欲知李淑怎的栽跟斗，且看下回。

第十七回

行猥亵李淑食苦果
闹朋党仁宗怀忌心

苏舜钦、王益柔这些比范仲淹、欧阳修年轻的小京官，自上次为《庆历圣德颂》高兴了一阵，接着范仲淹的十大主张出来，他们又是大喜过望，认为整顿朝纲从此有望了。但没多久，流言蜚语出现了，而且越来越多。他们先是困惑，继而吃惊，最后是无比愤慨了。

“是谁吃饱了撑的，纯属无事生非！”王益柔愤愤地道。

“还不是那些有子不得荫的，磨勘难升官的，难免牢骚满腹了。”苏舜钦接着道。

“怕没那么简单吧！”在他们中王洙算是年纪较大的，想的也就更多一些。“那些人不过发发牢骚而已。依我看哪，这里面怕有人兴风作浪，搬弄是非。”

“那准是吕夷简的徒子徒孙了！”王益柔脱口而出。

“我等应该挺身而出，辨别是非。君国大事，岂能缄默！”苏舜钦毅然说道。

大家都很赞同。于是他们逢人便解说，见人便辩白。但靠他们十几人又怎能抵挡得住铺天盖地的谣言攻势。几天后，王益柔便泄气了，他来找苏舜钦道：

“说烂了舌头也无用，得另想法子。”

苏舜钦道：“小弟也在琢磨，看来只有把造谣生事的鼠辈揪出来！”

“好！说得好！这是好主意！”

“可这鼠辈又是谁呢？”

“总是吕夷简的党徒。”

“这样吧！”苏舜钦道，“你我分头去查访，没有查不清的事儿。”

这些年轻人常在歌楼市肆盘桓，三教九流都有朋友，不久便查出了李淑是主要的煽风点火人之一。王益柔顿时气咻咻地道：

“这厮朋附吕夷简，一肚子的坏水！本在‘三尸五鬼’之数，如今‘五鬼’都已见了阎王，‘三尸’也只剩下这一‘尸’了，岂能让他混迹朝堂！”

“对！把他赶出朝去！也可杀一杀谣言的气焰。”苏舜钦立即响应。

但他们想一想，又有点气馁了，“你我官微职小，只怕上书无力。”

“此事还得欧公出马，他是谏官。”又是王洙出的主意。

“好吧！小弟就去找他！”苏舜钦感到自己责无旁贷，他和欧阳修熟悉。

苏舜钦找到了欧阳修。欧阳修道：“这厮留在朝中，确是祸害，我也早有心除他了。只是这厮十分刁滑，做事不留痕迹，官家又颇为信任。”

“就说他造谣生事，恶意中伤。”苏舜钦道。

“唉！”欧阳修直摇头，“无影无踪之事……难……难！”

“那……”

“此事就交给我吧，办法总是有的。”

过了几日，欧阳修尚未想出一个有力的参奏因由，官家已诏命端明殿学士李淑为翰林学士，他仍旧官运亨通哩。欧阳修不能再等待了，他立即上了一本，说：“李淑明附吕夷简，在‘三尸五鬼’之数，望早日与一外任差遣。”官家留中不报。欧阳修又在延和殿奏事时，反复面陈李淑奸邪，乃害群之马，千万不能留在朝中。官家终于被欧阳修说动了，便诏命李淑出知寿州。但李淑果然不是好惹的，他表示不服，上书自辩，反说欧阳修所谓“三尸五鬼”乃是无中生有，恶意中伤。官家又摇摆不定了，便交给中书省议处。晏殊等都知道李淑诡计多端，是惹不得的。于是除了范仲淹，其他三人只是哼哼哈哈，“虽然……”“可是……”范仲淹孤掌难鸣，半日议不出个子丑寅卯。欧阳修知道了，气得又上书于官家道：“窃闻中书须得李淑自己上章求去，方敢差除。此乃大臣避怨，不肯为陛下除奸。”官家又把这奏书留中了。

李淑没有被扳倒，得意地到学士院去上任，却把苏舜钦、王益柔等气得发昏。王益柔终不甘心，想了一想说道：“这厮曾权知开封府，或有劣迹可寻，我这就去看吴春卿，问个明白。”

开封府尹吴育，字春卿，南建州浦城人，与章得象同里。他听了王益柔的来意后，便笑着道：“胜之兄还是那个脾气，伉直嫉恶。要说李淑此人，确是刁滑，在开封府也难找他的把柄，只是他有一恶癖，说出来可是有伤大雅哪!”

“是何恶癖?”

“他嗜男风，在府中尚和吏人有猥亵行为。”

“呵!”王益柔一拍巴掌笑道，“只这就够了，官家是痛恨这种人的。”

“那时伺候他的小厮，姓江，生得俊秀，李淑又要与这小厮胡来，小厮不依，便找个由头给赶走了。这小厮是个孤儿，从此便流落街头为丐。弟来开封府后，有人悄悄说起此事，这才又把他找了回来当差。如今一提起李淑，那小厮便恨得牙痒痒的。”

“好极了，好极了！这回是有根有据，有姓有名，他李淑再也赖不了啦！小弟就此告辞。”

“难得晤面，怎的匆匆便走?”

“待扳倒了李淑，再来与兄痛饮!”

吴育既知他的脾气，也不相强。

欧阳修根据王益柔的探报，又上了一本，这回官家果然不悦了，才又诏命李淑罢翰林学士，出知郑州。李淑丑行被揭出来，也无颜再留在朝中，只好走了。

苏舜钦等自是大喜若狂，又大聚会欢庆胜利。

欧阳修、蔡襄等也很高兴，认为杀鸡儆猴，谅可杀一杀谣言的势焰。

王拱辰知道了这事，心中又惶然不安了。没等李淑上门辞行，他便悄悄去了李府。

“献臣兄，范仲淹这一党越来越势焰熏天了。那漫天流言，也没动他分毫哩！”王拱辰的话中透着明显的不安，也有些摇摆不定的情绪。

李淑带笑揶揄他，“那你就再靠上这棵大树嘛！”

王拱辰慌忙道：“献臣兄别取笑，小弟哪有此意？小弟是有点着急呢！何况你又不在朝中了。”

“俺的事没甚了不起，过不久还会回来的。”李淑满有把握地说，“至于欧阳修、范仲淹这一伙人，不用着急，善恶到头终有报嘛！”他故作轻松地为王拱辰打气。

王拱辰总是满脸不安的样子。李淑又笑道：“俺虽暂时走了，还有钱子飞[①]他们在哩！还有吕相公三位公子，不也在朝为官吗？”

“得了！”提到吕夷简的三个儿子，王拱辰不由一撇嘴，“那三位公子全是草包，与吕相公怎能相比！”

“咳！如今朝野有多少人对范仲淹咬牙切齿，你还怕无有同道之人？再者……”李淑突然诡秘地低声道，“如能联上夏竦那一伙，不就更有劲了？”说着，还伸一伸自己的拳头。

“联上夏竦一伙？”王拱辰感到意外。“谈何容易，他们肯吗？”

“不是明联，只是暗示；不是道合，只是志同，同有扳倒那一伙人之志，他们会同意的。”

“可是又从何联起？兄又不在了，由谁去联？”

“君贶你呀！”

“俺？你又开玩笑了！俺在扳倒夏竦中当了急先锋，他不把俺恨得入

① 钱明逸字子飞。

骨吗?”

“可是此事又非兄出马不可。”

“这是何意?”

“目前有一夏竦之人，就在你的眼前，还是你的同僚。”

王拱辰心中一惊：“谁?”

李淑低声地道：“监察御史刘——元——瑜!”

“嗄?”王拱辰不由瞪起双目，“竟是此人？小弟不信。”

“俺料到，你会说当年范仲淹、欧阳修等因朋党事被逐时，他还曾上疏为他们辨冤，是吗？此一时彼一时嘛！如今他可是夏竦之人哪！在官场久了，他也学会了顺风转舵了，不像俺们……”说着，他方感到无意中伤了王拱辰，慌忙把话带住。

王拱辰有些尴尬地笑了笑，半带掩饰地道：“俺与他朝夕相处，竟然一无所知，仁兄果然厉害!”

“世间就怕有心人嘛!”李淑诡谲一笑，接着又道，“何况他妻妾成群，一口气生了八个宝贝，虽已承荫三个，还有五个大都在十五岁以下，还有得等哩，他能不把范仲淹一伙恨得牙痒痒吗？当然，你仍披着拥范的外皮，他自不敢近你。只要给予暗示，使他知道你这一切全非真的，就很容易上钩了。至于如何暗示？办法很多，你是聪明人，就不用俺多讲了。”

夏竦身在亳州，心却无日不在汴京。亳州距汴京不远，传递消息方便，对都城的风云，朝廷的变化，他是了如指掌。他无时不在“运筹帷幄”。那次谣言攻势，自包括他的指挥在内。但他知道，那只是小试锋芒，先给些颜色看看而已。目前官家正宠用“新派”（京都朝野都喜欢用这新词称呼范仲淹他们），晏殊等老相虽不支持，也不敢公然反对。光靠一次流言是攻不倒的。还得把线放长，静待有利之机，据他默计，如今那十条新法尚在逐条颁行之中，利与害一时难见，那些私利将要受损者也只是暗中抱怨而已。只要施行一段，该荫补的补不了，该升官的升不了，又有那么一批转运使以至州、县官平白丢了官，那时便会“官怨沸腾”，再群起而攻之，便容易奏效了。

夏竦也可说是料事如神。时间很快便到了庆历四年(1044)正旦。欢庆正旦，接下去又是春祀大典，照例的大赦与荫补子弟，按新荫补法，长子可不限年龄，其余子孙年过十五、弟侄年过二十，才能得荫。非五服亲不得受荫。史书记载此事时写道：“自是任子之恩东矣，然犹未艾也!”意思说这不过是稍杀一下恩荫之滥而已，其实还大大不够。但，即使如此，已经使许多京官怨天怨地了。

新磨勘法也已实行了两个月，京朝官磨勘期由三年改为四年，待制以上还须六年。又都须数人“保任”。许多人三年之期已到，又得多等一年，到那时能否如愿，还得看政绩如何，自然又是许多官员怨天怨地了。

转运使重新审定后，又授权转运使审定州官，州官审定县官，于是又有不少州官、县官被撤换了，这些人也是怨天怨地了。

在许多官员看来，真是天下大乱了!

晏殊便第一个十分反感，他又无法说服范仲淹，只好在心中暗自叹气，“范仲淹呀范仲淹，你纵使想出人头地，也不能操之过急呀！我与你终有师生之谊，怎忍心看你再栽跟斗!”

章得象则有点幸灾乐祸，他想，“擅改祖制者，定没有好下场!”

夏竦得知了这种新情势后，兴奋异常，他认为再一次进攻之机已经到了。正在这时，接到刘元瑜密信，说王拱辰与他作了一次云山雾障的谈话，其弦外之音说明，王拱辰拥护新派原是假的，他和其他吕夷简党徒一样，都在暗中攻击新派。这样，就多了支暂时的同盟军了。

老奸巨猾的夏竦看了此信，只是冷冷一笑，他在心中骂道：“王拱辰不过是驶顺风船角色而已，他算什么东西！如今见范仲淹前景不妙，又转向了。也好，暂时利用一下，有利无害。至于与他的那笔私账算是不算，往后再说吧。”

夏竦已经胸有成竹，立即与刘元瑜回了一封密信，同意了暂与吕党合流，然后说，如今正是进攻的有利之机，必须来一次更大的流言攻势。但上次流言有个很大毛病，内容多而且杂，说什么的都有，反而减弱了他的威力，也显得不可信了。此次必须集中一点，狠狠的攻！那便是朋党之争，这是官家最最忌讳的。

于是，新春过后不久，新的流言在街头巷尾、歌楼酒肆出现了。

“又闹朋党啦！看，范仲淹、欧阳修、余靖，全是当年闹朋党被贬的，除了尹洙，就都回朝成了显要了！”

“还有蔡襄，当年他们被贬后，还写诗称赞他们，也是一党的。”

“看来当年范仲淹反对吕夷简就是别有用心，如今吕夷简下台，就可为所欲为了。”

……

那些怨天怨地者，在朝的，在野的，在京中的，在京外的，自都成了应声虫，恨不得范仲淹明天就倒台。

刘元瑜与入内都知刘从愿以同姓为由，认了同宗的，过往甚为亲密。刘元瑜见谣言已是满天飞，便悄悄与刘从愿透个信儿，刘从愿心领神会。但他自己暂不出马，又把这任务交给他的心腹——官家近侍兰元震，先作一次试探。

兰元震在伺候官家更衣时，装作漫不经心地悄声道：“官家可知这几日外头传着啥事儿?”

兰元震常和官家说些听到的市井传闻，官家听着好玩，已是习以为常了。

“甚等事儿?”官家也是漫不经心地问。

“说是又闹朋党啦!”

“噢。”官家并不在意，前段流言兰元震也对他传过，那时他正急盼范仲淹缓解内外交困的局面，自是不以为然。

“这回是说得有名有姓，有鼻子有眼的，奴才也记不清楚。说是当年闹朋党的都回来当了大官啦!”

官家心中一动。果被夏竦猜中，一提起当年的朋党，他心中就有些不舒服了。更衣已毕，就把刘从愿唤来。

"外面又在传什么朋党之言哪?"官家问。

"是的，传得可凶了!"刘从愿答。

"你为什么不早说?"官家显然不悦。

刘从愿装作小心翼翼回道："奴才怕的是惊了圣驾。如今正在锐行新法，于大局不利。"

"说的就是范仲淹那些人嘛!"

"是的。"

"怎么说的? 只管讲来。"

"奴才遵旨。"刘从愿这才开始说出他的关键之言，"说是范仲淹、欧阳修、余靖都是当年闹朋党的，都回朝当了要职。他们又引用自己的亲信，当年写《四贤一不肖诗》颂扬他们的蔡襄，也当了谏官。杜衍、韩琦、富弼如今都成了他们一党。国子监直讲石介最近写了《庆历圣德颂》，大大吹捧他们，韩琦就推荐他直集贤院了……"

刘从愿说得有条有理，有根有据，官家越听心中越发毛。石介的《庆历圣德颂》他是赞赏的，因为那诗在以他口气赞扬了范仲淹等人之后，又颂扬他"恭己南面，退奸进贤""既明且断，惟皇帝之德"，他此时不由想到，难道这石介也是别有用心?

官家露出沉吟之状，刘从愿也把话刹住了。

"你说下去!"

"还有几句话说得重了点，想来不至如是，官家还是不听的好。"刘从愿欲擒故纵，绕个弯子。

"你快说嘛!"官家不耐烦了。

"说是范仲淹等人以国家爵禄为私惠，胶固朋党，递相提挈，这样一来，不用两三年，他们的人即将布满要路，误朝迷国，有谁敢言?"

这几句话果然听得官家目瞪口呆，景祐年间那次党禁，闹得满城风雨，记忆犹新，岂能让他范仲淹重来一次！但他又在心中琢磨：范仲淹历年为官，政绩斐然，回朝以来所言所行，又确是处处为国家着想，谅来不致如此，然而这些街巷议论，又说得不无道理。大凡为大臣的，权过重了，也会……他惶惑了。

当然，如今的仁宗已过而立之年，比从前成熟了。他沉吟片刻，便对刘从愿道：

“范仲淹、欧阳修等人对朕忠心耿耿，乃朕股肱之臣，市井流言，不足信也！今后你们就不必再传扬了。”

刘从愿忙道：“陛下圣明，奴才怎敢传扬。”但他狡猾的双眼，已看出官家的心被震动了。

官家的心确是被震动了，朋党，朋党，老是萦回脑际，他想赶也赶不掉。而那些被范仲淹撤换的转运使，有几个与王公贵戚没有关联，平时没少进香。这些王公贵戚也趁机在官家面前吹起风来。官家更加疑虑难消了，他终于决定，与宰辅大臣议上一议。

宰辅大臣的御前会议一开始便出现了沉默。

晏殊是厌恶朋党的，他主张人们都能相推相让，互敬互爱，以达到无为之治的极乐世界。但因范、欧是自己门生，富弼又是女婿，便以避嫌为由，暂不发言。

范仲淹知道这又是奸人的恶意中伤。他自提出十大主张起，便不望有太平日子过，他早做了最后的甚至最可怕的准备。但因在座的多是自己前辈，不想抢先亮出自己的观点。

章得象除了幸灾乐祸，还是幸灾乐祸。他只盼望官家能因此有所警醒，约束范仲淹，维护祖制尊严，至于朋党是非，他自己也搞不清楚，只好也不说话。

贾昌朝字子明，当过多年国子监说书，以能词善辩著称。他也不喜欢范仲淹那一套新法，今见两个老相都保持沉默，良久无言，他便不冷不热地开口道：

"若论朋党，臣以为有百害而无一利。试想朝臣如你拉一帮，我扯一党，势必南辕北辙，天下大乱矣！"

"臣以为不然！"贾昌朝简短的开场白便使范仲淹听不下去了，他不由奋起而反驳，"臣以为有害者不在朋党，而在何种朋党。臣在边庭时，即见有好战者自成一党，怯战者也自为党；其在朝廷，邪正之党同样存在。如其朋党能群策群力，利国利民，又何至天下大乱呢？"

"可吕夷简拉帮结派，便给国家造成大害！"贾昌朝也不示弱。

"这正因吕夷简乃小人之党也！"范仲淹义正词严答道。

官家听到几句交锋便伤及吕夷简，心中一阵不悦，便发话道："今日只议朋党是非，不可任意涉及旁人。"

贾昌朝也立即发觉自己无意中触及官家之忌，吓得噤口无声。

于是又出现了短暂的沉默。

然后，章得象带着揶揄的口气对范仲淹道："自古只闻小人多为朋党，据范参政之意，君子也自有党的了？"

范仲淹坦然答道："鄙见正是如此。"

"但自古只闻小人朋党之害，却未闻见君子朋党之利，或是章某寡陋，范参政高明，何不略举一二？"

章得象这一番连讽带刺的话却把范仲淹一下给说住了，他当然不好夸自己之党如何如何，只好想着如何在古人中举些例子。

官家也已听出章得象的言外之意，你范仲淹之党又做了多少有利国家之事？他心中一想，辅臣中政见不一，如此唇枪舌剑，并不能说清朋党是非，反而有伤和气。于是他便无意再听下去了。

"罢了，诸卿且退，容日再议吧！"

当时辅臣的御前会议，便如此无结果而散。

当时谏官中王素已出任转运使，余靖被任为辽太后正旦使，使辽未回，只欧阳修与蔡襄在朝。两人听到那无根的谣言，知道又有人在恶意中伤，都十分气愤。及至知得御前会议内情，更是按捺不住了。欧阳修道：

"我早就想写个《朋党论》，以抒己见，如今是刻不容缓了。"

因为当年写《给高司谏书》受到亲属的干扰，这回欧阳修就谁都不告诉，回家后便关在书房里冥思苦想起来。这时他的近视已越来越深，书字稍小的都要儿子伯和念给他听，有些奏章也念给儿子代写。这事既不能假他人之手，他只好把墨磨得浓浓，两眼瞪得滚圆，奋力而书了。

第二日早朝，欧阳修怀着满腔义愤，把《朋党论》呈献给官家。官家粗粗一看，觉得欧阳修的主张与范仲淹又同又不同，范仲淹主张小人有小人之党，君子有君子之党，欧阳修却认为小人无党，有的只是伪党。他说："小人见利而争先，或利尽而交疏，则反相贼害，虽其兄弟亲戚不能相保。故臣谓小人无朋，其为朋者，伪也。"

欧阳修的《朋党论》仔细看了两遍，官家又觉得与范仲淹的主张大同小异，仍不能完全解开他心头的疙瘩。

不想，这时监察御史刘元瑜又上了一道密本，说范仲淹、欧阳修等大夸君子之党，其实是为自己脸上贴金，以掩饰其错失。其除弊十事利尚未见，害已显然。他据夏竦急报，说荆湖路有些新任州官受贿选用了贪赃县令，毒害百姓，民怨沸然，为是怎能弭盗贼于无形！官家看后暗暗吃惊，他已忘了是自己逼令范仲淹速行择官长，只感到范仲淹也不十分可靠了。

第十八回

文德殿激言计得失
金明池胡话惹是非

官家的心思摇摆不定，形势渐对范仲淹不利。蔡襄也按捺不住，他直至内宫求见官家。官家召见于偏殿，问他有何事进奏？蔡襄尽管心急如火，又不能在官家面前发火，话还得从头说起：

“陛下罢夏竦而用富弼、范仲淹，士大夫贺于朝，庶民歌于路，至饮酒叫号以为欢，却是为何？实因此举对安定天下至关重大也！”

“唉，蔡卿，此是旧事，何故重提？”官家一下便有点不耐烦了。

“非臣重提旧话，实因近日朝事使臣心窃忧之！”

“哦？所指何事？”

“范仲淹十项新政逐一施行，为期尚短，有的已见成效，如荫补、磨勘等项；有的一时未见，甚至出些小疵，这也不足为怪，臣不以此为忧。臣所忧者，乃是邪人因侵害其利而搬弄是非，惑乱圣听，则新政将有无疾而终之虞了！”

官家算听明白了蔡襄的来意，便微微一笑，徐徐地道：“此事朕自有主张，爱卿不必多虑。”

自有主张？是何主张？官家没有明言，蔡襄只好往好处想了。“如此正是臣所庆幸的了！”接着他不管官家的实际想法如何，他决定把自己要说的话说完：“赐臣直言，臣以为今日天下之势，犹如一重病之人，虽有良医，也非一两剂药便可脱体。陛下既得良医，便当信任不疑，使医尽其术，则非徒愈病，而又寿民。如其不然……”说至此，蔡襄顿一顿，再倾吐出自己的无穷忧虑，“医虽良术，不得尽用，则病必日深，那时虽有扁鹊、华佗再世，怕也无能为力的了!”

“呵，嗯，嗯，朕知道了。”官家似乎有所感悟，他对蔡襄抚慰了几句，说他自有道理。

富弼这时也想上书为“择官长”之事自辩，却被岳父晏殊叫去，狠狠训了一顿，说：“此事当时就做得不妥，尔等不听我言。如今出了岔子，你还上书自辩，这不成文过饰非了吗？这是万万做不得的。”英兰自是在一旁听着。夫妻俩回家后，英兰又哭又怨，“你个惹祸的尊神，老是叫我爹操心，这回再不听他的话，我可和你没完没了!”富弼又只好好言劝慰，说他这次一定听岳父的话，不上书了。

富弼当然不承认自己的上书是文过饰非，他也不是怕妻子吵闹，岳父责骂，而是回头一想，觉得此书也是可上可不上。他要说的话，与蔡襄大同小异，他不过能多举几个新选转运使与州官等的政绩，以说明此举是利弊互见，利多于弊，而这些政绩，各路都有申报，官家也自知之，官家如听得进蔡襄之言，认真权衡得失，自会得出正确结论，否则，自己再加一本，也是无济于事，反而落得文过之诮。

事有凑巧，正当富弼摇摆不定之时，忽接王素的一封长书。王素出任的正是原盐铁判官吕绍宁的任所——淮南路[①]转运使。王素到任后很快便查清吕绍宁是个贪赃枉法之徒，他上缴国库的所谓余钱其实是他贪赃所得的零头，王素尚未到任所他已逃之夭夭。上行下效，淮南路所属州县官吏也多是贪赃之辈，如今整个淮南路是民穷财尽，百姓们怨声载道，欲哭无泪。王素查清情况，心中万分气愤。他只有立即着手严惩不法官吏，并择选好各州县正直的官吏，广贴安民告示，同时将没收的贪赃款赈济贫困灾民。黎民百姓立即欢声载道，歌呼青天再世。接着王素即将在全境施行厚

① 淮南路治所在今江苏省扬州市。

农桑、均公田、减徭役诸新策，以解民困。富弼读罢来书，不由一阵激动，这择官长却是何等之好，他立即改变主意，不顾岳父与爱妻的劝阻，进宫求见官家。官家正自支退蔡襄，忽听富弼求见，心中已自不悦。见了富弼便道：

“不知卿家又有何事禀奏？”

一个“又”字便道出了官家的心思，富弼可不管这些，他心情激动地道：“启禀陛下，臣倾接淮南路转运使王素来书，说的是他到任后厉行择官长诸策，迅退查清了吕绍宁等贪赃枉法，谎报政情。且择得良吏，安抚百姓，情势已大为改观，如各路都能如淮南一般厉行新策，则国泰民安，指日可待矣！”

富弼说得十分激动，官家听了却安然道：“卿原为此事而来，实则王素已有奏本到京，一切朕都知晓，卿就不必多言了。”

原来王素已有奏本到达御览，官家言中显有不耐烦之意。富弼不管这些，他继续直率禀奏：“是故，臣以为范仲淹的十项新策，有百利而无一害，望陛下切勿听信谣诼，坚持施行，则天下幸甚矣！”

官家显得十分不耐地道：“此事朕自有主张，卿即不必多言了。”

又是自有主张，是何主张？官家已显得不耐，富弼也只好退出宫去。

原来，王素已有奏本到京，那么岳父大人也必定看了奏本，而他竟然无动于衷，阻我进言。富弼越想越是万分懊恼，当晚便到范仲淹府中，想听听恩师的想法。

自新政施行以来，范仲淹忙碌非凡，日夜都为公务操劳，至亲好友们体谅他，无事都不敢造访。这时范仲淹又在书斋处办一项文书，见富弼深夜来访，以为必有要事相商，及至听了富弼的来意，他只是淡然一笑，轻松说道：

“晏公的话对嘛！此事你我还是缄口不言的好。”

富弼听了有点奇怪，他觉得这不像恩师平时之言。只得又道：“门生怕的是万一官家不明……”

"不是万一，而是已经。"范仲淹打断了富弼之言，这时脸上已毫无笑意了。

"哦?"富弼心里吃惊。

"自从朋党之谣出来，官家又开始摇摆不定了，又是时暗时明的了。"

范仲淹的话是有根据的，前一段，官家对范、欧的奏议，真是言听计从，极少驳回，如今有点不一样了，既有留中，也有推给中书议审了。范仲淹隐约感到，他上任前最担心的情势又可能重现了。

富弼在这方面跟范仲淹的认识原来就很相近，如今听范仲淹一说，也觉得颇有道理，再想起适才官家对他进奏的冷漠，心中不由又冷了半截。

范仲淹握住富弼之手感慨地道："如今就只能凭你那'三心四无愧'办事了!"

富弼心情沉重，紧紧抓住恩师之手，久久无言。

但是事隔不久，这两个师生却发生一场小小的争吵。事因沂州有个小军名叫王伦的，带兵哗变，一路杀到淮南，将过高邮。高邮知军晁仲约见城中守军单薄，势难抵御，便召集全城富裕绅耆商议。晁仲约对绅耆们说，如今兵临城下，只有两条路可走：一是闭城苦守，守不住则玉石俱焚，同归于尽；二是各富裕户各出金帛、牛酒，派几个能说会道之人前往犒赏贼军，或可使全城免遭于难。绅耆们也都知道城中厢军无多，守是守不住的，与其让王伦进城洗劫一空，不如出钱买个平安，就都赞成走第二条路。于是立即公推几个绅耆为代表，带着金帛美酒，牛羊鸡鸭，出城求见王伦，表示了犒劳之意，并婉劝不必进城，以免惊扰城民。那王伦还讲点江湖义气，说既蒙诸位看得起，礼物就全收了，城也就免进了。因此使全城百姓幸免了洗劫之难。事后文书申报到枢密院，富弼看后便勃然大怒，说这晁仲约胆大包天，竟敢通贼，非重办不可。

次日早朝，文德殿上净鞭三响，群臣俯伏山呼万岁已毕。富弼立即出班奏道：

"臣富弼有要务上达天听。"

“卿可奏来。”

“王伦作乱，横行淮南一带。高邮知军晁仲约守土有责，竟然不发一兵一卒，只遣富民集资送其出境。晁仲约胆大妄为，纵贼作乱为国法所不容，应当立即问斩！”

富弼奏罢，便有几个文臣、武将相继跪奏，都说：“晁仲约当斩不饶！”

谁知这时却有一人出列高呼：“不可。晁仲约不能问斩！”

众人看时，竟是参知政事范仲淹，都不由一愣。晏殊心想：“这小子胆大包天，不知又有何乖戾主张。”富弼与欧阳修等也都心中诧异，不解其意。

官家也感奇怪，停了一停，才开口道：“范卿请道其详。”

范仲淹俯伏从容奏道：“臣以为，如郡县之兵械足以战守，遇贼不御，反而赂之，自是国法难容。今高邮无兵无械，虽仲约之义，当勉力战守，但不守而以财物赂之，使黎民免受涂炭之灾，事有可恕之处。因是，臣以为，仲约有罪，但罪不当诛。”

富弼听了心中不服，此时也不顾师生之情，他也俯伏奏道：“晁仲约身为一州主将，义当死守，今若不诛，其他郡县也都无人守城矣！”

“不然，”范仲淹也奏道，“臣以为应按实情而定，可守不守，罪不容诛；不可守而作权宜之计，以保全城生灵，则情有可宥。”

“王法从来无情，晁仲约不依法斩首，从此威令难行矣！”富弼越说越激动了。

范仲淹却镇静如常地道：“富弼虽言之成理，但我朝自太祖立国以来，从不轻杀臣下，这正是列祖列宗仁德之处，臣实不欲见陛下开此例端，因此冒死陈言，如有不当之处，甘受重责！”

范仲淹与富弼争执不休，官家本乏主见，一时难辨是非，可范仲淹这最后几句话，一下便打动了他的心，哪个做皇帝的不希望自己有仁德之名？他立即有了主意，便开言道：

“二卿不必争执。晁仲约其罪当诛，但念其救了全城黎庶，免其死罪，由枢密院从宽议处。”

说罢，龙袖一挥，值殿官高呼“退班”了。

散朝之后，富弼心中终是不服。出了午门，他不忙着上轿回府，却把范仲淹拉到宫墙下无人之外，小声地道：

“恩师今日之意，门生始终不明，自古‘乱世用重典’，如今朝纲不振，正因有法不举，举而不严，以致作奸犯科，逍遥法外。晁仲约本应明正典刑，恩师却百般劝阻，实出门生意外。”

范仲淹听了，轻叹一声，也低声回道：“贤契好不聪明。你我今日在朝，如履薄冰，同僚之间，同心者又有几人？即主上之心，也是十分难测。如轻导人主杀戮臣下，他日手滑，虽吾辈也将难以自保了。”

富弼这才明白了恩师的心思，但他仍旧不解地道：“门生只知恩师从来公忠自守，不计个人安危的。如今怎的……”

范仲淹一脸苦笑：“我为官几十年，宦海浮沉，滋味备尝，如今眼看又将不保了，自有许多感慨。当我功业顺遂，重任在肩，我确是义无反顾，猛打猛冲，安危荣辱，全置之度外。但一旦横遭挫折，荆棘丛生，也渐会计及个人出处，甚至有急流勇退之想了。”

富弼听了恩师这一番肺腑之言，更感意外，不由说道：“恕门生直言，这话实不像出自恩师之口。”

“你说‘不应’也可。”范仲淹道，“此事三言两语，难以说清，以后再谈吧！我只请你记住，为师也是血肉之躯，也食人间烟火，也有七情六欲，既非神人，也非完人！”

说罢，范仲淹抓住富弼之手，紧紧一握，满脸忧愤之色，离开了他。富弼一个人呆了半晌，才也坐轿回府。

欧阳修对范仲淹今日之举，也十分不解。出了午门，也想找他一下，找而不见，以为已经回府，也就罢了。他是认理不认人的，第二日便向官家上了一本，说范仲淹此举是“不思国体，但植私恩”，要官家“以天下安危为计”“重行朝典”。官家把本子留中了。

富弼连忙走访欧阳修，说明范仲淹的本意，欧阳修听罢大吃一惊，又连忙约了蔡襄一起来找范仲淹。

欧阳修一进门就冲着范仲淹大叫大嚷：“希文兄，听说你竟有畏缩求退之意，这又是从何说起?”

范仲淹边笑着边把二人迎进客厅，口里应道：“贤弟不用着急，且请坐下饮茶，待我与你说来。”

欧阳修刚刚落座，尚未接过茶碗，又忍不住接口道：“你才上阵，尚未见几个回合，便思退却，叫弟我怎生不急!”

范仲淹让二人饮了茶，才正色说道：“二位可知今日朝野新的情势?十项新法陆续颁行，多者将近半载，少者亦有三两个月，然而除了恩荫之外，连同磨勘新法在内，认真执行者究有几多?即使各路转运按察使与州、县官，阳奉阴违者有之，公然拒而不行者亦有之。更有些人仍然贪赃受贿，说来令人痛心哪!”

两人听了，都不由猛吃一惊。蔡襄义愤填膺地道：“这些都是甚等样人?竟如此毫无心肝!”

范仲淹道：“有些由于我选人不当，更多的是因新法受损之人，对新法不满之人。同时，你也不要小看那些吕夷简的残渣余孽，夏竦那厮的徒子徒孙，人际关联，盘根错节，犹如一团乱丝哪!”

欧阳修听了不由把一双近视眼瞪得滚圆，满怀怨愤地冲着范仲淹道：“那就把你吓坏了吗?朝纲败坏已久，积重难返，这不足怪，可怪的是仁兄你的雷厉风行之风又到哪里去了?在此成败关头，却要官家行甚等仁政。唉!这哪像你往日的范仲淹哪。”

范仲淹听了欧阳修的责怪，并不气恼，也不辩解，只是不慌不忙地道：“依你之意，下几道严令，凡是拒行新法者，一律严惩不贷，是吗?”

“怎么?你连这样的胆略都没有了?”

“这有何难!”范仲淹苦笑了，“但是，你可知今日官家的意向如何?

中书诸位相公的意向又是如何?”

两人听了，又是一愣。

范仲淹满怀愤慨地道：“官家如今对朋党之说似信又似不信，似不信又似信，其心又已摇摆不定了。为兄的奏折也不如前段那样容易通过了，有的留中不报，有的推给中书审处，那御笔又已重如千觔啦。”

欧阳修气得一拍桌案：“优柔寡断，害国害己!”执政诸公对他们侧目而视，他不在意，只要官家意坚，大可不予理会；新法推行中利、弊俱见，他不担忧，只要官家意坚，仍可在坚持推行中，拨乱为治。官家动摇了，这就非同小可了!

欧阳修至此对范仲淹有脾气也发不出来了，他只是耷拉着脑袋，许久才道：“依你如此说来，现今也只有依晏公之意，悬崖勒马的了?”

“暂时还不至于，”范仲淹道，“尽管前途多艰，还是尽力而为吧!”

“好!”欧阳修霍的立起。“我定要与官家再上一本，劝其切勿为谣言所惑，善始善终，整肃朝纲。”

范仲淹一脸苦笑，“只怕是无济于事的了!”

欧阳修还以一脸苦笑，“也算是尽力而为吧!”

欧阳修与蔡襄走访范仲淹的结果是，满怀忧郁，怏怏而散。

次日，欧阳修果然又上一本，敦劝官家继续重用范仲淹，厉行新政，重振朝纲。本上数日，不见下文，却一道诏旨，命欧阳修前往河东与转运使议处撤废麟州之事。事出突然，蔡襄知道并非偶然，只有在暗中叫苦。范仲淹心中更是昭然。

欧阳修又忍不住到范仲淹家大发一顿牢骚，直到深更半夜，喝得醉醺醺的回到家，官服甫卸，又一迭连声嚷道：“拿酒来!”夫人薛绮云知道丈夫又为国事不舒心了，慌忙劝道：

“不不，夫君，时已不早……该安歇了。”

“安歇?”欧阳修口齿不清地道，“我……我睡……不着。”

“那也不能饮酒了，”夫人柔声地道，“你……醉了!”

"醉？不不……我……没醉！"

"夫君……"

"拿……拿酒来！快……拿酒来！"

薛绮云知道这时候只有拿自己的一腔柔情来抚慰丈夫那破碎的心了。她支开使女，关上房门，倚坐丈夫身边，轻轻地道：

"你……不能再饮了……身体要紧哪！"

"身体……"欧阳修突然瞪起双眼，"国……将不国，要……身体……何用？"

"不，夫君！"薛绮云抓过丈夫的手，轻轻揉搓，"国事维艰，为臣子的更应保重身体……才可多多为国效力呀！"

"为国效力……为国效力……"欧阳修喃喃地道："是呀！我也对希文兄说……我会……尽快回来，继续帮……帮他一臂。可是……唉！"他又长长叹一口气，"官家……官家……"

"夫君……你千不念，万不念……也得念妾身为你受怕担惊……念和尚儿尚且年幼……"薛绮云无奈，只好以妻小动之。

"呵……嗯……"欧阳修听着，黯然垂下了头，少顷，他抬起头定定地看着妻子，妻子双眸里泪光闪烁。他不禁轻轻叹一口气，"是呀！我……使你受苦了！"

薛绮云忍不住滚下两行珠泪，她索性身子一歪，将泪脸贴上丈夫滚烫的脸，越加柔声地道："只要夫君不烦不恼，平安顺畅……妾身就受尽了苦，也是……心甘！"

"好妻子……"欧阳修禁不住将夫人拥在怀里，俯身亲着那柔润却又冰凉的秀脸。"我的……好……妻子！"

待等丈夫亲得够了，薛绮云才低声又低声，低到蚊子般地："那就……安歇吧！"

薛绮云立起身来，扶起丈夫。欧阳修忽地把妻子抱得紧紧……

薛绮云是个温良贤淑的妻子。夫妻之事也完全由丈夫来决定。欧阳修有时紧张地起草奏章，有时沉湎于诗词碑简，都只在书房安歇，只有他来了兴致，才回房与夫人共寝。薛绮云只能随着丈夫。有时她也悄悄地来到书房，可一见到丈夫正在灯下吟哦，或是写着什么，她只好悄悄地回房而去。有时丈夫发觉了，不经意地问她为的何事，她也只有把闲话支开。欧阳修怎知道自己的夫人常为此一夜难眠呵！也正为此，她十分珍视那春宵一刻，也正为此，她严禁欧阳修娶妾……

五月端阳到了，这是个“君民同乐”的节日。这一日将开放平时视为禁地的金明池，官家与京都百姓一起在那里观赏龙舟竞渡。那时候，一年常有两次龙舟竞渡，还有一次是三月初一。端午节赛龙舟是纪念爱国诗人屈原，这是众所周知的了。三月初一又是为何呢？这还得从金明池的开挖说起。金明池在汴京顺天门外街北，方圆有九里多，是周世宗显德四年(957)开凿的。周世宗开凿这个人工湖是专门用来训练水军的。宋太祖立国之初，同样也把金明池作为训练水军之所，他还把这支水军称为“虎翼军”。每年三月，池水开冻，“虎翼军”便在金明池里翻腾了。但是，传了几代皇帝，日久天长，却逐渐变样了。全国已经统一了，边患也得到了扼制，可以安享太平之乐啦，金明池也就逐渐变成了游乐的场所了，“虎翼军”也变成为君臣取乐的工具了。于是，三月初一原来训练水军开始之日，也就成为又一次龙舟竞渡之日，不仅竞渡龙舟，还同时献演水上百戏，真是盛况空前了。

金明池既成为帝王游乐之所，就在池的周围围起了雕花精镂的水磨砖墙。正门“棂星门”门柱两旁都建有高耸入云的阙观，在双阙之间的门顶上又建起一座飞楼，名“宝津楼”。龙舟竞渡之前，教坊司的乐妓就在这高楼上吹弹歌唱，以助雅兴。入门后沿着宽广的御道南行再西去几百步，就到面北的临水殿，这雄伟壮丽的殿宇有一半伸入水中，殿外还有一个大月台，官家便是在这殿里赐宴宰执大臣，观赏龙舟竞渡。至于平民百姓，则池的四岸还建有许多亭台楼阁，垂柳轻扬，绿草如茵，有的是游乐的场所。

晏殊等平日便喜欢宴饮为乐的官儿，自不会放过这良好机缘，都携眷带属，进园做一日之乐。富弼原不想去，经不起英兰的死拉硬磨，只好随着岳父一家同往。只有范仲淹推故留下了。他心情沉重，哪有闲情取乐，只有在室内焚起一炉清香，操起《霜弹》聊以遣闷。夫人李氏不用说，沈若卿见范仲淹如此，自是留下陪侍。大儿纯佑身子羸弱，自也不会去了。只有二、三、四儿与眷属们，带着一群仆婢去趁热闹。

苏舜钦、王益柔等较为年轻的一辈，自是兴致极高，早都相约好了。这一天，汴京仕女几乎是倾城而出，金明池是热闹非凡的。正门棂星门警跸森严，官家与高官显爵们才能由此门而入。其余小京官与黎民百姓只能由其他边门出入。边门虽多到十多道，但去得迟了仍是拥挤不堪。因此，他们十几人约好初五日一大早便出得城来，这样他们便很容易从边门进入了金明池。他们又挑了一个最好的位置，与临水殿遥遥相望的一块绿草地，铺上了大毡毯。各人的童仆从食盒里取出备就的各色果点，与应时的粽子、白团之类，以及各色美酒。十几人席地而坐，饮着酒，吃着各自所爱的果点，海阔天空地聊着，边听着从宝津楼传来的阵阵笙歌，其乐无穷。

时间不知过了多久，金明池宫墙里的游人已越来越多，骄阳也已升起老高，照得金明池里波光闪烁。再看临水殿那边，虽已有四条彩舟横列，却仍不见一丝动静，看来官家尚未驾到。苏舜钦他们等得有点不耐烦了，聊天也聊得没啥兴味了，苏舜钦便提出，行个酒令吧！众人问，行啥酒令呢？苏舜钦别出心裁，他说，各人都说出个奇闻异事，大家听得有趣，就通过了。挨个说，说得没趣，就罚酒。大家心想，横竖是消磨时间，也都同意了。便由苏舜钦开头，一个一个接着说下去。他们满口胡言乱语，说得一阵又一阵的哈哈大笑，谁会料到就这胡吹竟又吹出一桩祸事来了。

第十九回

造伪书鼠辈张陷网
献真赋刚士辩冤情

他们的胡吹由苏舜钦开了头。苏舜钦想了一想，说道："从前有三个老人在一起，各夸谁的年纪最大。第一个老人道：'我的年纪早已记不清了，只记得小时候是与盘古一起玩儿的。'第二个老人心想：盘古开天地，还有谁能比他更早呢？有了，我不说人了，说神仙吧。他就说：'王母娘娘每年都请我赴蟠桃盛宴，我吃了蟠桃便将核子丢在昆仑山下，现在这核子已堆得与昆仑山一样高了，你说有多大年纪呢？'第三个老人不服地想：要海吹我还不会？他便说：'人都说几十万年沧海才能变一次桑田，我只记得每见到沧海变桑田，就留下一个筹码为记，现在我积的筹码已经满十个屋子了。'"

苏舜钦说完了，大家听得果然有趣，算通过了，接下来是江休复。

江休复说："从前有个大官儿，已六十多年纪，妻妾成群，颔下须子也已白多黑少。一天，他闲得无聊，想出个怪主意，要妻妾每天各镊他的五根须子取乐。他的妻子也已老大年纪，只怕丈夫年轻了，为妾辈所迷，便专拔他的黑须子；他的妾眷们却怕老头儿年纪大了，就专拔他的白须子。不到一个月，老官儿颔下的须子就全被拔光了。"

江休复这故事不长，却听得大家都哈哈大笑。王益柔赞叹道："几句话便把这老官儿妻妾们的心事描得入木三分，妙绝妙绝。"

苏舜钦笑道："如今该轮到你了。"

王益柔早有准备，便开言道："从前有个士子，专爱在与人书信中用偏僻古奥的字眼，以显示自己学问之高。明明是以石投水，他偏写作'以石内水'；明明是和尚还俗，他偏写作'发而农'；俗语'迅雷不及掩耳'，他便写成'震雷无暇掩聪'。他的一个朋友，也就学他的样。有一次，在家中墙上写上'宵寐匪祯，札闼洪休'八字，人家看了莫名其妙，就把那士子拖来看。那士子看了笑道：'这不是夜梦不详，题门大吉吗？'"

大家听得也都笑了。

接下来轮到刁约，刁约说道："我说个人，官儿不小，却把儿子取名和尚儿，你道这是为何？"

他刚说到此，就被王益柔一把拦住："那不就说的是欧阳永叔吗？为了不信佛嘛，这是尽人皆知之事，不算奇闻，该罚该罚！"

刁约只好罚了一碗酒。

吕溱这时插嘴道："要说不信佛，还有石守道呢！他在《辩惑》一文里开宗明义'吾谓天地间必然无者有三：无神仙，无黄金术，无佛。'好，我就说说这个奇人。"

江休复听了，饶有兴味地道："你说石守道是个奇人？他究竟又奇在哪里？"

吕溱不慌不忙地道："不信佛，还专门写了《辩惑》一文来驳斥信佛之人，这算是一奇吧！"

"就算是吧，还有呢？"

"他秉性刚正，这是不用说了，其脾气之古怪又是吓人，常做出些令人难解之事。这次韩公本欲荐他为谏官，范公认为不可。他说，'若使石守道为谏官，必至以难行之事要求官家必行，少拂其意，他便会引裾折槛，叩头流血，无所不为的。'官家听了也道，'此人若为谏官，怕其会碎首玉阶之下。'"

吕溱说罢，苏舜钦接着笑道："此公确是怪人，如今又有了怪事了！"

"呵？"众人都瞠目相望。

"他突然为副枢密富公写了一赋，要富公行伊、周之事。弟在欧公处见之，写得汪洋恣肆，不弱于《庆历圣德颂》哩！"

"呵！我等怎的都未见到？"刁约问道。

"上回其《庆历圣德颂》沸扬京都，范公颇为不悦，说他'成事不足，败事有余'。因此这回便不再传扬了。"

"他要富公行伊、周之事，不是要富公摄政吗？也真是怪主张了！"

他们只顾说得高兴，不知何时官家已驾临水殿，赐宴大臣。这时宝津楼笙歌已停，临水殿前却响起了震天锣鼓，四彩舟上的诸军百戏开场了。他们也就无心再行酒令，全神贯注看那水上百戏了，百戏有神鬼、杂剧、棹刀、蛮牌舞等。最受人们惊叹的是"水秋千"：以画船两只拼在一起，立一秋千架子其上。一个耍伎人在鼓笛声中上了秋千架，荡飞起来，秋千越荡越高，那人也越飞越高，待荡到与秋千架相平的高度时，那人突然离了秋千，往下直栽，观看者这时心都为之一悬，那人却在半空中翻一个筋斗栽入水中去了。这时两岸一片欢腾，掌声如雷。

百戏呈演已毕，再由小龙船二十只，虎头船二十只，船上坐着锦衣军士，敲锣打鼓，前往船坞牵引一艘大龙船出来。这大龙船长约三四十丈，阔三四丈，上面建有层台楼观，昂着龙头，翘着龙尾，全身细纹雕刻的鳞片，涂着金漆，闪闪发光。大龙船由诸船牵引到临水殿前，官家传诏，龙舟竞渡开始了。

原来这大龙船是指挥船。这时，只见船上的执事人员手执彩色旗挥舞起来，登时画角齐鸣，由虎翼军组成的"虎翼队"，与由权贵、大臣子弟组成的"龙翔队"开始龙舟竞渡了。两岸万千观众这时的兴致才达到最高潮，他们雀跃欢呼，为两队助威。

苏舜钦等一直看到龙舟竞渡结束，才尽兴而返。

常言道："路上说话，草中有人。""说者无心，听者有意。"他们在金明池的一场闲话，竟被一有心人听到，于是又惹出一场更大的是非来了。

欧阳修奉命出使河东，一心记挂着京中之事，不过一个多月，他便事毕匆匆赶回京都。

欧阳修走后没多久，王拱辰便对妻子说："姐丈公出，你姐必定寂寞，你应该常去与她遣闷才是。"

丈夫关心姐丈一家，薛绮霞自是高兴，难免又对丈夫温存一番。自是常去姐家。这日她从欧府回来，告诉丈夫姐丈回来了。王拱辰一听十分高兴，次日便迫不及待地登门看望，他姻兄长、姻兄短叫得十分亲热。

问了路途辛苦，难免各自谈些河东与京中的情况，王拱辰有分寸地说到朝士对范仲淹的新策毁誉参半的局势，然后婉转地道：

"小弟知道，要范公知难而退是做不到的，也是不应该的，但也得劝他万事小心谨慎，免遭暗算呢！"

欧阳修一回来便听到这些不顺心之事，尽管是意料中事，他仍感心情不舒畅。"是呀！看来希文兄的处境是越见艰难了，我等都得尽力之所及，帮他一把呀！"

"是的，是的。用得着小弟之处，小弟一定效劳。"

谈了一会儿，王拱辰像是忽然想起了什么，便开口问道："听说石守道近日又有新作赠与富公，想必又是一篇妙文？"

"是的，此公便是那样的脾气。"

"他那《庆历圣德颂》真是妙绝千古，令人百诵不厌，尤其狠狠刺了夏竦一笔，痛快之极！听说此人至今还对小弟咬牙切齿，恨不得食肉寝皮哩！"

"噢！"王拱辰有意提起他与夏竦的敌对，以示自己与姻兄的亲密关系。欧阳修却不感兴趣，只是随口应着。"你说的石公那近日新作，也不过是一篇短赋，是劝彦国兄行尹、周之道的。我们也不把他当作一回事。"

"行尹、周之道？倒也新鲜，遗憾的是小弟无缘拜读。"

欧阳修毫不怀疑姻弟之意，便笑着道："这赋文像是还在我处，当时彦国兄送给我看了，接着我就出使，不知还了没有，待我来找找看。"

王拱辰忙道："那敢情好哩!"又道："姻兄眼力不好，还是小弟代劳吧!"

于是，他便在欧阳修书箧里翻了起来，七翻八翻，果然翻出了那篇石介的《赠富彦国赋》，他大喜若狂，便捧着读了起来，边读边摇头晃脑，说尽管主张有点怪异，其文辞却堪与《庆历圣德颂》媲美。他接着又诵读了几遍，才恋恋不舍地还给欧阳修。又聊了一会儿，便与妻子辞了姨姐，回府而去。

欧阳修哪里知道，他的姻弟早又背叛了他与夏竦合流了。他这是有所为而来的。那日苏舜钦他们在金明池大谈奇闻异事之时，适有刘元瑜一个手下人在左近游逛，听他们说得有趣，那个人便把身子倚在附近树上，悠闲地听着。忽听得他们提起了石介，那人知道这是自己大主子不共戴天的仇人，不免更加支起了耳朵，专心听着，他一句不漏地将所听的话记在心里，接着立即回去报与刘元瑜知道。刘元瑜也不知这些话对夏竦是否有用，只是原封不动的记了下来，派专人送给夏竦。夏竦看后琢磨了半日，忽然计上心来，立即与刘元瑜回了一信，要他想方设法将此赋抄录到手。刘元瑜与王拱辰关系已越来越密切，已不隐讳自己是夏竦之人，便将此事托了王拱辰。而且拍胸脯保证，只要此事办成，共同扳倒了范仲淹一伙，夏竦与王拱辰的老账便可一笔勾销。王拱辰自是乐于应命。一番花言巧语，他便从欧阳修处看到了这篇赋文。赋本不长，他的记性又好，回家后瞒着妻子，一字不差地默记下来，次日上衙便亲手交给刘元瑜了。

欧阳修陛见复命已毕，当晚便去看望范仲淹，适余靖也在座中。欧阳修说起此次河东之行。他说那河东转运按察使张奎并非能员，擅铸铁钱，课税既多且重，百姓怨气冲天。他只停留数日，即察知苛政十余事，已一一奏明官家了。范仲淹听了，先为自己选员不察而难过，接着他又说道：

"我不如自请前往河东，不用三个月即可尽除积弊。"

欧阳修吃惊道："希文兄你这岂非说玩话吗?"

范仲淹愤慨地道：“横竖我在朝中已无所作为了！”

余靖接着也慢条斯理地对欧阳修道：“永叔兄哪！你这段离京，可知朝事更加不可问哪！希文兄面临着四面楚歌之境哩，你知是不知呢？”

“安道兄未免说得过分了吧。”欧阳修知道范仲淹日子并不好过，但他还不信变得如此严重。

“你不信吗？已有人提出磨勘不如复旧好哪！转运使兼按察使更加病民哪……”

转运使兼任按察使正是欧阳修的建议，他听了不由跳起来问：“都是些什么样的人在嚼蛆？”

“右正言钱明逸、监察御史刘元瑜，还有……”

“刘元瑜？反复无常的小人！”

余靖冷冷地道：“你那姻弟王拱辰，怕也非老实之辈哩！”

欧阳修略为一愣：“不见得吧。”

“但愿这只是小弟多心，我总觉得此人气味不正，恐非同类哪！永叔兄，你得留点神哪！”

欧阳修像有人跟他当头浇了一盆冷水，愣了半晌，才转向范仲淹：“希文兄，适才你说的真心话？你真的心甘情愿就此退却了吗？”

范仲淹似笑非笑答道：“当然，刚才说的半是气话，但，也不是绝无此想。”

“千万不可！那样，你的千秋功业一旦全休了！”

“那得怎么看了。我以为，与其在这尔虞我诈，钩心斗角夹缝中一筹莫展，寸步难行，还不如下去治好一路、两路，为黎民百姓真正做些有益之事，那不也是功业吗？”

“如今仁兄还没到寸步难行之时吧？”

“只怕也为时不远了。”

夏竦家中婢妾成群，许多婢妾都有一技之长，有的能歌善舞，有的能书善画。其中一婢名叫蝉儿，她能写一手娟秀飘逸的好字，而且又善于模仿别人的字迹，模仿得惟妙惟肖，大可以假乱真。那日夏竦接到刘元瑜密书后，便差人找来了石介的一纸手笔，叫蝉儿认真描摹起来，没有几日工夫，便已仿写得真假难分了。接着，他又接到刘元瑜送来的石介《致富彦国赋》，十分高兴，立即密令蝉儿依石介笔迹抄录一份。全赋他只令改掉一字，即“伊、周”改为“伊、霍”。别看就这一字，却是差之毫厘，谬以千里。“伊、周”指的是商代的伊尹，周代的周公，都曾辅佐君王，并为摄政，成为后代能臣的代称。“伊、霍”则指的是伊尹与汉代的霍光，都曾废逐皇室的后裔，成为后代废立皇室的代称。改这一字，便知夏竦心怀什么鬼胎了。

接着，夏竦又亲自草拟一纸石介代富弼撰写的废了仁宗，另立新主的诏书，又叫蝉儿仿写一遍，然后将两份伪书密封了，派亲信仆役送给刘元瑜，刘元瑜又通过他的“同宗”刘从愿，把两纸伪书带进宫里去了。

这回刘从愿是亲自出马了。这日官家退朝回宫，更了衣，进了莲子羹。刘从愿便进来了。

“奴才有一要事，要面奏陛下。”刘从愿说着，一双小眼滴溜溜看看左右，只有兰元振一人在，他放下心来。

官家略显诧异：“有何要事？”

“奴才偶得两纸密书，不敢隐瞒，特即呈奉御览。”

说着，他从袖中窸窸窣窣拿出两封书来。

官家看他那郑重其事的样子，更觉奇怪，连忙把书接在手中，从头看了下去。看到一半，官家脸色就有些变了，手也微微抖颤了。看完之后，官家满脸通红，厉声问刘从愿：

“你此书从何而来？”

刘从愿慌忙俯伏奏道：“乃奴才一密友送来。”

“你这密友是谁？他又从何得来？”

刘从愿知道官家必将追问，早有准备，他不慌不忙地道：“臣密友说来官家也不认识。此书也是他朋友传给他的，据说他那朋友也又是别人传给。究是传了几手，究是谁得此书，那就难于查究了。”

官家这时心中的一阵激动已经过去，逐渐稳下情绪，他思索良久，才沉着脸道：“此事只能暂且秘而不宣。你速传富弼进宫见朕。”

刘从愿唯唯应着，退了出来。

富弼被召进宫，行了大礼。

官家心情既已平静下来，便半信半疑地抬头问：“闻得石介曾有一赋赠卿，可有其事？”

富弼听了，心中一跳，这事官家怎的知晓？看来又有人从中播弄了！但他接着又想，此赋虽有狂妄之处，其用意还是好的，没什么说不得的。

富弼沉吟未答，官家起疑了，“唔？卿家为何不答？”

富弼不敢怠慢，连忙俯伏回道：“是的，石介曾有一赋赠臣。”

果然有！官家不再半信半疑了。忙问：“赋中都写的什么？”

“赋中……欲臣效伊、周之事，辅佐陛下。陛下圣明，石介乃一狂生，实是别无他心。”

“唔？是要你效伊、周之事……伊、周之事？”

官家连问两句，富弼也不由紧张起来，又不知何意，只得硬着头皮答道：“是的。”

官家沉吟一会，又问：“除此赋外，还有他书否？”

富弼一愣，急回道：“没有了。”

“那好吧！”官家道，“石介的《庆历圣德颂》朕也看过，写得很好嘛！此赋也该给朕一观。”

“臣遵旨，明日早朝，臣自当呈奉御览。”

“不，卿如今就去取来！”

官家马上要看，富弼心中紧张，他当然不敢不遵，连忙出宫，打道回府，到书房中去找。谁知他翻箱倒箧，遍找无着，不由得慌张起来，急得在房中团团打转。许久，他才记得起来，此赋给欧阳修拿去看了。

他又急急忙忙骑上快马，带了亲随赶到欧府，欧阳修也刚才从谏院回府，他见富弼慌慌张张而来，不知出了何事，及至听明原委，也心中诧异，连忙一起到书房寻找，还好很快在书箧中找到了。富弼心中一块石头落了地，却已吓出一把冷汗了。他再也不敢迟延，立即辞了欧阳修，又赶回宫中，但已过了一两个时辰，时已将午了。

官家已经等得十分不耐烦了。富弼气喘吁吁地赶了来，忙把赋文呈上。官家接在手中略为一看，笔迹果是一样，再看赋中时，内容相同，就只“伊、周”与“伊、霍”一字之差，他心中又惶惑起来了，哪是真的，哪是假的呢?

官家想了一想，还是明说了吧。他便微微笑着，在案上拿起那两份伪书，开口说道:“朕亦有一赋一书在此，卿可一看。”

富弼从兰元振手中接过伪书一看，竟又是石介的赐赋，不由大吃一惊，忍不住开了口:“请问陛下，这……这是从何而来?”

“你看嘛！看完再说嘛!”

富弼遵旨把那也算石介的赋文从头到尾看了一遍，看到那“伊、霍”两字时，脸色不由变了。看完了赋文，再看还有一纸“诏书”，这“诏书”不看犹可，一看更是吓得魂不附体了。他连忙俯伏叩头道:

“陛下圣明，这……这真是从何说起?其实……其实并无其事呀!”

“那么此赋此书又是从何而来?”

“臣确是一无所知，一无所知。臣只收到石介赠赋一纸，已呈御览了。”

官家突然沉下脸来，目光炯炯地道:“依你说来，此赋此书全是假的了?”

官家怒气冲冲，富弼却反而从一时慌乱中逐渐安定下来了。他心中清楚，这纯属奸人的蓄意诬陷，他决心不顾一己安危，定要辩个明白。他略一思索，便不慌不忙回道:“臣以为正是如此。”

“呵?你又何以见得这是伪书呢?”

“臣伺陛下十余年来，日以君王康宁，国家昌盛为念，耿耿此心，对天可表，近来臣与范仲淹等着力整肃朝纲，难免奸人忌恨，此显系涉嫌诬陷之举，伏望圣聪宸断。”

官家听了，不由想起富弼的一贯表现来，尤其是屡次不避辛劳使辽与恳切辞官，给他的印象尤其深刻，他不能不心有所动了，脸色也就和霁了。他想了一想又道：“那石介呢？是否石介认为朕已无可作为，应即另立新主？卿只管如实道来，此事即使属实，也与卿无关。”

“不然，臣以为绝无此事。臣愿以一家身家性命担保，绝无收到石介这两份伪书，此其一也。石介虽为人狂傲狷介，但其一片忧国忧时之心，及对陛下爱戴之情，在《庆历圣德颂》中已可完全看清，他是绝不会做此愚悖之举的。此其二也。”

“依你如此说来，这一书一赋全是假的了。”官家的语气更加和缓了些。“但为何又出于石介之手？”

“陛下是从字迹而断的吧？”富弼说着，抬头见官家点一点头，便续言道：“这是不足为怪的。近来士人时尚，喜摹名人字迹。书法名手如蔡襄、石延年等的手迹，许多人都能描摹得惟妙惟肖，真假难分。因此，欲造伪书，并非难事。”

“噢，噢。”官家显然已无话可说了。

富弼又叩首道：“臣之言已尽于此，望圣聪宸断。如以臣为不忠，请即治臣以罪，臣死而无怨。”

“唉！卿家何必如此，此事朕明白了也就是了。”官家这时便对富弼表示了抚慰之意。最后说道：“此书、赋都留在朕处，朕当秘而不宣，卿可退殿去吧！”

富弼原还想请官家追查伪书来源，见官家已有倦容，只好怏怏退出。

官家心神稍定，刘从愿又悄悄走了进来。近前悄声说道：“富府离宫不远，富弼取书去得如是之久，此中是否有蹊跷之处？”

官家听了，心中一动，是呀！自己没想到此点，不曾问他一句，难道富弼他会赶去与石介……官家稍定的心又乱了起来。但他接着又想，石介此人难说，富弼似非为非作歹、欺君罔上之人。他想来想去，如坠迷雾之中，最后只能交代刘从愿说：

"此事一时难定，但事关重大，一定不可声张。"

刘从愿答应着退出去。

富弼回到府中，想起这突然降临的奇祸，也不知是得罪了哪个对头。看那官家神情，似是信了，但官家从来反复无常，安知后文如何？他心情十分沉重。用过午饭，本想去找一找欧阳修，商议对策，又怕被人见到，如今朋党之谣还是方兴未艾，只怕引人注目。谁知欧阳修见富弼当时要赋文时慌张之态，也猜不出官家急索此赋是何用心？他也放心不下，便到富府来了。富弼自是将面圣详情说了一遍，欧阳修听了也是大为吃惊。正在此时，晏殊却差人来请富弼，说有要事商议，富弼心想，十之八九也为的此事了。他只得对欧阳修满怀歉意地道：

"不能与兄细叙了，容日再议吧！"

"不！"欧阳修果断地道，"此事关系滋大，实不宜迟，今晚你、我即同往范希文处相商，你看如何？"

富弼想了一想，便答应了。欧阳修辞去后，富弼便上晏府了。

不出富弼之料，晏殊是刚刚得知此事的。谁是耳根神？竟是刘从愿！这也是夏竦授意之举。老奸巨猾的夏竦，早知晏殊也不满于这班新派之所为，只是不动声色而已。假的总是假的，不会毫无破绽，他也怕这一招久而失灵，还是扳不动富、范他们，因此有心让这个富弼的泰山大人为他夏竦出一把力。

晏殊自是蒙在鼓里，在刘从愿做了个顺水人情后，他大为惊愕，不由暗骂这个不听话的女婿，终于又闯祸了。

一见面，三言两语之后，晏殊径直地问："你如今该怎么办？"

"岳父大人难道连小婿都不信了吗？"

"我知道并无其事，正因并无其事，却比真的更可怕咧！"

"大人之意……"

"这可知有多少人在暗地里对你们咬牙切齿，有多少陷阱满布你们周围，你还睡得稳觉吗?"

富弼呆了半晌，他也知道新政得罪的人多了，这次之事绝不止冲着他富弼一人而来。即使幸而躲过，也随时都有不测之事发生。岳父大人既为女婿担心，也怕连累到他头上。这一想，富弼顿时对这个"太平宰相"感到抱愧于心了。他由衷地说：

"小婿无能，连累大人日夜为小婿操心，实是问心有愧呵!"

"唉，唉!"晏殊着急道，"时至今日，还说这些作甚? 你只说说，你究竟作何打算?"

晏殊见女婿不做声，便说出自己的主张："事不宜迟，以速寻个来由，讨个外任，离京暂避一时。与其一旦被谪异乡，还不如体面走开的好。你看如何?"还没等女婿回答，又补上一句："把眷属一起带走，免得在家哭哭啼啼。"

富弼体会到岳父大人的一番苦心，他也觉得如今怕只有这条路可走了。许多人削尖脑袋，以能挤入两府成为执政大臣为荣，他富弼却并无此想，只要报国有门，哪里都可成为他安身之地，又何必在此日夕与人钩心斗角呢?

富弼被岳父大人说动了，他点了点头，可是他立即想起了范仲淹，他这一走，对范仲淹又将是一个多大的打击，他原答应范仲淹同为新策效力到底的，他又怎能遽以抛下他，离他而去呢?

好像知道女婿的心绪一般，晏殊在欣慰之余，又对富弼说道："你还须告知仲淹，他如今的处境比你更其险恶，劝他也快点走吧，离京去吧!别再念叨他那十大主张了。"

第二十回

假似真拱辰哄姻兄
真似假李淑诓朝廷

富弼原已无可奈何地顺从岳父之言，寻个来由避祸出京，倏地想起了范仲淹，他的主意又改变了。他直率地告诉晏殊，在范仲淹艰难应付、眼看新策将趋夭折之时，他断不能一走了之。晏殊既气又恼，但又无可奈何，女婿如今也是两府大臣，怎能强他所难。

富弼一回到自己府中，晏英兰便问父亲召见之由，其实她早已知道，只是欲知富弼是否顺从了父亲之意。富弼自怕妻子纠缠，只想支吾了之，谁知妻子非问个水落石出不可，他也只好直说了。晏英兰一听便大哭大闹起来，非要丈夫改变主意不可，富弼自是不允，晏英兰最后径自抱着孩子回娘家去了。临走时留下了话，富弼一日不改变主意，她一日不回家。

妻儿走了，富弼不禁绕室彷徨起来。妻子尽管爱吵爱闹，但是深深爱着他的，她的要求也是为了他和家着想，这都是无可厚非的，但妻子为何就不为君国想一想呢？真是既伶俐又糊涂的妻子呵……他又想起了牙牙学语的幼儿，确是十分可爱，如今也被抱走了，偌大一个宅子，去了妻儿，突感到空落落的了，他简直六神无主了……

富弼一个人在房里旋到天将擦黑，才蓦地想起与欧阳修之约，慌忙用些晚饭，即到范仲淹府中来。欧阳修恰是前脚刚到。范仲淹见两人不约而同前来，脸色阴沉，便猜到又出了什么事了，及至听两人说明原委，他却既没有特别的惊讶，也不显得十分懊丧，这使得两位来访者都有些意外。

许久，范仲淹才一声喟然长叹，然后意味深长地道：

“你们说，这已是第几回合了?”

“管他第几回合!”欧阳修既愤慨，又带着对范仲淹的不满回道。

“你可知道，这红口白牙并非冲着彦国一人而来?”

“管他冲谁而来，要紧的是不能冷了你我的心!”欧阳修忍不住大声地道。

“不!”范仲淹也大声了，“要紧的是官家的心!”紧接着他便转问富弼，“依你看来，官家对你今日的一番辩解，又有几分相信?”

富弼想了许久，才为难地道：“一下难以说清，从当时看，官家似已被门生说得信了，但是……”

“是呀！依我看来，官家又如对朋党之谣一般，似信又似不信，似不信又似信。永叔老弟，这才是关键之关键哪!”

“那……”提到官家，欧阳修也有些气馁了。“你说……你说又如何是好?”

范仲淹镇定地道：“晏公说得有理，彦国还是以走为好。”

“这……”富弼殊感意外，有些茫然。

“不然!”欧阳修又激动起来，“彦国兄断然走不得！你这十项新策头绪纷繁，步履维艰，彦国兄一走，你便少一得力臂膀了!”

“话又何尝不是，”范仲淹叹一口气，“可这十项新策几已名存实亡，彦国留此也是无益，何必为我所累，还是离京城避祸的好。”

“差矣，差矣!”欧阳修不由又摇头又顿足道，“希文兄未免言过其实了。你这十项新策虽为弟所言的步履维艰，但究竟有几项仍在施行，其中如减徭役、扶农桑等也在不少地区初见成效，希文兄何必如此泄气!”

“并非为兄泄气。”范仲淹也摇头叹息道，“越是有些举措初见成效也越易加速其夭亡，这是为兄近日才悟出的一条道理。”

“唔？这……这又是从何说起?”欧阳修十分不解，“你说的是那些鼠辈越加从中阻梗？你范仲淹有的是一腔正气，何怕之有?”

“这道理一时也难说清。”范仲淹显然不想深谈了，他转向富弼道：“彦国贤契，你且听我之言，向官家请行吧！”

“不！”富弼断然地道，“恩师一日在朝，门生也决不走！”

“唉！何苦呢？何苦为了我……”

“不！不是为了恩师，是为了君国兴衰……只要恩师一日在朝，这新策也便有兴张之望，门生愿辅其成。”

“好呀！好呀！”欧阳修连声赞叹，“正该如此，正该如此嘛！”

范仲淹抿以一声苦笑，也就不再说什么了。

欧阳修这时便转了话题：“小弟总觉得不明，石公这一新赋，知者不多，又怎的为宵小所乘？”

“是呀！”富弼也便接着道，“不搞清装神弄鬼之人，也是心有不甘呀！”

范仲淹不免转问富弼：“此赋究与几人看过？”

富弼边想边道：“便是那日在枢密院接读此赋后，顺手与杜公一看，适值恩师从东头过来，也就看过。之后，便是永叔兄讨去看了。”

欧阳修接着道：“弟看了后，只有苏子美听杜公说起，前来舍下看过。”

“此外再无别人见过？”

“对了，”欧阳修记起来了，“小弟这次出使回来，君贶也曾前来讨看。”

“君贶？就是你那姻弟？”范仲淹心中一动。“安道上回不曾与你提起，此人怕非老实之辈？你怎的就信他了？”

“谅来不至于吧！”欧阳修想了一回，“他只看了两遍，即使有心使坏，也难原原本本记住呀！”

“你不是常说他记性极好吗？”

“好吧，我回去即可问他一番，如果是他弄鬼，定不与他甘休！”

欧阳修回府后，想着此事，几乎一夜不曾合眼，薛绮云问是何事忧烦，他也不说，次日一早便把姻弟请来了。

见了王拱辰，欧阳修再没有寒暄套语，劈头便问："姻弟可知宫中出了怪事？"

"是何怪事？"王拱辰明知故问。姻兄一早找他，他早已猜到几分了。

"有人上告官家，说石守道寄书、赋与富彦国，欲他行伊、霍之事！"

"竟有此事？小弟一无所知。"王拱辰悠闲地道。

欧阳修脸色一沉，闷声问道："你可曾将此赋说与他人知道？"

王拱辰早有准备，他镇定如常道："小弟守口如瓶，并未告与他人。"

欧阳修又突然厉声问道："你可曾参与驱神弄鬼？"

"天地良心！"王拱辰叫起屈来。"小弟与富兄无冤无仇，何至如此！"

"你近来所作所为，倒也使我放心，只怕你与吕夷简余孽藕断丝连……"

"皇天在上！"王拱辰连忙指天发誓，"我王拱辰如有陷害富兄之处，不得好死！"

欧阳修是个直性人，见王拱辰赌咒发誓，也就信了，就说："只是此事何人所为呢？"

"姻兄，小弟与你说实话吧！"王拱辰似乎推心置腹地对欧阳修道，"吕公手下之人，弟自不能与他们绝无往来，但因弟所为有违吕公意旨，已疏远得多了。再说，自从李淑走后，他们也已成为秋后蚂蚱，无甚能为的了。但据兄所言，弟倒想起一人来了。"

"是谁？"

"你我的大敌——夏竦！"

"不过是反对他进入两府罢了，就成了大敌人了？"

"可他夏竦是这样看的呀！他能甘心情愿吗？"

"又何以见得此事与他有关？"

"除了夏竦，此伪书又怎能悄悄到得官家手中？"

欧阳修一听，不由得若有所悟，当初奏劾夏竦时，便有人提起夏竦阴结宫中内侍，这就不由得不信了。但他接着又问：“可这赋文只有几人知晓，又怎的到得夏竦之手？”

“小弟不敢动问，此赋究有几人看过？”

欧阳修既然相信了王拱辰，便将谁谁都说了出来。

王拱辰略一沉吟，便像是自言自语地道：“怕就出在苏子美身上了。”

“不！”欧阳修立即反驳，“苏子美绝不是如此之人。”

“小弟不是这个意思。苏子美自是个正人君子，但他出入歌楼酒肆，交游至广。听说那日端午龙舟竞渡，他还在金明池与朋辈终日狂欢。酒酣耳热之际，你能保得他不泄露于人？”

欧阳修听他说得有理，不由点头：“唉，唉！怕真的出在这小子身上了！”

“至于夏竦如何窃得赋文内容，造得伪书，此人一肚子坏水，可有神出鬼没的本领咧！”

过后，欧阳修又问苏舜钦，知道他们果然在金明池狂欢中提及此事，于是对王拱辰的怀疑自然尽释了。虽然他还想不通夏竦是怎样造得伪书。

李淑罢知郑州转眼也已数月。他初到郑州便逢上“择官长”雷厉风行之时，但因河南路转运按察使连任未换，因此大部分州官也就仍旧，他系京官贬放，初到又无政绩可循，自也动不到他。但他仍免不了一肚子的怨气无处发泄。他也想找一两个俊秀的小厮鬼混，但郑州与京都近在咫尺，只怕为欧阳修等所知，会有更大的麻烦。他对范仲淹、欧阳修等人恨得咬牙切齿，发誓不与他们干休。

之后，王拱辰与他密书，说他们炮制的朋党流言已使官家对范仲淹将信将疑，希望他在外也能有所作为进行配合。他冥思苦想了一日，忽想到正在各地雷厉风行的“扶农桑”之策，他接到诏令时是满肚子不高兴，只是往下照转罢了。郑州所属县令已被他换了个遍。这些县令对新策大都阳奉阴违，他也不闻不问。这时他心生一计，便把所属县令尽数召到州衙，板着脸问他们扶农桑之策执行得如何了。县令们被问得目瞪口呆，作声不得。他接着又声色俱厉地要县令们回去后查清哪些河渠该修，哪些塘堰该筑，立即计定工料役夫，克日完成，不得有误。县令们见这州官倏地认起真来，心中有些诧异，但又不便多问。

静场许久，终于有一县令嗫嚅着道："如今官库枯竭，百废待举，这修堰筑堤，不知如何开支？"

李淑轻松一笑道："取之于民，用之于民嘛。这修堰筑堤，利于耕作，自是向百姓集资的了。而那役夫，也可自备干粮，不予酬费，为其自身办事，理应如是嘛！"

"这……"另一县令听了，不无为难地道，"这薄赋敛，减徭役……可也是当前新策呀！"

"这你便是只知其一、不知其二了！"李淑"嘿嘿"一笑道，"薄赋敛在于革除苛虏之赋敛，减徭役也在于减轻不应有之徭役，而这扶农桑乃利民举措，自是不在此限了。"

这些县令顿时恍然大悟，心领神会，"有风起有梨捡"，他们其实巴不得有个搜刮之机。临走时李淑又再三交代，如今择官长新策可是要计功绩以定升迁，这正是你等立功之机，定要好自为之，在一个月内报来大兴农利实绩，以便向上请功。

既有功可叙，又有利可图，一箭双雕，何乐而不为。这些县令们回去后果然雷厉风行，立即以兴利为由向贫民富户大敛资财，无力纳资也得卖儿鬻女应命。又驱赶所有青壮民庶投入修渠筑塘，家无青壮者老弱孩童也难幸免。于是，上自富绅下至贫民怨声四起，不到半个月便有许多绅耆的状子飞到州衙，说这扶农桑之策利尚未见，害已立至，请求作速停施，否则民不堪命矣，李淑看罢暗暗高兴，他立即带上这些状子亲自到河南府谒见转运按察使，按察使在河南路别的州县也略有所闻，加上李淑又加油添醋，把新策说得一无是处，那按察使便向朝廷上书参了新策一本。书到中书省，章得象先看了，他便拿来与晏殊看。

"你瞧，好端端硬给范仲淹这一伙搅得民不安生。晏公，你应以国事为重，再不能袖手旁观了！"

章得象言下之意显然是，别为你的女婿、门生护短呀！

晏殊这些日子正为女儿发愁，晏英兰那日抱着孩子哭哭啼啼回到晏府，说富弼一日不改变主意，她就一日不回夫家团聚。晏殊自是知道女婿的倔脾气，劝也无用。他对范仲淹本已心存芥蒂，如今又牵上自己的女婿，越感到应尽快赶走这个门生。如今见了这个本子，正中下怀，便对章得象道：

"你我便一同面圣吧！"

晏殊回得爽脆，章得象自是高兴。两人立即进得宫去，朝见官家礼毕，晏殊便迫不及待奏道：

"陛下，范仲淹新策扰民滋甚，不得人心，再不适可而止，只怕后患无穷呀！"

章得象又接着奏道："是呀陛下，如今民困稍纾，各路叛乱幸已扫平，千万不可再招民怨呀！"

两个左右相一唱一和，使官家一时摸不着头脑，忙问："二卿此话又是从何说起？"

晏殊这才将那奏本呈上，说："陛下一览便知端的了。"

官家接过略为一看，已是心中发跳，忙又从头到尾细看一遍，再想想章得象之言，更感不比寻常。这河南路迫近京畿，京西民叛已使他有变生肘腋之感，好容易平安无事，河南路岂堪再有新变？这一想官家不由头皮发麻，他当即对二人道：

"立即诏示河南路转运按察使，停修一应塘堰，以安民心。"

两人领了旨。章得象还不愿就此罢休，难得官家动了心，他想再进一言："这范仲淹藐视祖制，倡立异端，终致祸国殃民，伏乞圣躬卓裁。"

"是呀！陛下，"晏殊又接着附和。章得象还怕晏殊顾全师生之谊，适可而止，谁知晏殊这回比他更加迫切要赶走范仲淹。"如今与西夏虽已言和，但敌性变诈难信，边防不能有懈，是否即命他巡边……”

官家听了沉吟良久，才道：“此事……容朕再行计较。”

两人无奈，只好悻然而退。

次日临朝，官家径将奏本给了范仲淹：“卿看此事又是如何？”

范仲淹接过略为一览，心知又触官家之忌了。他想了一想，便从容奏道：

“陛下圣聪明鉴，这扶农桑与轻徭、薄赋等新策施行以来，在众多州县已初著成效，粟谷增产，民困稍纾。某些州县出了差池，也是有司奉行不当之过，不足为怪。但不知陛下如何处置？”

“朕已诏命河南路停施该一新策了。”

“这……”范仲淹惶恐地道，“陛下圣鉴，臣……臣期期以为不可。”

“嗯？”官家沉下脸来，十分不悦。

“臣……臣愚陋以为……这……这无异因噎废食……”

“大胆！”官家不待范仲淹说完，便怒容满面地道，“如今河南路已民怨沸腾。京西之叛才始敉平，河南如再激起新变，你范仲淹又担当得起吗？”

“这……”范仲淹惶恐无地，俯伏丹墀道，“臣……臣又怎敢……”

富弼、欧阳修等见官家震怒，正欲为范仲淹缓颊，值殿官已高唱：“退班——”官家袍袖一拂，退殿去了。

晏殊、章得象暗自高兴，官家并未就此罢休，他们知道范仲淹离朝之期已是不远了。

范仲淹刚忧虑重重回到府里，富弼、欧阳修、余靖、蔡襄接踵而至。范仲淹不禁摇着头道：“你等这是何苦来？正说你我闹朋党哩！”

“闹朋党又如何？”欧阳修一听提朋党便有气，“‘平生不做亏心事，半夜敲门心不惊’，无非是一些苍蝇蚊子嗡嗡嘤嘤，理他则甚！”

“如真是些苍蝇蚊子，那倒好了。你别小看了那些三寸不烂之舌，它有时便是杀人不见血的软刀子咧！”

“软刀子又如何？即使断头又是如何？”欧阳修越说越有气，“你就不会与他斗吗？我等就不会与他斗吗？”

“可你能与官家斗吗？”范仲淹也激动了，他大声地说出了压在心底许久的一句话，把欧阳修问得噎住了。接着他又压低了声音：“今日临朝之事你等都已看清，十项新策也好，百项新策也好，只要官家一道诏旨，便会成为一纸空文，空文一纸！”

范仲淹声音虽小，字字有如重锤，打在三人心上。

静场片刻，富弼才插嘴说道：“永叔兄，恩师他说的可不是杞天之忧呀！”

“不至于吧！”蔡襄像是抚慰大家，也像是抚慰自己，“今日官家也只是对河南一路而言，常言道：‘一日被蛇咬，三年怕草绳。’官家也是给京西之乱闹得怕了。河南与京西都近在京畿嘛！”

“是嘛，是嘛！”余靖也附和道，“今日之事希文兄大可不必过于计较嘛！”

“不，”范仲淹垂头丧气地道，“如今看来已是山穷水尽的了。彦国呀，看来你我都只有一走了之了！”

“走？”欧阳修大为惊诧，“官家一怒便把你吓跑了吗？好你个范仲淹哪……你这一走，你那十大新策不也跟着寿终正寝了吗？”

“十大新策？嘿嘿嘿……”范仲淹不由一阵苦笑。

“方今之世，凡是利国利民之计，确也举步维艰，但这难道不在你我意料之中吗？”欧阳修略为平静下来，转而婉言相劝：“希文兄！知其不可为而为之，只要一线希望尚存，你也不该一走了之呀！”

“是嘛，是嘛！”余靖又操起他那一口岭南腔，“希文兄哪！官家喜怒无常，你也是知道的嘛，何必为圣躬一怒便耿耿于怀呢？”

“唉！安道兄，官家这一怒可绝非偶然呀！”

“唔？”蔡襄不由插问，“这话怎讲？”

范仲淹又喟然一叹，接着说道：“你们试想，朝廷召我回京之时，朝野处于何种局势之中？西夏虎视眈眈，契丹趁机渔利，东北边境，增兵调粮，无以穷已，民力本已不堪重负，再加上内政不修，苛税扰民，灾旱连年，民不聊生，促使许多人铤而走险，从京东、京西到淮南各地，盗贼蠡起。当时的朝廷已陷于内外交困、焦头烂额之境了。何以挽此危局？官家不能不焦虑于心。他也知得吕夷简与晏、章诸公均不可恃，于是才想到起用我等诸人。可如今呢？正如永叔所说，为时虽不过数月，局势已见改观。西北边境暂且相安无事，西夏且已遣使前来，终于同意称臣，眼看边兵即可大减；扶农桑、减徭役诸策在部分路、州施行以来，民困已稍见苏；京东、京西几起民乱也已相继平定。在官家看来，似乎一切都很顺遂，又可安享太平之乐了。于是一应新策也已无足轻重，可有可无了。何况又出了一些差池。因是范某以为，越是某些举措初见成效，也越易加速夭亡。”

欧阳修不大相信这是真的，“不，希文兄未免说得过分了，官家竟如是目光如豆吗?”

“照理，为人臣的未便议论明主。可是……”范仲淹停了停，十分难过地道，“再加上他优柔寡断，疑忌多端，遇上类如河南路如是的岔子，如是英明之主，便可分清何者为本，何者为末，何者为是，何者为非，可惜的是……”范仲淹不敢再发挥下去了，他只好就此打住。“总之，如今官家对十项新策已不是疑信参半，而是疑多于信了，你我即使留在朝中，也是一筹莫展的了!”

“可是兄等一走，这十项新策怕都成为一场虚话了，这可是千秋憾事呵!”欧阳修感到万分痛心。

“是呀！我也将是个千古罪人了!”范仲淹也无限颓丧地道。

“是故……”欧阳修又回到原来的话。“只要尚有一线之望，你也只能勉力为之。”

“正该如是。”蔡襄也接着道，“几日前仲仪兄从按察使任上来书，说轻徭、薄赋等策施行以来，淮南百姓欢欣拥戴，早季普告丰收。是故……

希文兄也不能有负万千黎庶喁喁之望呀！”

提起百姓，范仲淹心绪翻腾了，他颤抖着须子好容易吐出一句话：“只要官家心定，我范某也只有勉为其难。”

“对呀！”欧阳修赞赏地道，“如此小弟便放心了。”接着他又转问富弼，“彦国兄，你呢？”

“富某早已有言在先，范公一日不走，富某自也不走。”

范仲淹忽然想起什么，关心地问：“闻道你的夫人因是与你反目，自返晏府不归，这就难为你了。”

富弼听了，脸上闪过一丝阴影，旋即消失，强笑道：“拙荆爱使小性儿，不足介意。”

“贤契，”范仲淹诚挚地道，“还是依了你的夫人，一家团聚，岂不是好？”

富弼忙道：“区区小事，何用恩师挂怀。”

“罢了。”欧阳修道，“容日我当晋谒晏公，请他劝劝其女。”

“哼！”蔡襄气愤地道，“有其父始有其女，永叔兄何用白费唇舌！”

富弼不愿诸人议论他的家事，连忙恳求，“诸位都不必为小弟费心，小弟自会善而处之。”

话是如此，富弼回府后竟是一夜难以合眼。晏英兰气回晏府后，富弼也曾时往看望，她不是避而不见，便是哭哭啼啼，饶富弼百般解劝，她只一口咬定，富弼一日不离京避祸，她便一日不与富弼和好。富弼要晏老夫人劝解，晏老夫人反怨女婿不通人情。富弼是哑巴吃黄连，有苦难言。晏英兰使起小性儿来十头牛也拉不转，可她热起来时又无异一团火，烧得人热烘烘、暖洋洋、麻酥酥。每逢中夜睡醒，人去衾寒，富弼便感到无边无际的冷寂，他也便刻骨铭心地思念爱妻。但他又有何奈呢？只要新策还有一线之望，他必也追随恩师到底，这又是不能动摇的，他只有唉声叹气，辗转反侧了。

第二十一回

赵官家临朝心已定
范仲淹望月憾难消

（读者续）

裁剪线

裁剪线

裁剪线

裁剪线

裁剪线

裁剪线

裁剪线

裁剪线